COLLECTION FOLIO

Philippe Le Guillou

Les années insulaires

Gallimard

© Éditions Gallimard, 2014.

Philippe Le Guillou est né en 1959. Il est inspecteur général de l'Éducation nationale. Il a reçu le prix Méditerranée en 1990 pour *La rumeur du soleil*, le prix Trévarez pour *Le passage de l'Aulne*, le prix Médicis en 1997 pour *Les sept noms du peintre*, le prix des Écrivains croyants en 2013 pour *Le pont des anges* et le prix Tour Montparnasse 2015 pour *Paris intérieur*. Il a également publié *Livres des guerriers d'or*, *Stèles à de Gaulle* suivi de *Je regarde passer les chimères*, *Le déjeuner des bords de Loire*, *Les marées du Faou*, *La consolation*, *Fleurs de tempête*, *Le dernier veilleur de Bretagne*, *Le bateau Brume*, *L'intimité de la rivière*, *Le chemin des livres*, *Les années insulaires*, *Le pape des surprises* et *Géographies de la mémoire*.

À Dimitri

PORTRAIT
À L'ÉCHARPE BLEU KLEIN

Quelle mouche m'avait piqué ? Lorsque j'avais découvert dans la presse son portrait officiel, réalisé par un photographe de *Match*, il me semble, je lui avais écrit. J'avais fait passer ma missive par Mlle Négrel, dont je devinais qu'elle était toujours auprès de lui. Elle l'était déjà chez Rothschild dans les années 1950, rue Laffitte, quand il m'avait convié à aller voir ce grand signe étrange et brumeux, bitumeux plutôt — comme une carène échouée sur les grèves du Nord Finistère —, qu'il avait acquis à la galerie où j'exposais, à cette époque, rue du Pré-aux-Clercs.

Nous nous étions un peu connus alors. Il m'était arrivé de le revoir, lui et sa femme Claude, certains étés, chez les Bolloré, à Beg-Meil. Il était devenu Premier ministre. Il m'intimidait, toujours goguenard, ironique, l'œil plein d'intelligence et de malice sous des sourcils broussailleux. Moi qui avais un passé de mauvais élève, j'avais l'impression de comparaître devant un professeur autoritaire qui allait me punir. Je ne l'avais pas revu depuis : l'industrialisation du pays, le béton et la civilisation de la bagnole, ce n'était pas ma chose. J'avais vécu toutes ces années en Irlande, sur une des îles d'Aran. J'avais dessiné et peint, beaucoup. Des tourbières, de grands espaces marron, des prairies d'un vert vif, des nuages, des champs de nuages, des falaises.

À l'Étoile scellée, la galerie de la rue du Pré-aux-Clercs, avait fermé. J'avais migré place de Furstemberg. On m'avait dit qu'il était venu un jour, à l'heure du déjeuner comme il le faisait toujours, et qu'il avait acheté une autre toile, un de ces déserts minéraux d'Irlande, une de ces toiles, sentant l'iode et la tourbe brûlée, que j'avais peinte, saoul de vent marin et de Bushmills, ce whisky de l'Irlande du Nord dont je faisais une consommation peu raisonnable.

La galeriste, honorée, m'avait prévenu. Ce n'était pas rien : mon tableau, maculé de tourbe et d'algues fumées, était accroché sur un mur tendu de soie précieuse, dans un salon de l'appartement privé de l'hôtel Matignon. Il avait même été convenu qu'entre l'Irlande, Paris et le Finistère, j'irais le voir. Puis tout s'était précipité, les événements de Mai, le changement de Premier ministre, le départ de Pompidou de Matignon.

Oui, quelle mouche m'avait piqué ? M'autorisais-je de cette complicité passée, de cette connivence établie par tableaux interposés ? Se souvenait-il de moi ? Sans doute un peu, puisqu'il m'assurait de sa fidélité de collectionneur au fil des ans. Des déjeuners ensoleillés et joyeux de Beg-Meil, il n'était pas certain qu'il ait gardé de moi grand souvenir. J'y avais brillé par ma gaucherie, mes bougonnements, mon inadaptation mondaine. La barque bitumeuse, m'avait-on dit, figurait toujours dans sa collection de l'île Saint-Louis. J'avais ma place entre de Staël et les Nouveaux Réalistes. Il m'était arrivé parfois, en quittant mon atelier du 4 quai des Célestins, d'aller marcher sous ses fenêtres. L'immeuble où il résidait faisait demeure de nouveau riche : de l'hôtel ancien, il ne restait que la porte, superbe, due à Le Hongre, je crois.

Ainsi je lui avais écrit. J'avais endimanché mes mots. Les formules rituelles, seulement. Pour la suite, je n'avais pas retenu ma langue. Je lui avais dit que je n'aimais guère ce portrait officiel, son côté « chromo brejnévien », son air empesé, la bibliothèque floutée derrière lui, ce qui avait pour effet que les reliures devenaient indéchiffrables. Et, sur le mode de la forfanterie, j'avais conclu : « Vous auriez dû passer la Seine et venir jusqu'à mon atelier, quai des Célestins. »

Quelques jours après — c'était au début de septembre et je m'apprêtais à gagner ma petite bicoque de Portsall — Mlle Négrel avait appelé. Je paressais dans mon minuscule pigeonnier de la rue Tiquetonne.

— Le président ne vous a pas oublié, avait-elle dit. Votre lettre l'a amusé. Il veut vous voir. Pourriez-vous venir à l'Élysée, un soir, après dix-neuf heures ?

J'avais reposé le combiné, gauche, incrédule, intimidé à l'idée de le retrouver — et secrètement ravi que cette bouteille jetée à la mer eût atteint son but.

Je m'étais présenté quelques jours plus tard au portail du palais. On m'avait fait passer par le côté gauche de la cour et j'avais été introduit, sans attendre, dans le bureau doré de l'étage. Le président était hâlé et radieux. La fenêtre centrale était ouverte sur le parc. Il m'avait invité à m'asseoir devant sa table de travail, dans un fauteuil de style Régence au cuir craquelé. Il était face à moi, le dos au jardin, à contre-jour, j'avais l'impression qu'il me jaugeait comme il l'avait fait au cours de nos précédentes rencontres, la silhouette peut-être plus tassée et plus lourde, une cigarette à la main, comme toujours.

— Ainsi vous n'avez pas aimé mon portrait! avait-il lâché en fronçant le sourcil, mi-sérieux, mi-rigolard.

Puis il s'était lancé dans une longue explication : il avait rencontré le photographe à Fouesnant, c'était un ami du couple, il s'était acquitté de ce rite du portrait comme d'une obligation sans importance.

— Viendrez-vous dans mon atelier du quai des Célestins ? avais-je enfin osé, intimidé par les lieux, le fantôme de De Gaulle qui flottait encore dans cette pièce, bien que le mobilier — Pompidou l'avait dit, de manière incidente — eût été en partie changé.

— Pourquoi pas ? Si on m'en laisse le temps ! Vous savez, je ne peux même plus faire un tour à pied dans Paris.

Il s'était levé. Il me faisait admirer l'encrier et les flambeaux de vermeil qui ornaient son bureau.

— Vous voulez faire mon portrait ! J'ai toujours votre « barque échouée » et vos falaises d'Irlande. J'ignorais que vous vous étiez mis au portrait...

Était-ce l'effet de ma gêne ? Je croyais toujours percevoir dans ses propos ce mélange d'ironie et de légèreté narquoise.

— Oui, oui, j'irai chez vous, ou vous viendrez ici. Je suis curieux de voir comment vous éviterez le « chromo brejnévien »... Et encore vous ne savez pas tout. L'éclairage de la bibliothèque était mauvais, il a fallu retoucher mon visage au pinceau...

Il m'avait tourné le dos. Il regardait les lointains du parc ou les dorures de la ferronnerie qui accrochaient la lumière.

— Vous n'imaginez pas combien il est pénible d'habiter ce palais qui est vraiment de bric et de broc. Je rêve de salons rénovés, contemporains. L'Élysée fait demeure de cocotte ou maison de garnison. Regardez ces nymphes ridicules sur les lambris. Je ne supportais pas ces miroirs : j'ai fait installer ce grand tableau d'Hubert Robert. Peignez-moi une belle falaise, un bord de mer des confins du Finistère. Oui, quelque chose de dépaysant, d'océanique, de moins académique, moins français !

Et il m'avait raccompagné, en me tapotant chaleureusement l'épaule.

Sur la côte nord du Finistère où je m'étais retiré ensuite — cette ancienne côte du bris où les naufrageurs avaient longtemps pillé les épaves et où les postières bretonnes, immergées jusqu'au ventre, tiraient des charrois remplis de laminaires dorées —, j'avais vite oublié toute cette histoire. J'avais, par sécurité, laissé mon adresse à la secrétaire du président. Je n'attendais rien. Tant de beaux souvenirs me liaient à ce paysage : la maison du critique Charles Estienne, celui-là même qui m'avait inventé, le compagnonnage libre et allègre de mes amis Degottex et Duvillier, souvenirs de pêches, de marches dans le vent de mer, de soirées qui n'en finissaient pas, passées à évoquer la peinture, le surréalisme, les signes, la figuration, les sortilèges de cette côte du bris.

C'était le nom que nous aurions pu donner à notre groupe si nous en avions formé un, mais c'était sans compter sur notre goût immodéré de la liberté et de l'indépendance. Nous avions en commun d'avoir été remarqués — adoubés — par le mage du 42 rue Fontaine, celui à qui sa chevelure magnifique tenait lieu d'aigrette. Son gendre, Yves Elléouët, avait été aussi de l'aventure. C'était grâce à Breton qui avait vu une de mes marines par je ne sais quel hasard que je m'étais retrouvé exposé à l'Étoile scellée. On connaît la suite.

Des heures, je marchais au vent, au bord des criques où le jusant laissait des mares, des sinuosités, de longs faisceaux d'algues ; s'il devenait trop fort, je me tapissais au creux des rochers — le littoral fourmille de chapelles, d'oratoires, de pierres levées christianisées, de dunes et de carcasses de bateaux oubliées —, j'étais heureux, j'étais bien. La maison de Charles Estienne, notre refuge d'Argenton, était fermée. Il n'y avait personne à voir. Et alors ! J'avais une vive tendance à la sauvagerie. Les années irlandaises n'avaient pas arrangé les choses. Elles m'avaient habitué aussi à me contenter de peu : une maison simple, des murs chaulés, la perspective des vagues, le vent iodé, l'haleine des marées qui attaquait les huisseries. La bicoque de Portsall, comme je l'appelais souvent à Paris, ressemblait comme une sœur à celle d'Inishmore, mais à la place du sol de terre battue, elle offrait le luxe d'un austère revêtement cimenté !

Septembre était superbe. Les feux allumés par les goémoniers montaient des grèves. Les postières convoyaient leurs lourdes cargaisons d'algues déposées par le mouvement des marées. La solitude ne me pesait pas. Je m'étais remis à peindre ces grandes grèves vides et ces chevaux marins qui, étrangement, depuis les années 1950, me hantaient quand j'arrivais ici. L'entrevue de l'Élysée m'apparaissait comme un songe. J'étais loin de tout, sans agenda, sans obligation. La galeriste de la place de Furstemberg m'avait envoyé plusieurs télégrammes. Elle manifestait l'envie de venir jusqu'à Portsall. Je n'avais pas jugé bon de répondre.

Oui, quelle mouche m'avait piqué ? Je revois ce début d'automne — c'était il y a seize ans —, je m'étais essayé à étaler des cendres de goémon brûlé sur de grandes feuilles de papier et j'attendais avec impatience l'apparition des formes, des tourbillons mordorés censés rappeler le mouvement des vagues et le passage des chevaux marins qui m'habitaient jusqu'à l'obsession.

Des portraits, à l'époque, j'en avais très peu fait. Si, au début de mes études, sous l'influence d'un oncle, mi-écossais mi-irlandais, qui avait été, entre les deux guerres, le portraitiste attitré de plusieurs cours royales d'Europe. Il avait ainsi peint George VI, la reine Astrid aussi, je crois. C'était un excentrique, toujours vêtu de tenues voyantes, et qui parlait autant qu'il buvait. Ces étés-là, mes parents louaient une grande villa sur les dunes de Keremma où il s'arrangeait toujours pour venir et ne plus partir : on lui avait même aménagé un atelier dans la serre, au bout du jardin, juste au commencement du grand moutonnement sableux hérissé de chardons bleus. L'oncle John m'avait pris en sympathie, c'est lui qui m'avait donné les premiers rudiments de dessin, je le craignais, ses colères étaient vives et imprévisibles.

Aussi, bien avant même Charles Estienne, Degottex et Duvillier, bien avant les années heureuses de la maison d'Argenton, l'exercice de la peinture était lié pour moi à ce rivage, à cette côte du bris, au souvenir des grandes marées qui vidaient la plage et les criques, à la menace, jamais éteinte, des naufrageurs. L'oncle John m'avait appris l'art du portrait, je l'avais d'abord dessiné puis peint, extravagant, fascinant avec ses joues couperosées, sa moustache de sergent-major, ses écharpes vertes ou roses — les couleurs des chapeaux des cours qu'il avait fréquentées, et qui, ici, le rendaient si excentrique. Plusieurs de mes dessins avaient ainsi fini dans l'âtre, dans lequel il versait, pour accélérer la combustion, un verre de son cher whisky. De ces années d'initiation m'était restée l'habitude du Bushmills, ce whisky du nord de l'Irlande qu'il m'avait fait connaître, de ces autres breuvages, plus fumés, plus tourbés, que mes errances entre les tourbières et le long des grèves irlandaises et écossaises m'avaient aussi permis de découvrir.

J'avais cherché du côté de Keremma la villa que louaient jadis mes parents. Elle n'avait plus le caractère délabré et pittoresque que j'avais tant aimé; elle sentait le neuf et le ripolin; de nouveaux riches l'avaient reprise et l'atelier du peintre, où j'avais commencé, avait fait les frais de l'arrogance moderniste des actuels propriétaires. Une pelouse impeccablement tondue remplaçait la serre aux vitres disjointes qui laissaient passer le vent et le souffle des vagues.

Oui, quelle mouche avait bien pu me piquer? Était-ce un retour mystérieux de l'oncle qui était mort depuis longtemps et qui avait achevé sa vie dans la banlieue de Londres en ayant totalement perdu la conscience de qui il avait été? Je n'avais jamais cru aux fantômes, et, tout en buvant avec mes vieux loups de mer taciturnes qui peuplaient les cafés de la côte — et avec lesquels l'échange se bornait à quelques grommellements —, je riais de cette coïncidence: saoul de vent, de marches à travers la lande, sur les anciens chemins des douaniers, je riais de me voir entrer à la cour de Pompidou, de devenir le portraitiste de ce monarque qui l'était si peu, encore écrasé par l'ombre intimidante et le silence, surtout, du vieux connétable amer et blessé qui s'était retiré à Colombey-les-Deux-Églises.

Les papiers souillés de goémon brûlé m'obsédaient. Il me semblait que quelque chose prenait, d'insolite et d'élémentaire, à la fois énigmatique et lié à la matière du monde, ce qui résumait assez bien l'esprit de mon travail jusque-là. La lumière de septembre, je l'ai dit, sa légèreté, les fumées qui montaient des plages, me grisaient. J'allais me régaler de fruits de mer, d'huîtres et de homards, de langoustines aussi, pour trois fois rien, à Brignogan, chez une vieille femme qui avait accueilli mon oncle avant-guerre. Elle disait que c'était encore mieux qu'à Pont-Aven, que chez elle les peintres avaient table ouverte : elle en avait au moins connu deux ! Dans sa gargote modeste, décorée de casiers et de filets de pêche, de vieilles bouées et de flotteurs, d'une marine aussi qu'elle attribuait à John — ce que je contestais, le trait étant bien trop grossier —, je me reliais progressivement à la vie, à l'actualité (j'ai toujours haï ce mot), elle me tendait *Le Télégramme de Brest* dans lequel — et elle s'en vantait — elle ne lisait que les « avis de convoi », c'était son mot.

J'étais, et je demeurais, un étranger, une branche rapportée. Les bourgerons salis de peinture que je portais toujours me signalaient comme « n'étant pas d'ici ». Or, sur cette côte, on était, par nature, méfiant, taiseux, difficile, peu liant. À cet égard, Anna contrastait avec sa vieille clientèle de poivrots murés dans leurs mystères et leurs ressassements. La guerre remontait à plus de vingt ans : il traînait encore des histoires de dénonciation, d'enrichissement grâce à la fraude du marché noir, de femmes qui avaient fricoté avec les Boches. Anna, elle-même, n'était pas sans tache : c'était ce qui se murmurait.

— Je t'ai préparé des sardines grillées, disait-elle. Tu verras, c'est meilleur que le homard.

Et il est vrai qu'accompagnées de quelques pommes de terre du Léon, cuites en robe des champs, ces sardines, que j'arrosais d'un muscadet râpeux, m'enchantaient, moi qui n'avais jamais rien à manger à la maison, moi dont l'hygiène alimentaire avait toujours été une catastrophe.

C'est chez Anna sans doute, en feuilletant le fameux *Télégramme de Brest*, que j'avais appris le suicide à Marseille d'une jeune femme qui s'était entichée d'un de ses élèves. Pompidou, au cours d'une conférence de presse, avait été interrogé sur cette affaire et il avait répondu en citant « de l'Eluard ». Je ne connaissais pas cette Gabrielle Russier dont l'histoire m'avait saisi, je ne connaissais pas plus ces vers d'Eluard que le président professeur avait dits, sans doute avec l'air autoritaire et impénétrable que je lui avais toujours vu et qui avait le don de me mettre si mal à l'aise.

Je ne disposais pas de télévision dans ma bicoque finistérienne. Les sardines et les langoustines d'Anna, les papiers aux goémons calcinés m'occupaient bien plus. Mais cette affaire tragique, cette ultime fleur du printemps libertaire jetée sur les pas du président de l'ordre, me remuait, cette jeune femme, belle, libre, qu'on avait emprisonnée parce qu'elle avait aimé un de ses élèves, et qui, au déshonneur, à la marque d'une tache sans fin, avait préféré la mort.

J'avais soudain envie de revoir mon futur modèle. Du bureau de poste de Portsall, enhardi par l'ivresse, j'avais osé appeler l'Élysée. Mlle Négrel s'était montrée polie mais réticente : il ne lui était pas possible de me passer Pompidou. Elle rappellerait. Elle devait toujours rappeler. Porté par la même audace, j'avais ensuite téléphoné à la galerie de la place de Furstemberg : je rentrais, mes cartons remplis de papiers qui sentaient la marée et les laminaires brûlées. Yvette Horace était habituée à mes foucades. Je l'avais entendue rire, elle aurait un « créneau », elle aurait pu dire une fenêtre, un hublot, je ne sais pas : les galeristes, les secrétaires de puissants, ce n'était décidément pas pour moi.

Dans l'arrière-salle du café-restaurant d'Anna, entre la cuisine et les toilettes rudimentaires, une barque retournée avait été pendue au plafond. C'était là que je m'installais volontiers, sous la coque rescapée de l'étreinte des flots. Les chapelles de la région avaient souvent des charpentes qui rappelaient celles des bateaux ; parfois même un semis d'étoiles dorées les décorait. Il n'y avait rien de tel ici : l'intérieur de la coque avait pris l'eau, le bois avait noirci, il restait un amas de cordages aux épissures rongées. Un peu assommé par mes marches, et par le muscadet d'Anna, j'aimais me prélasser là des heures, j'étais sans contrainte, personne ne me demandait de comptes. Qu'il y eût vingt papiers brûlés, trente, ou aucun, le monde continuerait d'aller à son rythme.

L'histoire de ce professeur sacrifié, de cette femme morte d'avoir aimé, ne me quittait plus. Sans doute avait-elle cru que l'élan de liberté né du précédent printemps permettait de s'affranchir de toutes les vieilles règles, que l'autorité n'avait plus le même visage, qu'un professeur pouvait ne plus réfréner son désir, sa passion. J'avais trouvé dans un magazine vulgaire, à gros tirage, un portrait de Gabrielle Russier : c'était une belle jeune femme au regard vif, intelligent, une agrégée de lettres, comme le président. J'avais crayonné, comme cela, sous la barque renversée d'Anna, quelques portraits de Gabrielle R., retrouvant la concentration et l'exactitude du geste que m'avait apprises l'oncle John. Les algues brûlées ne m'attiraient plus, c'était un autre feu qui me fascinait, celui du désir interdit, de la passion racinienne, du poison des barrières sociales que la jeune femme avait imprudemment bousculées. Je ne me savais pas si sensible aux faits divers, mais ici il me semblait que c'était plus qu'un fait divers ordinaire, c'était un acte pur, le jaillissement d'une fougue que la vieille société ne tolérait pas, un franchissement inouï, libre, juvénile, presque rimbaldien. Élève, je n'aurais jamais éprouvé de désir pour les momies qui m'instruisaient, et je n'avais pas été professeur. La police avait dû fouiller parmi les papiers, le passé, la correspondance de cette jeune agrégée qui voulait enseigner avec passion, elle avait dû se jeter là-dessus avec sa brutalité, ses schémas étroits, ses vieilleries pudibondes. Le garçon aimé se prénommait Christian. Ses parents avaient tout fait pour séparer le couple, avant de porter plainte.

J'étais loin soudain de tout ce qui m'avait hanté en ces lieux depuis l'insouciance des années 1950 où j'avais cru que se dessinaient les lignes d'un monde renouvelé. Loin de mes vagues, de mes chevaux marins, des signes qui, à la façon de ceux de Degottex, se dressaient comme des hampes, des pétales noirs, les cristaux des songes. Parmi les carènes disloquées, les épissures pourries, les longs faisceaux d'algues de cette côte du bris, il y aurait, désormais, le fantôme d'une femme qui avait vécu à des milliers de kilomètres de là, une femme dont ce n'était ni le lieu ni le paysage, une femme sacrifiée qui avait été jetée aux pieds du président que je voulais peindre, lui qui avait été professeur, à Marseille aussi, lui qui avait peut-être connu le désir mais, sûr et maître de lui, avait su le retenir parce qu'il n'était pas de la race des initiatrices qui trébuchent; il se méfiait des sens, il était fort, il savait où ses pas le menaient.

Dans un ossuaire, non loin de Tréompan, où je m'étais aventuré un soir, j'avais volé des crânes. C'était le trop-plein du cimetière qu'on entassait là. Je les avais fourrés, ivoire, couverts d'un lichen verdâtre, dans un sac à pommes de terre, et ils s'entrechoquaient alors que je me dirigeais vers mon refuge, sous la barque renversée. L'un d'entre eux, plus petit, avait dû être celui d'un adolescent, d'une jeune femme peut-être, disparue avant ou pendant la guerre, morte peut-être elle aussi d'avoir aimé. C'était le roman que je m'étais forgé.

Anna avait sursauté quand elle avait découvert le contenu du sac. Elle m'avait enjoint d'aller reposer les crânes là où je les avais pris, sinon le malheur s'abattrait sur moi : c'était sa formule. Si je ne replaçais pas les chefs dans leur reliquaire des dunes, jamais plus je n'aurais droit au homard, aux langoustines, aux apéritifs qui n'en finissaient pas, sous la chaloupe céleste. J'avais feint d'obtempérer.

— Ils sont dans l'ossuaire, tes crânes ? avait-elle demandé, l'air inquiet, comme si mon geste avait remué des forces, ou ravivé des souvenirs qui ne la laissaient pas en paix. Y en a des comme ça dans la cathédrale de Saint-Pol, c'est une horreur. J'espère que tu t'es purifié après avoir touché ça...

Purifié ? Que voulait-elle dire ? Que je m'étais lavé les mains ? que j'étais plutôt allé avouer mon forfait à un prêtre ? D'une certaine manière, je m'étais purifié, mais certainement pas au sens où l'entendait Anna. J'avais gardé les crânes et j'avais commencé à les peindre, en brochette, comme sur l'étagère d'un ossuaire, isolément aussi, avec une préférence pour celui que j'attribuais à la jeune fille, à la jeune lavandière de cette côte du bris, morte peut-être aussi de déshonneur et qui, pour effacer cette souillure, comme le faisaient les femmes à cette époque, avait plongé la tête la première dans l'eau lugubre d'un lavoir ou d'un puits.

Dans ma ronde macabre, c'était mon chef préféré. Sur les encres tourmentées, il était accompagné d'un prénom, fluide, innocent: celui de la jeune agrégée de Marseille.

Depuis la fin des années 1970, j'avais déserté ma mansarde de la rue Tiquetonne. La maison de Portsall recevait ma visite de loin en loin. En vieillissant, un besoin de lumière, que je n'avais guère ressenti auparavant, s'était affirmé. À la Côte d'Azur, dont la fréquentation me dégoûtait, je préférais l'arrière-pays, du côté de Draguignan, un repaire caché entre les vignes, les oliveraies et les pinèdes. La famille S. mettait à ma disposition cette maison basse, de style provençal, dont j'aimais le mobilier rustique et le pavage de tomettes ocre. La vue était sans fin sur les collines, sans une habitation, sans un pylône. Je n'avais pas de bail et je payais en toiles. Sur ce que j'avais peint lorsque je m'installais là, je laissais quelques œuvres. C'était ma dîme picturale. À Venise, où les mêmes mécènes me prêtaient un atelier entre la Douane de mer et les Zattere, la règle était identique : je payais en toiles ou en dessins.

J'étais une sorte de voyageur sans bagage. Je n'avais qu'une obligation : être là où mon désir m'appelait. À Aix, j'avais pris le TGV sans intention particulière. Était-ce cette carte que j'avais reçue de Jean Guillou qui m'avait donné l'envie d'aller l'écouter jouer à Saint-Eustache ? Lorsque je résidais plus longuement rue Tiquetonne, j'avais été un fidèle auditeur de ses messes et de ses concerts, dans l'église que cernaient les pelleteuses et les démolisseurs de la modernité pompidolienne. J'aimais le voir arriver, d'un pas rapide, aérien, et prendre place à sa console qui se situait alors dans le banc d'œuvre. J'admirais l'élégance et le talent de Jean Guillou. Il m'avait dit que, lorsqu'il jouait, il lui arrivait d'imaginer que son orgue était en fait au milieu des bois. Cela le changeait de la proximité des profanateurs, des spéculateurs qui avaient éviscéré Paris sans vergogne. Jean Guillou avait un concept qui m'amusait, celui de « verticalité sylvestre ». J'avais dessiné pour lui un orgue entrelacé d'arbres, quelque chose qui tenait de l'eau-forte, d'une vision d'apocalypse à la Dürer.

Rue Tiquetonne, je m'étais engouffré sous le porche, en espérant déjouer la vigilance de la concierge qui aurait certainement un lot de plis et de colis à me donner. Le pigeonnier sentait la moisissure, je l'avais vite fui, et, par le passage du Grand-Cerf, je m'étais dirigé vers le Marais. Les boutiques modestes, les échoppes d'artisans que j'y avais connues, tout cela avait disparu : c'était désormais le règne des objets ethniques et des bijoux de créateurs. À une époque, j'avais pensé m'établir là, dans un entresol, mais la crainte d'avoir à travailler sans la lumière du jour m'en avait dissuadé. J'avais oublié Jean Guillou, Saint-Eustache, l'épouvantable centre commercial que l'on avait creusé en lieu et place des Halles de Baltard.

Instinctivement, en quittant la mansarde de la rue Tiquetonne un peu comme un voleur, j'avais emporté la clé de l'atelier du quai des Célestins. L'atelier, que j'avais aussi déserté, avait dû être repris et la clé, que j'avais pieusement gardée, n'ouvrait sans doute plus rien. Le vide de l'arrière-pays provençal me déshabituait de tout : le bruit, la circulation, l'agitation des passants. À mon tour, sans destination consciente, je m'étais laissé aller au flux de ceux qui marchaient. J'aurais sans doute été mieux dans le silence de Saint-Eustache et voici que, tel un automate, j'avais suivi un groupe qui allait du côté de Beaubourg et voici encore que j'étais entré dans la grande raffinerie aux tuyauteries exhibées, un peu comme chez moi, puisque j'y avais une toile. Les falaises vertes et noires, qui avaient un temps figuré dans le fumoir de l'hôtel Matignon, appartenaient désormais aux collections du Centre Pompidou, sans que j'eusse conçu la moindre fierté.

Ce tableau était-il encore accroché ? Je n'étais pas entré là pour vérifier, je ne voulais rien savoir, l'idée d'être étiqueté — artiste de la constellation d'À l'Étoile scellée, peintre des années Pompidou — me révulsait, et dans la coursive vitrée d'où l'on avait une vue merveilleuse sur Paris, j'avais mis mes pas dans ceux d'un jeune homme aux cheveux longs, une sorte d'incarnation préraphaélite, un possible servant du cortège du Graal. Il savait certainement où il voulait aller et il serait mon guide. Au musée d'Art moderne, il avait obliqué à gauche, jetant un rapide coup d'œil sur des toiles de Kupka et de Delaunay que j'avais tout de suite reconnues.

Il y avait une sorte de salon d'attente dans lequel, si vous souhaitiez aller plus loin, un gardien vous demandait de laisser vos chaussures. Le jeune homme n'avait pas hésité, il s'était vite avancé sur ses chaussettes d'un joli vert d'eau, tandis que j'abandonnais laborieusement mes brodequins de marcheur de l'arrière-pays. Nous étions face à un mur de couleurs, constitué de lamelles ; au sol un tapis reproduisait l'exact ordonnancement des lamelles ; des plaques de transacryl vert, bleu, coulissaient, ménageant un passage, les visiteurs déchaussés déambulaient, certains, statiques, semblaient comme en extase : le Tadzio aux pieds vert d'eau bougeait la tête, voulant sans doute capter le mouvement coloré des parois. L'émotion m'avait saisi, une émotion vive qui prolongeait la surprise : cette pièce, je la connaissais, j'y étais entré dans une autre vie, j'ignorais tout de sa nouvelle affectation. Plusieurs fois, au printemps de 1972 et dans les mois qui avaient suivi, Georges Pompidou m'avait invité à entrer, à l'Élysée, dans cette antichambre qu'on disait cinétique et qui était le fleuron, et la fierté, des appartements du rez-de-chaussée toiletté.

C'était l'antichambre d'Agam, la chambre-tableau dans laquelle le président malade venait s'abriter et méditer. Elle était là maintenant, au sommet de l'immense alambic qu'il avait rêvé et qu'il n'avait jamais vu. Le successeur, croyais-je me souvenir, n'en avait plus voulu. L'émotion ne me quittait pas: tout m'excitait, les parois de transacryl, le jeu des lamelles flamboyantes, le rituel japonais, tous ces pieds qui marchaient sans chaussures sur le beau tapis des Gobelins, tous ces orants, ces contemplateurs, parmi lesquels le jeune chevelu aux chaussettes vert d'eau, entrés là, dans le tableau comme l'aurait dit le concepteur des lieux, dans le salon d'Agam qui était certainement une des réalisations les plus belles que cette époque eût osées.

Au sortir de cette étrange chambre du temps — les lamelles de couleur évoquaient, quand on bougeait dans la pièce, les heures qui courent de l'aube au crépuscule —, une vive nostalgie s'était abattue sur moi. Le jeune androgyne aux pieds verts s'était évaporé. Dans les boyaux vitrés du Centre Pompidou circulait une foule nombreuse, comme hypnotisée par la lumière, la perspective de Paris, l'église Saint-Eustache, la béance des Halles, les lointains de la Défense. Un peu sonné, un peu groggy, à l'image de la foule hypnotique des visiteurs de Beaubourg, j'avais pris machinalement la direction du quai des Célestins. Un digicode fermait désormais l'accès du porche qui conduisait à la petite cour où j'avais eu si longtemps un atelier. Les restes de quelques-uns de mes chiens — l'un avait même sauté sur les genoux présidentiels et Pompidou s'était laissé faire, si bien qu'il existait un « portrait au chien » — dormaient peut-être encore sous le pavage de la cour. À Brignogan, on procédait ainsi. Mon oncle peintre croyait à la survie invisible des animaux domestiques. Il faisait fi des règles de l'hygiène publique, et près des dunes, dans le grand vent, tout était possible.

Je m'étais mis à secouer la porte à la manière d'un fou, d'un somnambule qui aurait imprudemment claqué sa porte et se serait retrouvé comme prisonnier de l'extérieur. La formule m'allait bien.

— Ne secouez pas la porte comme ça ! dit soudain une voix autoritaire. Du calme ! Ah, pardon, c'est vous, monsieur Kerros !

C'était le nom sous lequel j'étais connu ici. C'était le nom sous lequel j'avais peint Pompidou, dans l'antre de cette cour, près de mon cimetière aux chiens.

— Mais c'est vous, monsieur Alfred !

Le nom m'était revenu, sans l'ombre d'une hésitation. Alfred veillait déjà sur l'immeuble dans les années 1960, quand je m'y étais établi au retour d'Irlande. Il n'avait pas changé, la peau tannée, le visage en lame de couteau, lui qui, dès qu'il pouvait s'échapper de sa loge de concierge — un local miteux qui sentait le salpêtre —, allait pêcher à la pointe est de l'île Saint-Louis.

Nous étions tombés dans les bras l'un de l'autre. Il avait bien ri lorsque je lui avais montré la clé de mon ancien atelier.

— Tout a été refait, la serrure changée. Avec cette clé, vous n'irez pas très loin ! C'est un architecte qui est maintenant chez vous...

Il riait. Il voulait m'offrir un verre de cette grappa de contrebande qu'il cachait toujours au fond de son gourbi. J'avais des souvenirs de migraine, de lendemains brumeux après une trop forte consommation d'alcool blanc dans la loge d'Alfred ou l'atelier, j'y reviendrai. C'était l'époque des Insulaires. Malgré l'hostilité de la copropriété, Alfred avait accepté d'installer une boîte aux lettres pour notre association qui avait son siège au 4 quai des Célestins.

J'avais voulu lui rendre la clé.

— Gardez-la, gardez-la, avait-il répondu. C'est comme à l'église, comment on dit déjà, une relique ?

De la fenêtre de la loge, j'apercevais une cour aux pierres magnifiquement jointoyées.

— Ils ont tout refait, avais-je lâché, avec un soupçon de douleur.

Je pensais aux reliques, à celles que j'avais enfouies, moi, sous le pavage.

— Rassurez-vous, monsieur Kerros, ils n'ont

rien creusé. Dessous, c'est comme avant, tout est pareil. Mais il n'y a pas que les chiens, j'ai mis autre chose...

Alfred ne riait plus, son visage s'était durci, il faisait soudain son âge, une silhouette fragile, friable presque, la dernière sentinelle du bout de l'île. Une heure auparavant, j'étais encore, avec mes chaussettes rustiques, dans la chambre du temps, sur le tapis précieux dessiné par Agam : à présent, je me trouvais face à cette créature curieuse, rescapée du grand séisme, et je commençais à douter de sa réalité, comme si j'eusse été la victime d'un enchantement jailli de l'antichambre cinétique du Centre Pompidou. J'avais l'imagination vive et fertile, un roman s'ébauchait : sous l'effet de la grappa, je me disais que le vieux concierge, ou son double, avait peut-être enterré dans la cour de cet hôtel particulier des cadavres que le courant du fleuve avait jetés sur l'étrave de l'île. Il me semblait bien qu'à l'époque des Insulaires Alfred nous avait raconté, un soir, avoir trouvé le corps d'une ondine, d'une sirène suicidée, à l'extrémité de l'île Saint-Louis, pas très loin de cette boutique d'articles de pêche qui n'existait sans doute plus.

— Vous avez oublié, monsieur Kerros! Vous les aviez tous laissés là. J'avais peur d'une descente de police. Alors je les ai tous enterrés, là-bas près du parterre de rosiers, à côté des chiens...

De quoi parlait-il ? De mes pinceaux, de mes châssis ? Je ne voyais pas. Il devait me prendre pour un amnésique, un vieux chnoque rongé par la maladie de l'oubli.

— Vous voyez pas, monsieur Kerros ! Eh bien, vos crânes. Vous vous souvenez, j'étais même allé vous en prendre au cimetière de Picpus.

Ma fascination des têtes était telle à cette époque que je ne m'étais pas contenté de la razzia dans l'ossuaire des dunes qui avait tant mécontenté Anna. La série des jeunes gens nus, des porteurs de crânes, avait été conçue là, dans l'atelier des Célestins, à peu près au moment où Pompidou était venu poser. Alfred continuait à parler. Il évoquait les ravages de la spéculation immobilière dans le quartier, la disparition de tout ce qui était singulier et pittoresque, et qui faisait l'âme de Paris. Je l'écoutais à peine. L'androgyne que j'avais suivi dans le salon d'Agam aurait été parfait, nu comme un ver, jouant avec une tête de mort. Il y avait des peintres qui se répétaient, Munch, De Chirico : je n'étais pas de ceux-là. Pour peu j'aurais demandé à Alfred d'aller déterrer un des crânes. Je me posterais demain au seuil du salon cinétique : le jeune homme, j'en étais certain, en était un visiteur régulier.

Les retrouvailles avec le vieux gardien pêcheur du quai des Célestins m'avaient plongé dans un état étrange : on était en 1985 et il y avait bien huit ans que je n'avais plus mis les pieds dans ce quartier, me contentant du pigeonnier de la rue Tiquetonne lors de mes rares incursions à Paris. Le narcissisme ne m'avait jamais poussé à aller voir mes toiles au Centre Pompidou, lesquelles étaient peut-être d'ailleurs rangées dans les réserves. L'horrible dénaturation des Halles me désolait. Le béton avait triomphé, un pourtour d'immeubles hideux, bâtis à la va-vite, avec très certainement, en coulisses, des opérations immobilières douteuses.

J'avais un peu connu les Halles, les marées qui arrivaient du Nord par la rue Poissonnière, le grouillement nocturne, la faune aussi des marchands, des forts et des clodos. Le sculpteur Mason avait tiré des croquis saisissants de ce monde au moment où il allait disparaître, fauché par la lame de la modernité pompidolienne.

Mason, que je croisais parfois dans un bistrot de la rue de la Verrerie, m'avait confié sa tristesse et sa rage de voir s'en aller un univers qu'il associait profondément au ventre de Paris, à quelque chose de naturel et de moyenâgeux — c'étaient ses mots — qui constituait selon lui l'âme du vieux Paris.

Le Vieux Paris, c'était précisément l'enseigne du café où venait se réfugier, pour se lamenter, toute une horde de nostalgiques qui ne s'en remettaient pas de cette destruction concertée, laquelle sentait l'arrogance, l'acquiescement forcé à une certaine modernité, la tentation de l'hygiène, du béton, bref, de tout ce que nous détestions. Un monde avait basculé dans l'immense trou des Halles, avec ses miasmes, ses rats, ses saveurs et ses senteurs aussi. Mason, élégant, contenu dans sa colère, ne s'en remettait pas. Il y avait dans son allure et son attitude quelques traits qui me rappelaient mon oncle.

— Arrête avec l'Irlande, avec la Bretagne, me disait-il. Fais comme moi. Garde des traces de ce royaume que nous avons perdu !

C'était l'époque des Insulaires, cette association regroupant toutes sortes de nostalgiques et d'enragés, que nous avions fondée dès que le coup fatal avait été porté, en 1971, avec la démolition des pavillons de Baltard.

— S'ils continuent, ils vont détruire le maître-autel de Saint-Eustache, qui est aussi de Baltard, disait encore Mason avec cette note d'humour glacial dont il avait le secret.

Les Insulaires, c'était surtout le titre d'une nouvelle de Jacques Perret qui datait des années 1950. Et nous étions comme les personnages de Perret, enfermés dans une île assiégée par une modernité dont nous contestions le diktat et le rythme. À la faible lumière des lampiotes du Vieux Paris — la patronne, Mme Berthe, était connue pour sa pingrerie —, je détaillais ces visages, y compris celui de Mason, ces gueules, ces trognes, entamés par la mélancolie, le désœuvrement, un début d'ivresse, une vacance plus vaste et plus définitive. Mme Berthe, disait-on, cachait un pied bot derrière son zinc, elle se tenait juchée sur une escabelle, elle voyait tout, elle contrôlait tout, les consommations, cela va de soi, mais aussi les conversations, les alliances, les conflits dérisoires qui pouvaient opposer les membres de cette confrérie rejetée sur la rive par un monde nouveau dont elle n'avait pas su prendre le train.

Mme Berthe, avec son air de vieux rapace chagrin, cette lucidité sans faille, ce sixième sens qui faisait d'elle une experte des silences et des non-dits, avait sans doute deviné l'acrimonie que manifestait parfois Raymond Mason à mon encontre, m'accusant, sans le dire vraiment, de faiblesse, d'indulgence pour le grand prince des modernes, le banquier qui n'avait pas eu le bon goût de le reconnaître et de l'acheter, le Louis-Philippe bedonnant qui s'était juré de transformer radicalement la face de Paris. Quand elle sentait que les choses étaient susceptibles de dériver ou de s'envenimer, Mme Berthe avait le don de réorienter la conversation, de la détourner vers des sujets moins sensibles. Au Vieux Paris, comme dans les repas mondains, la politique était proscrite, le sexe aussi, et cela pouvait s'expliquer puisqu'il se murmurait que, le rideau de fer de son bistrot baissé, Mme Berthe, au volant d'une voiture déglinguée, faisait le tour de quelques hôtels dont elle avait la jouissance du côté de Montmartre.

Cette part d'ombre dans la vie de Mme Berthe m'avait toujours intrigué. Et cette après-midi d'octobre 1985, après avoir retrouvé le gardien pêcheur des Célestins, le gardien aussi de mon cimetière secret, l'envie m'avait pris soudain de marcher jusqu'au Vieux Paris, histoire de se remettre, en buvant une bonne bière, de toutes ces émotions. Je m'étais heurté à un rideau baissé et rouillé, ce qui pouvait laisser croire que l'activité s'était interrompue depuis longtemps. Et encore... Je devinais Mme Berthe vivace, coriace, increvable, dopée par la fréquentation de ses clients orphelins de la splendeur des Halles — et la récolte des gains de ses hôtels borgnes sur les hauteurs de Paris. Il me restait le salon perché, les lamelles chatoyantes de ses murs, ce salon devenu relique à son tour, comme un sanctuaire flamboyant posé tout en haut du grand alambic de tuyaux et de coursives. Deux mondes, deux pôles entre lesquels j'avais navigué comme un nomade honteux et un renégat. Avais-je été complice, comme le suggéraient quelques habitués du Vieux Paris, en me rendant à l'Élysée et en peignant le monarque, de l'assassinat d'un certain Paris ? Sans doute, mais tout cela était si loin. Plus de dix ans déjà que le prince des modernes reposait sous une dalle sans grâce du petit cimetière d'Orvilliers.

J'étais entré par hasard dans une librairie rue de Turbigo et j'avais acheté un livre pour la beauté de sa couverture, pour le fait aussi que j'aurais à le couper en le lisant, pour le nom de son auteur que j'avais croisé, j'en étais sûr, à l'une au moins de ces projections privées auxquelles les Pompidou aimaient convier les artistes de leur entourage. Ce livre, c'était *La forme d'une ville*, son auteur le gentleman taiseux, engoncé dans son costume en tweed de chez Arnys, que je me souvenais d'avoir dégelé un soir, lui arrachant même un sourire, une vive et vraie lueur de complicité, en citant le nom de Breton qu'il avait bien connu et profondément admiré. Tout cela nous avait permis d'évoquer À l'Étoile scellée et les galeries que prisait le grand maître du surréalisme, mais je n'étais pas certain que Julien Gracq eût apprécié la bande de sauvages, d'artistes rustiques et incarnés que nous formions, avec Degottex, Duvillier, Elléouët et les autres.

Sur la couverture de *La forme d'une ville*, on discernait comme un palimpseste de carte, une sorte de plan urbain. C'était ce que je voyais aussi se dessiner sous mes yeux depuis quelques heures, entre le veilleur des crânes du quai des Célestins, le fleuve que je retrouvais toujours avec une profonde émotion, ses quais, son courant, ses péniches, et le rideau baissé du Vieux Paris qui abritait pour moi une sorte de tabernacle rempli de fantômes. Tout cela n'eût jamais existé sans l'androgyne blond, le servant préraphaélite du cortège du Graal que j'avais imprudemment suivi cette belle après-midi d'automne, en entrant dans l'antichambre cinétique d'Agam puis en m'asseyant près de lui, sur le tapis aux cent quatre-vingt-quatorze couleurs.

Ne sachant où me réfugier, je m'étais attablé sous les galeries du Palais-Royal, entre les boutiques de décorations et les échoppes branchées des créateurs. C'était une idée étrange, j'en conviens. Je m'étais fait servir, à la surprise du garçon, une bouteille de savennières que j'avais descendue en regardant passer les enfants chics, leurs maids, des filles au pair sans doute, les énarques des ministères et du Conseil d'État, impeccablement vêtus, des couples illégitimes qui, le soir venant, gagnaient les grands boulevards. Une masse d'impressions, de souvenirs remuait en moi. L'ivresse venant, je croyais voir bouger, entre les arcades, les parois lumineuses du salon d'Agam.

Des bribes, des lambeaux me revenaient, des esquilles de couleur, dans le plus pur style des années 1970. J'étais gris et j'en étais fier. L'envie de peindre m'avait saisi, ou d'écrire. J'aurais volontiers fait halte chez ce bouquiniste qui tenait une si belle boutique dans la galerie Vivienne, il devait être fermé à cette heure et c'était mieux ainsi : je craignais de lui offrir le spectacle d'un ivrogne à l'élocution pâteuse. L'oncle anglo-irlandais avait bu aussi : il me souvenait de l'avoir surpris dans sa serre, à l'orée des dunes de Keremma, absent, l'œil vitreux, déjà parti vers d'improbables destinations. Curieusement, l'ivresse n'entamait en rien ses facultés créatrices : elle les amplifiait même et son trait n'en était que plus vif, plus délié. Je n'allais tout de même pas me remettre à peindre le président des années 1970 ; d'ailleurs, je n'avais plus d'atelier, les chiens qui le peuplaient n'étaient plus qu'une poudre d'ossements sous la cour de l'hôtel particulier, l'écharpe IKB — de ce bleu dont Yves Klein avait été le promoteur — que Pompidou aimait porter lorsqu'il posait pour moi avait dû finir mitée dans l'atelier fermé, à moins qu'elle n'eût été déblayée avec le reste par les chiffonniers d'Emmaüs.

J'en étais sûr soudain : tel un archiviste maniaque, j'avais consigné dans un petit carnet à spirale le détail des poses et de mes observations d'alors. À un moment de ma vie, j'avais eu la passion des registres, je notais tout, les flacons merveilleux, les noms des whiskies et des vins, les beaux corps qu'il m'était donné de caresser ou de peindre. La vie avait continué, toute cette époque s'était détachée de moi, le souci des carnets et des archives s'était dissipé. Ces petits cahiers cryptés avaient dû échouer dans les boîtes calfatées des bouquinistes des quais, j'en avais la certitude, à moins qu'ils ne fussent toujours dans le capharnaüm de la mansarde de la rue Tiquetonne, sous les vêtements amoncelés, les journaux, les papiers, toutes les reliques entassées là, comme une concrétion, une accumulation fascinante.

À Venise où j'avais longtemps travaillé, j'avais un jour fixé, en les collant, tous les résidus qui encombraient ma chambre. Cela avait donné une installation — je n'aimais pas ce mot — intitulée *Rebut d'une vie* qui avait emporté l'adhésion de F.P., ce collectionneur aux crochets de qui j'avais un temps vécu. Le carnet que je recherchais ne pouvait pas être dans la concrétion vénitienne, quelque part entre la Ca' d'Oro et la Dogana di Mare. J'en avais aussi conçu une autre, à partir de massacres, de pelisses et de bois de cerf, qui avait enchanté le même F.P. L'heure n'était plus aux accumulations de déchets et de poubelles, elle eût été plutôt à la contemplation d'éphèbes que, de nouveau, j'aurais aimé voir jouer avec des crânes, mais je l'ai dit, je n'étais pas porté à la répétition et je n'avais ni atelier, ni tête de mort, ni jeunes gens prêts à se dévêtir.

Rue Tiquetonne, tout à l'heure, je n'aurais pas peur de tout bousculer, de tout remuer, d'entrer dans le vif des sédiments et des reliques. De ceux de Venise, j'avais fait l'accumulation que F.P., conquis, avait achetée à prix d'or; ceux de la bicoque de Portsall avaient disparu dans l'incendie de la maison occupée par des squatters. Ceux de Paris existaient encore, épais, encroûtés dans la mansarde, comme une carapace encombrante, proliférante, le passé figuré, présentifié en une masse qui réduisait l'espace vital, oui, quelque chose comme une excroissance kafkaïenne que l'on pouvait figer en œuvre d'art, ou fouiller, ou forer: je m'imaginais un destin, une nuit de termite halluciné.

2 octobre 1969

Croquis. Impossible de trouver la pose, la lumière. Le président assis dans son bureau, sous *Le grand pont* d'Hubert Robert. Il fume et il peste. Le beau hâle qu'il avait il y a quelques jours a disparu. J'aimerais un autre lieu. On descend dans le jardin d'hiver. Ce n'est pas mieux : sous la verrière, il est verdâtre. J'aimerais qu'il vienne dans mon atelier. Il bougonne, vieux prof : « Ah, vous avec vos obsessions, vous n'en démordez pas ! »

9 octobre

Retour dans le Salon doré. Cette fois, près de la fenêtre, assis dans un fauteuil Régence. Au loin, dans la brume, la pièce d'eau, les cygnes. Tout cela fait gaullien. Innocent, j'ai risqué le mot. Foudre. J'ai cru qu'il allait se lever. Immense éclat de rire. Ses lèvres, épaisses, gourmandes. Il s'est détendu enfin. « Évitez-moi Brejnev ! » Nouveaux rires. Il a voulu voir ce que cela donnait. Professoral toujours, inquisiteur : j'ai résisté.

12 octobre

Mlle Négrel m'a demandé de passer : il y avait une « fenêtre ». Il a repris sa place près de la baie centrale. Je dessine, comme je le faisais sous le regard de mon oncle. Son embonpoint est là, bien visible. Celui d'un homme heureux qui a profité de la vie. Impression de rondeur, jamais de mollesse. J'aurais aimé le faire parler de la jeune agrégée qui s'est suicidée. Affable, mais coriace. Au début de la pose, il était sombre, préoccupé, puis il s'est détendu. J'en ai profité pour passer à l'attaque :
— La prochaine fois, monsieur le président de la République, c'est à vous de venir jusqu'à moi...
— Quai de Béthune, je n'y vais plus guère, un soir par semaine. Je ne vous promets rien.
Puis, plus rieur :
— Vous ne semblez pas comprendre, je suis entré en religion...

18 octobre

Le coup de fil de Mlle Négrel m'a laissé le temps de tout ranger dans l'atelier. Pas question d'y laisser traîner les nus et les crânes. Acheté chez un brocanteur voisin, rue Beautreillis, un fauteuil digne du président. Il n'y a rien ici de décent ni de confortable, des estrades, des trépieds sur lesquels se juchent les modèles. Il est arrivé, lumineux, l'air radieux. Il avait traversé la Seine depuis chez lui, à pied.

— Que ne vous ai-je écouté plus tôt!

Il regardait tout autour de lui. Œil rapide, vorace.

— C'est quoi, ça? a-t-il grommelé en montrant les châssis retournés.

Il a senti qu'ici sa condition ne lui permettait pas tout. Il s'est assis dans la cathèdre pourpre. Il avait un joli costume clair.

— Il ne faudrait pas que cela se sache. Les Français ne m'ont pas élu pour cela. J'ai marché, j'ai vu Paris, je me sens bien. À l'Élysée, je me rabougris.

Le jeune lévrier gris, Ulysse, sautillait près de lui. J'ai cru que ça le gênerait.

— Laissez-le, laissez-le, c'est comme dans le cabinet de saint Augustin peint par Carpaccio. J'aime beaucoup revoir cette peinture quand nous allons à Venise.

24 octobre

Il est revenu. Le premier des portraits est presque achevé. J'ai eu l'audace de déposer sur ses épaules une écharpe bleue — le bleu Klein — que je venais d'acheter.

— Vous en faites plusieurs ? Celui qui m'intéresse, c'est celui à l'écharpe IKB. Vous connaissez ma passion pour ce peintre.

Il s'est arrêté. Il ne voulait sans doute pas me froisser en avouant une préférence pour un autre artiste.

— À Matignon, j'avais placé dans le fumoir une table de Klein remplie de copeaux d'or. Chez moi, quai de Béthune, j'ai sa *Victoire de Samothrace*.

Klein le séduit plus que le Salon doré, les cygnes du Général ou *Le grand pont* d'Hubert Robert. Je ne l'avais jamais senti si confiant. Il était sur le seuil, prêt à partir :

— Je revis, ici. À l'Élysée, la distance s'installe... On prend un habit et on fait des gestes qui vous sont dictés. On ne peut plus ouvrir une porte ni pousser un bouton d'ascenseur, c'est comme si on était devenu infirme...

Je n'ai pas osé dire, mais je l'ai pensé fortement : « C'est comme ça qu'on se change en Brejnev... »

27 octobre

Je n'imaginais pas le retrouver si vite. Je suis passé à l'Élysée cette fois, dans son bureau. À contre-jour, près de la fenêtre, un énorme parapheur sur les genoux.

— Je suis impatient de voir comment on passe des paysages d'Irlande au portrait de président, a-t-il dit, l'air impénétrable, mystérieux. Oui, je suis curieux. Il faudrait que vous me suiviez dans mes paysages, loin de cet affreux bureau : à Orvilliers, près de ma mare aurévillienne, à Cajarc surtout...

31 octobre

Angoisse. Ce n'est pas le président que j'ai peint. C'est un Français d'origine paysanne, arrivé au sommet de la puissance, un galeriste, un banquier, rondouillard et moderne, avec son écharpe bleu Klein. On sent l'épicurien, le jouisseur qui sait s'entourer de bonnes choses, tableaux, chère, cigares, sans oublier les amis. J'ai indiqué à Mlle Négrel que le premier portrait était prêt. Un envoyé de l'Élysée doit venir.

Les souvenirs m'étaient revenus d'un coup, à feuilleter ces carnets dont j'avais oublié l'existence. Je ne me rappelais pas avoir été un archiviste si précis. Au début, dans son palais, dans la belle lumière d'automne qui inondait le parc, Pompidou avait cherché à jouer au président, en me toisant, en m'intimidant dans ce bureau trop doré qui portait encore la marque des fastes parvenus de l'impératrice Eugénie. Oui, je m'en souviens, il faisait le président, assis à contre-jour, le dos au jardin, avec près de lui, ostensible sur une console, une photo dédicacée du général de Gaulle. J'étais bien décidé à éviter la raideur brejnévienne, le côté hiérarque arrivé, sûr de lui. J'aimais sa force, sa lourdeur aussi, son aspect sombre, velu, incarné. Il ne pouvait s'empêcher de fumer : la cigarette Marlboro n'était pas éteinte que la suivante la remplaçait. Ou bien il pestait — contre le protocole élyséen qui faisait de lui un colis qu'on déplace de pièce en pièce, contre sa captivité dans ce bureau doré qui le privait des sorties dans Paris qu'il aimait tant, contre Chaban qu'à mon immense surprise je l'avais entendu qualifier de « gandin » ou de « marchand de chaussures de luxe » —, ou il s'abîmait dans la consultation des parapheurs.

Ce n'était plus le président que j'avais alors devant moi, engoncé, en grand arroi, c'était un homme solide, curieux mélange de rusticité et de raffinement, de courtoisie, de roublardise et de violence. Le visage commençait à s'empâter ; le cheveu, éclairci et plaqué sur le crâne, paraissait terne et gris ; dans cette silhouette trapue et sans grâce, mais non sans majesté, seule l'intelligence, une exceptionnelle présence de l'esprit, éclairait le regard. La bouche m'avait intéressé aussi, avec ses lèvres épaisses, portées aux plaisirs de la chère et du monde, une bouche qui aimait les bons plats, les bons vins, les cigares et les alcools de fin de repas. J'avais devant moi un intellectuel jouisseur, un homme qui n'avait jamais vraiment posé la défroque de banquier, un homme que le show-business, les affaires, les parties de chasse passionnaient. Il aurait fallu me payer pour me traîner dans cet univers qui me révulsait. Croyant bien faire, le président m'avait invité, un jeudi de décembre 1969, à Marly, pour une journée de chasse. Le gibier massacré, les cigares, la forfanterie et l'arrogance de ces gens bien en place m'avaient vite rempli de dégoût et je n'aspirais qu'à fuir.

Il eût été trop facile de réduire le président à une coterie dont la fréquentation, pourtant, l'enchantait. J'aimais l'entendre gronder, tonner, comme un ours sauvage, mal dégrossi, prêt à passer à l'attaque. Il rugissait soudain dans sa prison dorée, il voulait prendre sa Porsche pour rejoindre Orvilliers; la voiture, la vitesse lui manquaient. Il y avait cet ascendant intellectuel qu'il aimait manifester pour bien montrer qu'il était le chef, le normalien sûr de sa supériorité et de sa caste, il y avait cette lueur narquoise qui s'allumait soudain au coin de son œil gauche et qui disait qu'il était disposé à pulvériser tout ce qui entraverait sa route, il y avait encore cette authenticité paysanne, ce bon sens de maquignon qu'il exprimait parfois, comme l'aurait fait un paysan matois des Causses vendant quelques belles pièces de son cheptel au marché de Cajarc.

Je n'aimais pas l'Élysée. Le bureau de De Gaulle m'impressionnait, avec ses boiseries, ses candélabres, les fauteuils Empire, qui étaient encore là au début et sur lesquels les visiteurs du Général avaient inconfortablement posé leurs fesses. La bibliothèque où le président avait pris la pose pour le photographe de *Match* n'était pas sans charme, mais elle surgissait au milieu d'une enfilade de salons tristes, meublés à la manière des vieilles maisons bourgeoises. Tout cela cadrait si mal avec la personnalité de celui qui rêvait de voir, un peu comme à San

Miniato, se lever d'innombrables tours aux lisières de Paris.

Sans doute était-ce parce que je voulais que se desserre l'emprise du lieu que je lui avais proposé de venir quai des Célestins, ce qu'il avait fini par accepter. Était-ce parce qu'il arrivait alors de l'île Saint-Louis à pied, sans escorte, qu'il me semblait que la gangue de distance et de majesté avait fondu? L'homme qui se tenait devant moi était bien celui que j'avais dessiné le dos tourné au-dessus du jardin de l'Élysée, mais il me paraissait soudain plus proche, plus familier, au point d'accepter l'écharpe bleu Klein ou la compagnie de mon jeune lévrier qui sautait allègrement sur ses genoux. Il n'était plus au travail. Il n'était plus en représentation. L'autorité, elle, ne disparaissait jamais. Il suffisait de l'entendre parler : son ton docte, sa voix assurée ne laissaient guère de place au doute. C'est quai des Célestins qu'il avait dit qu'il comptait confier le réaménagement des appartements privés du rez-de-chaussée — où se trouvait la fameuse bibliothèque en hémicycle — à des artistes contemporains. Il parlait alors de Bernard Anthonioz, d'Agam et de Pierre Paulin comme s'ils eussent été parmi mes proches.

Il m'avait fait venir à l'Élysée, un soir de décembre. Il avait neigé, et les arbres, les allées du parc, la pièce d'eau, tout était blanc et givré. Je ne savais pas que je n'aurais droit qu'à quelques minutes, entre audiences et signatures de parapheurs. « Le président veut vous voir... », avait simplement dit Mlle Négrel.

Seuls les lourds flambeaux de vermeil éclaireraient sa table. Le président ressemblait à une masse bougonne, taciturne, de méchante humeur. La neige, qu'il n'avait pas eu le temps de contempler, lui aurait pourtant redonné la joie vitale en lui rappelant le souvenir de ses Causses verglacés. J'étais mort d'angoisse.

— J'ai vu le travail, avait-il fini par lâcher en me regardant fixement, la voix grave, presque enrouée. Pour le coup, ça ne fait pas du tout chromo brejnévien! Comment dire? Ça fait plutôt seigneur de Cajarc. Certes, je ne porte pas les cols roulés et les vestes de laine que j'ai toujours chez moi, mais, avec l'écharpe bleu Klein, je me suis vu là-bas quand je vais chercher du bois ou quand je marche au bord des ravins des Causses. Ma femme aussi a aimé. C'est bien. Je retournerai vous voir ou vous viendrez ici, dans mon palais rénové, quand toutes ces vieilleries auront été dégagées...

J'étais sorti sur la pointe des pieds. Le professeur Pompidou venait de me décerner un accessit. C'était drôle: j'avais quatorze ans de moins que lui et je demeurais, sous son regard, un éternel élève.

Un souvenir m'est revenu, un soir de ce même décembre neigeux. Pour me redonner de l'inspiration, pour rompre avec le côté empesé du cliché pris dans la bibliothèque, je le regarde dans ma chambre perchée, sous la verrière bleuie par le froid. J'en ai fait venir des tas de la Documentation française et je les brasse comme un jeu de cartes. Quelque chose me dit que ce n'est pas Pompidou, ce monarque raide et grimé, dressé comme un mannequin ou une momie devant les livres. Et il me semble, l'autre jour, quai des Célestins, alors qu'un de mes lévriers bondissait joyeusement sur les genoux présidentiels, avoir saisi un éclair, une vérité du Pompidou authentique.

Je suis seul sous la verrière, un peu indécis comme je le suis souvent, ne sachant pas si je dois descendre dans la rue, marcher jusqu'au Vieux Paris de Mme Berthe, aller boire un café chez Lulu, la vieille tenancière de l'hôtel qui jouxte mon immeuble. Elle ne se remet pas du transfert des Halles et tout particulièrement du départ des hommes des marées qu'elle logeait dans son hôtel vieillot, peu respectueux des normes de sécurité. Pour elle, Paris a été touché au cœur et elle ne s'en relève pas. Mason aimait les légumiers et les fruitiers : sa préférence va aux poissonniers qui venaient se doucher sitôt leur travail fini tant ils sentaient la mer et la poiscaille. La voix abîmée par la cigarette, l'œil vitreux, éteint par trop de chagrins et d'ivresses, Lulu a quelque chose de désespéré, de tragique même, qui m'afflige. Elle n'a qu'un mot à la bouche : « les bétonneurs »... Elle les exècre.

Georges Pompidou n'a jamais fait mystère de ses goûts et de ses choix en matière d'urbanisme. Dans les bars proches des Halles où les Auvergnats autrefois régnaient en masse, il ne faut plus prononcer ce nom qui, avant la fermeture des pavillons de Baltard, suscitait plutôt la sympathie. On le tient aujourd'hui pour le prince des bétonneurs, celui qui, au forceps, fera passer Paris à l'ère de la modernité et de la bagnole. Est-il venu ici ? A-t-il marché à la fin de la nuit entre Saint-Eustache et les pavillons, parmi la faune nocturne, les filles de joie, les noctambules ? Trop pressé, trop pris, trop calculateur. Il ne faudrait pas que j'avoue à Lulu ou aux autres que je le connais, qu'un hasard lointain nous a mis en relation, que nous nous voyons, qu'il est même venu dans mon atelier des Célestins. Personne ne l'a vu. Le concierge, ces jours-là, était absent. Du passage présidentiel, il ne subsiste pas la moindre trace.

Un sourd sentiment de honte m'affecte soudain, celui de trahir les miens, mes compagnons d'infortune, l'esprit d'un quartier qui bascule dans l'inconnu et l'horreur. Certes je ne suis pas comme eux, j'ai trop bougé, trop voyagé. Je n'ai pas fait mon trou entre la pointe Saint-Eustache et le Rocher de Cancale, la rue Montorgueil et le passage du Grand-Cerf. Quelque part, les falaises d'Irlande me sont plus familières que les aboyeurs et les garçons des marées, je suis un fils de l'ailleurs et du large, mes insularités ne sont pas exclusivement urbaines.

Oui, que feraient-ils s'ils apprenaient que je me suis mis à peindre le prince des bétonneurs, celui qui rêve de purger Paris de ce qui lui restait de nuit et d'immondices, de béance médiévale, d'eau et de terre, de marées et de fruits, et qui a le regard rivé sur cet improbable an 2000 ? Par bonheur, rien de mes incursions élyséennes n'a encore filtré. Tout au plus, un soir d'ivresse chez Mme Berthe, ai-je avoué que, comme mon oncle, je m'étais mis au portrait. J'ai évoqué un banquier que je connaissais depuis longtemps : face à la clameur, j'ai vite dû battre en retraite et préféré parler de ces garçons, graciles ou musclés, les frères des hommes des marées, à qui je demande de poser nus, un crâne entre les mains. C'était ce qu'il fallait dire devant Mason, Mme Berthe, Lulu et la joyeuse compagnie du

Vieux Paris. Les banquiers, les bétonneurs ne sont bons que pour des leçons d'anatomie, rien d'autre: c'était ce qu'avait glissé ce vieil antiquaire, étrangement frêle et féminin, et qui devait avoir une boutique dans le IXe arrondissement, au-delà des boulevards. Oui, j'avais honte de ce que j'avais entrepris et que, par fidélité et loyauté, je ne pouvais plus interrompre.

Je suis allé marcher, ce même jour neigeux, sous la verrière grise et froide du passage du Grand-Cerf, j'y viens enfin. Il ne fait pas très chaud là-haut et j'aime me dégourdir les jambes pour me réchauffer. Les vitrines aux stores baissés, les boutiques éteintes ont quelque chose de sinistre. J'ai fui Lulu, sa désespérance. Soudain je revois le portrait, pas celui que j'ai peint, celui du photographe, mieux que si je l'avais sous les yeux. Et cela m'apparaît comme l'évidence: le président a été maquillé. Cela se voit au dessin des sourcils, au pincement des lèvres, à la peau translucide comme du marbre. Ce n'est pas l'homme hâlé et vivant, que j'ai rencontré peu de temps après, ce modèle rigide, caché sous les onguents. L'habit, les livres floutés, l'attirail des décorations, tout renforce cette impression funèbre qui ne m'avait jamais saisi jusque-là. Certes Pompidou a voulu reprendre la pose grandiloquente, capter un peu de la grandeur de son prédécesseur, le général gaélique, mais il se joue là un autre drame, encore plus intime, plus secret.

Je marche sous la verrière du passage du Grand-Cerf ce soir de décembre 1969 et j'ai enfin compris ce qui me déplaisait tant dans le cliché officiel, ce que j'appelais un peu vite cette pose brejnévienne. J'ai compris et je me sens plus lié encore. Je n'ai rien à dire : on ne me croirait pas. Il me reste à retrouver mes éphèbes et leurs crânes, mes chiens du quai des Célestins, la neige qui tombe sur la ville, et, s'il veille encore, le cercle des buveurs inconsolables du Vieux Paris.

Lorsque je peignais, je me soumettais toujours à une sorte de rituel. La promenade préalable en était un aspect. Et la sauvagerie, poussée à son paroxysme aussi. La crainte de devoir croiser quelqu'un de connu, d'avoir à échanger quelques mots, me tétanisait. Quand je me dirigeais vers le quai des Célestins, je ne connaissais plus personne. Le passage du Grand-Cerf m'avait attiré un temps, mais outre que la lumière y était rare, ce bel endroit présentait un désagrément majeur : celui d'être bien trop près de la rue Tiquetonne. Les malheurs du temps, les plaintes des habitants du quartier, c'était pour après, lorsque j'avais travaillé.

J'étais un peu bifide : je compatissais profondément à tout ce que j'entendais, la déploration de ceux qui voyaient partir avec douleur la ville merveilleuse qu'ils avaient aimée, et je me demandais en même temps ce qui pourrait sortir des cerveaux fous, et superbement intelligents, de ces urbanistes, ces architectes qui dessinaient le futur visage de Paris. Comme Mason, j'avais goûté l'intensité de la vie des Halles, cette impression constante de brassage, de tohu-bohu, le pouls ardent d'une cité du négoce souterrain. Sans doute étais-je moins noctambule que lui, moins curieux des visages, des types humains, de tous ces personnages qui avaient mis leur vie au service du grand athanor des Halles. Il m'était arrivé, après être allé écouter Jean Guillou jouer à Saint-Eustache, de prendre une collation au Pied de cochon, entouré d'insomniaques festifs, de filles récemment enrichies, de vendeurs en gros, toute une faune rieuse, bruyante, que les plaisirs de la nuit parisienne excitaient.

Tout cela appartenait déjà à un autre temps. Un des garçons, Laurent, un jeune brun au corps superbe qui posait volontiers pour moi, faisait partie d'une troupe qui répétait dans l'ancien pavillon des marées. Il y jouait du Beckett, je crois, et me pressait d'aller le voir. Je l'avais pour moi, ici, dans mon atelier, fragile, dépouillé, offert à la voracité de mon regard : à quoi bon aller le voir perdu dans un groupe ? Outre les deux whippets qui peuplaient cette pièce vitrée, sans lumière, et que j'emmenais courir sur le boulevard Henri-IV ou encore tout au bout de l'île Saint-Louis, ce lieu n'avait guère d'attrait, il paraissait même inhospitalier, nettement au-dessous du fleuve, et je me disais que s'il y avait un jour des crues sérieuses, il serait englouti.

Je ne sais lequel des buveurs du Vieux Paris avait observé que je ne m'éloignais plus guère de la capitale. Si j'avais été entendu sur la difficulté matérielle de vivre l'hiver dans la bicoque de Portsall, je l'avais été un peu moins lorsque j'avais confié que la lumière de l'arrière-pays de Draguignan m'inspirait bien plus l'été : ceux qui connaissaient mon travail, mes marines irlandaises et finistériennes, savaient mon faible attrait pour les couleurs et les paysages du Sud, l'été plus encore. L'indiscrétion de certains m'avait toujours étonné : j'étais d'un naturel secret, je ne demandais jamais rien à personne. Ils pouvaient peindre, sculpter, jouer, écrire ou sombrer dans la déréliction créatrice la plus noire, je n'en avais que faire.

Ma présence parisienne les intriguait. Comme je ne voulais rien leur dire du cycle des porteurs de crâne, de crainte là encore que, par je ne sais quelles capillarités indiscrètes, la galeriste de la place de Furstemberg ne fût informée du sujet de ce qui était en préparation, alors que, par définition, rien n'était encore montrable, et comme il m'était encore plus difficile de leur avouer ce qui me retenait vraiment à Paris, je passais mon temps à esquiver en riant, à dire que j'étais une sorte d'agent double et que, puisque la peinture ne nourrissait plus son homme, je me livrais à une autre activité, inavouable et bien plus lucrative.

Le vieil antiquaire du IXe me voyait en critique

d'art, il me soupçonnait de passer mes journées à visiter les galeries qui s'ouvraient, nombreuses, rive droite. C'était là encore mal me connaître : j'étais trop ignare, et trop généreux, pour exercer cette mission ingrate. Une forme de dureté me poussait à l'intransigeance ; d'un autre côté, la joie d'avoir à porter sur les fonts baptismaux de la peinture un jeune talent en qui j'aurais mis toute ma confiance m'inclinait à une certaine indulgence. Marien, l'antiquaire, avait été professeur de lettres dans une autre vie et il en avait gardé le goût des textes, des auteurs nouveaux tout particulièrement. Il plaçait très haut les premiers récits d'un auteur inconnu, un certain Modiano. Le titre du roman — s'agissait-il d'un roman ? — dont il parlait sans cesse m'avait marqué : *La place de l'étoile*. Il expliquait que ce titre, ambigu, désignait à la fois les abords de l'Arc de triomphe et l'emplacement, sur les vêtements, auquel pendant l'Occupation les Juifs étaient tenus de porter l'étoile ignominieuse. Marien avait une petite tendance à faire cours. On l'écoutait poliment, certains opinaient gravement, je n'avais rien à faire, sinon écouter les doctes conseils de cet attaché de presse que la NRF ignorait sans nul doute.

Mme Berthe était sombre, nerveuse ; un rien l'agaçait. Elle voyait une immense zone, qui irait des Halles en sursis au plateau Beaubourg où s'étaient autrefois garés les camions des grossistes et des acheteurs, tomber bientôt sous la pioche des démolisseurs. Dans son angoisse, la rue de la Verrerie serait annexée par cette énorme opération immobilière, son bar vétuste sacrifié : elle disait craindre les estimations frelatées d'éventuels spéculateurs. Les rumeurs allaient bon train : on annonçait depuis longtemps la construction d'une bibliothèque sur le plateau Beaubourg, le président de la République y voyait également un centre dédié à l'art et à la création contemporaine. Chacun y allait de son pressentiment, de son jugement à l'emporte-pièce.

J'avais aimé ce Paris mais je n'y étais pas comme eux viscéralement attaché. Il entrait dans leur douleur exacerbée une authenticité, une vérité qui les rendaient beaux et dignes. On eût touché au moindre cairn d'Inishmore, au moindre rocher de Brignogan, ma réaction eût sans doute été la même.

— Si on fonde une association, Kerros, on espère que vous serez des nôtres, disait tout fort Marien qui avait certainement saisi ma réticence silencieuse.

J'avais envie de partir, de quitter Le Vieux Paris — et Paris. Une forme de complot, de société secrète, était en marche, et là encore je ne pouvais pas rester insensible à la démarche de ces esthètes et de ces romantiques — ces « insulaires », comme ils se feraient appeler bientôt — qui ne pouvaient pas accepter qu'on leur vole leur Paris. Pour Mason, avec le départ des marchands et des rats, le coup fatal avait été porté. Pour Marien — je le comprendrais lorsque j'aurais feuilleté le beau récit de Modiano —, il n'était de ville qu'en clair-obscur, dans la pénombre mouillée, entre le labyrinthe et le cryptogramme. À cet égard, les projets du prince des modernes ne pouvaient qu'inquiéter. Je me taisais, horriblement mal à l'aise, lorsque le nom du président venait à être cité. Je me sentais tenu et pourtant on ne me donnait plus de nouvelles.

Est-ce au cours de cet hiver aussi que j'avais lu les *Lettres de prison* de Gabrielle Russier que Le Seuil avait publiées, avec une préface de Raymond Jean ? L'histoire tragique de cette jeune femme qui s'était donné la mort ne m'avait jamais quitté depuis que je l'avais découverte, incidemment, en lisant *Le Télégramme* dans le restaurant maritime d'Anna. Je m'étais procuré d'autres portraits d'elle, le regard intense, perdu, le cheveu ras : elle n'était pas sans ressemblance avec la Jeanne d'Arc de Dreyer. Toutes ces images de la jeune suicidée, elles m'entouraient maintenant dans l'atelier des Célestins, tout près de l'estrade où montaient les éphèbes, tout près aussi du fauteuil où s'était assis le président. Reviendrait-il, j'étais bien décidé à ne rien changer, et tout en dessinant, j'essayais de me couler dans les pas de la pauvre femme trimbalée de l'Archevêché aux Baumettes, puis recluse dans cette maison de santé qui portait pourtant un si beau nom : La Recouvrance.

Je n'arrivais pas à reconnaître le crime, je ne comprenais pas plus la violence implacable de l'étau policier et judiciaire qui s'était refermé sur elle jusqu'à la broyer. Dans une lettre à Raymond Jean qui avait été son professeur à Aix, elle faisait observer qu'il racontait sur le cours Mirabeau, au soleil, que tout avait changé, « les modes, l'espace de la littérature ». Et elle ajoutait que, pour elle, rien n'avait changé, si ce n'étaient les apparences. L'essentiel résidait ailleurs, dans ce qu'elle nommait joliment les « sphères de l'intensité ».

À lire cette correspondance tragique, une émotion s'était emparée de moi, que rien, sinon la peinture, ne pourrait dissiper. Gabrielle Russier était bien plus qu'une exaltée emportée par la bourrasque libertaire de Mai, c'était une littéraire, au sens plein du mot, pas seulement quelqu'un qui vivait avec et dans les livres, mais qui les vivait. « Les sphères de l'intensité » : c'était aussi le titre que j'avais retenu pour cette série de portraits intenses d'une jeune condamnée au front et au cou nus, la gorge dénudée, offerte, le regard atrocement triste, égaré de quelqu'un qui — c'étaient ses mots — « essayait d'oublier son prénom ». Ailleurs, évoquant la liberté, si elle la recouvrait, elle s'imaginait allant boire sur le cours Mirabeau, habillée, parée, pas comme une « hippie androgyne ».

La machine inexorable, la pire, la machine administrative et judiciaire était en marche, sa condamnation pour détournement de mineur inéluctable, son renvoi de l'Éducation nationale déjà programmé. Pompidou, comme j'avais cru le deviner, avait-il fait quelque chose pour arrêter cette folie criminelle, bien plus grave que le désir, l'éveil, la liberté ? Jamais je n'oserais l'interroger sur cette affaire, il avait évoqué Gabrielle dans sa conférence de presse de septembre comme une tondue d'Eluard ; dans mes « sphères de l'intensité », elle avait la gravité sacrificielle d'une Jeanne sans bûcher et sans ciel, immanente, sans patrie aussi, sans salut, puisqu'elle n'était passible que d'une faute, terrible, celle d'avoir aimé.

Cet amour, c'était ce « rien » qu'elle citait encore dans une lettre, lasse de voir qu'on voulait la récupérer, faire de son histoire une affaire politique, une contestation radicale qui la dépassait. Aurait-elle été heureuse de voir qu'elle inspirait un peintre qui avait surtout donné dans les paysages, les signes, l'abstraction ? Ce corps jeté au travers du mandat du prince des modernes, alors qu'il commençait tout juste, était comme une ombre fluide, inquiétante, un voile noir tombé des ifs et des cyprès du Sud, le spectre d'une Jeanne laïque qui n'entraînait le pays dans rien, sinon le remords d'avoir livré une jeune femme à la barbarie d'un appareil d'un autre temps, la conscience douloureuse d'avoir laissé se fracasser une jeune rêveuse révoltée contre le mur des assis et des bien-pensants.

C'était ce que je voulais dire. Et je n'avais rien d'autre à dire. Ce que j'appelais mon inspiration n'avait qu'une source : l'émotion, incandescente, qui m'avait saisi sur les dunes de Keremma lorsque j'avais découvert cette affaire. Je voyais la sacrifiée si proche de celle de Dreyer, elle qui n'était plus qu'os, chair tourmentée, regard térébrant. Un soir, me trouvant au Vieux Paris, j'avais cité le nom de Gabrielle Russier et plus d'un s'était montré surpris de la complicité émotionnelle et de la compassion qui me liaient à elle. Singeant Marien, qui était d'ailleurs absent ce soir-là, j'avais dit qu'elle était une sorte de sainte moderne, broyée au seuil du septennat pompidolien. Et, craignant les mouchards, je m'étais empressé d'ajouter que s'il avait dû exercer son droit de grâce, Pompidou l'aurait assurément fait.

— Pas si sûr ! avait couiné un grincheux toujours prompt à charger le pouvoir de tous les maux, l'écrasement des idéaux de 68, la transformation de Paris, la mort de la vieille gare Montparnasse, ce qui s'annonçait aux Halles.

— Je le pense vraiment, avais-je insisté.

Laurent, le jeune comédien fou de Beckett qui jouait dans le pavillon des marées désaffecté, était venu me chercher. Et nous avions marché le long de la Seine, en direction du quai des Célestins. À lui je montrerais l'extase noire de Gabrielle, amoureuse sacrifiée.

Mlle Négrel avait appelé. On devait être en mars, il y avait sur Paris une lumière acide qui soulignait chanfreins et encorbellements. Le blanchiment des bâtiments, voulu par Malraux et que j'avais combattu en son temps, n'avait pas que des inconvénients. Le président, s'il en avait le temps, passerait volontiers me voir quai des Célestins. C'était la formule. On me demandait de me tenir prêt. À la hâte, j'avais eu le temps de faire disparaître tout ce que je ne voulais pas qu'il vît, les crânes, les nus, les portraits de Gabrielle R.

Mes compagnons du Vieux Paris auraient appris ma disponibilité, elle les aurait à coup sûr amusés. Certains même ne se seraient pas privés de décocher quelques flèches. Ma condition de portraitiste caché commençait à me plaire. Les premiers tableaux, avec l'écharpe IKB, avaient été livrés ; une somme confortable m'avait été versée, puis le silence s'était installé, si bien que je pouvais croire que la commande, que j'avais suscitée, avait été honorée et restait sans suite. Rarement les portraitistes officiels jouissaient d'un droit de suite, ceux de la reine d'Angleterre peut-être.

J'étais allé l'accueillir sous le porche. Le pas lent, la gravité m'avaient impressionné, la démarche aussi, à la fois bonhomme et martiale. Le président était entré dans l'atelier comme chez lui. Son regard s'était porté sur un paysage d'Irlande, un ensemble de tourbières et de prairies très vertes qui datait de quelques années et que l'envie m'avait pris de retoucher. Avant de se laisser lourdement tomber dans le fauteuil que j'avais dégagé pour lui, il avait observé le tableau de près, les strates de couleurs, les luisances qui signalaient la correction récente. Je ne sais pas mieux dire : son œil dénudait mon travail, il mettait au jour les états successifs, les couches de peinture coagulée. La cigarette aux lèvres, il avait encore regardé la toile assez longuement, avant de dire :

— Vous êtes comme Artaud, vous avez découvert en Irlande la canne de saint Patrick !

Je connaissais mal alors cette histoire de canne, ou de bâton pastoral, qu'Artaud prétendait avoir trouvée dans la rigole d'une tourbière. Il s'était assis et j'avais mécaniquement posé sur ses épaules l'écharpe bleu Klein, sans qu'il exprimât la moindre réticence.

— Faites lumineux, coloré, celui-ci ira à Brégançon !

Le ton, décidé, ne souffrait pas la moindre contestation. L'hiver était passé, les premiers soucis du pouvoir, et le visage du président, pâlot, plus ridé, en portait les marques.

— Je ne sais pas pourquoi je suis revenu vous voir. Dieu sait pourtant si je n'aime pas mon image. Ma femme a été séduite, Jobert aussi. Rassurez-vous, ça ne durera pas, je ne vais pas égrener mon portrait dans toutes les résidences présidentielles...

Il n'était pas homme à faire des compliments. Et sa présence dans l'atelier en était un. Je devinais ce qu'il avait aimé dans les premiers portraits à l'écharpe IKB, cette simplicité de vacancier débonnaire, comme au temps des déjeuners ensoleillés de Beg-Meil chez les Bolloré, loin, très loin de la majesté cireuse du chromo brejnévien.

— Je veux faire une exposition au Grand Palais, l'an prochain ou en 1972. On pourra mettre l'un de ces portraits à l'écharpe bleu Klein, il y aura aussi un buste d'Hajdu...

Il riait. Sans doute avait-il perçu ma gêne, celle de me voir démasqué, exposé, placé parmi les thuriféraires du régime.

— Rassurez-vous, ce ne sera jamais une exposition à ma gloire. Je veux simplement montrer qu'il y a un art contemporain vivace en France. Mais j'aurai du mal. On m'accusera de noirs desseins, de vouloir récupérer les artistes, qui sont libres, indépendants et n'ont pas à tomber sous le joug de la puissance publique...

Ce jour lumineux de mars — la lumière du printemps éclairait peu l'atelier, vraiment niché dans ce fond de cour ombreuse —, le président semblait d'humeur radieuse. En venant jusqu'à chez moi, avais-je cru comprendre, il avait voulu revoir la ville, ses axes, ses perspectives. Bientôt, profitant de ce que j'étais concentré dans mon travail, il lâcherait quelques noms, Montparnasse, la Défense, Beaubourg, comme des points aimantés à partir desquels il projetait de remodeler le visage de Paris.

— Ça ne plaira pas à tout le monde !

Une subite audace m'avait galvanisé.

Aussitôt le président s'était arc-bouté, le visage tendu, le regard très sombre, à tel point que j'avais même cru une fraction de seconde qu'il allait se relever et jeter sur le sol l'écharpe bleue.

— Parce que vous croyez que je fais tout cela pour moi, pour mon plaisir ! — La voix grondait, remplie de ténèbre et de violence. — Vous pensez peut-être, comme tous ces rêveurs nostalgiques, que j'agis par pure mégalomanie, que je veux laisser ma trace et mon nom partout dans Paris. Ceux qui croient cela se trompent. J'ai un ego, comme tout le monde, mais pas plus enflé que la moyenne. Je me contrefiche de créer quelque style que ce soit, le style Pompidou, quelle horreur ! Je veux une ville pratique, agréable, moderne, pas un ensemble de coupe-gorge insalubres. Je veux une ville où l'on puisse circuler sans problème, avec des voies rapides le long de la Seine, pas un cœur congestionné qu'on met des heures à traverser. Je veux des tours qui, au seuil ou au pourtour de la ville, soient les phares de la modernité. Je déteste le musée d'Art moderne et je souhaite au cœur même de Paris la construction d'un grand centre d'art et de culture, sur cet affreux plateau Beaubourg que j'ai connu si sale, si malfamé quand nous habitions rue Charlemagne. C'est donc si insensé que cela! Vous savez, je n'ai que faire des pleureuses et des pétitionnaires. Je ne reconnais aucune fertilité aux larmes, aux plaintes, aux vociférations. Ils peuvent crier, se lamenter : il faut être absolument moderne. Le Paris que nous transformons, il n'est pas pour nous, il est pour ceux qui viendront après nous...

Il n'était pas sans prestance, ainsi dressé, le poing serré, tandis qu'il livrait les linéaments de son action future. Tel il était, tel je l'avais toujours pressenti et connu, résolu, déterminé, allergique à la contestation, à tout ce qui pouvait entraver sa route. Fille de Rimbaud et du surréalisme, la modernité était sa déesse, mais elle ne s'encombrait pas de sortilèges et d'intersignes, elle se monnayait, instantanément, sans état d'âme, en béton, en grands axes appelés à remplacer les quais des flâneurs, en forteresses d'acier et de verre, en autant de phares et d'emblèmes d'une ère qui se plaçait tout entière sous le signe du progrès.

De façon assez drôle, mon jeune lévrier, qui lui avait fait fête les fois précédentes, s'était terré dans un recoin de l'atelier lorsque la voix présidentielle avait tonné. Là encore, mes amis du Vieux Paris, les futurs piliers de l'association Les Insulaires m'eussent-ils vu à l'œuvre, ils m'auraient accusé de mollesse et de penchant collaborationniste. J'avais bien conscience de faire piètre figure. J'étais là pour peindre, pour garder une image, un état de cette colère visionnaire. Il s'était levé, après avoir précautionneusement plié l'écharpe IKB qui devenait ici comme son camail présidentiel :

— Quand vous aurez fini de vous intéresser au despote qui va dépecer Paris, allez voir du côté de la canne de saint Patrick. Artaud en parle, je crois, dans une des lettres écrites à Rodez. Cette histoire de canne magique va si bien avec vos tourbières...

Quelques semaines plus tard, Mlle Négrel m'avait de nouveau appelé : le président voulait m'inviter à une projection privée dans un hôtel particulier qui dépendait du palais, rue de l'Élysée. Je n'avais aucun goût pour la vie mondaine, je ne m'étais jamais affiché avec quelque clan que ce soit. Mlle Négrel avait dû sentir ma réticence. « Le président y tient... », avait-elle coupé. Il ne me restait qu'à m'exécuter. Je craignais quelque chose qui fût du genre de la journée de chasse à Marly : cela, ce n'était décidément pas pour moi. Les projections privées, dans ce qui était je crois l'ancienne demeure d'une favorite de Napoléon III, n'étaient pas sans charme. J'y ai vu ainsi, moi qui vais très peu au cinéma, quelques films sans importance mais aussi *Le cercle rouge* et *Rendez-vous à Bray*.

Je n'avais jamais été un fin observateur de la vie politique. Il y avait évidemment à ces soirées des ministres, des parlementaires, des dirigeants de partis, mais aussi des banquiers, des comédiens, des galeristes, des écrivains. L'hôtel de la rue de l'Élysée n'était pas l'Élysée, le protocole n'y pesait pas de la même manière ; le président, affable, séducteur, accessible, se mettait en frais pour que ses invités se sentissent vite comme chez eux. Je n'avais pas de nom à Paris. Je n'étais pas Soulages ou Gracq. Une des premières séances, pour *Le cercle rouge* où Bourvil, sur le point de disparaître, m'était apparu extraordinaire, avec une intensité de jeu et dans un rôle où on ne l'attendait pas, il m'avait semblé que certains invités cherchaient à savoir qui j'étais et dans l'échelle des cercles concentriques où je me situais. Il y avait manifestement les intimes, les fidèles, les vieux compagnons de Normale et de Rothschild, d'autres amis croisés chez les mêmes Rothschild, chez les Lazareff et les Béart, toute une coterie qui échangeait de manière directe, laconique, avec beaucoup de rires et de sous-entendus. L'habitude, peu visible, plus souterraine et sournoise, des lunches qui suivaient semblait de deviner dans quel orbe se plaçait le nouvel arrivé et quel pouvait bien être son avenir.

Un secrétaire d'État invité à ce genre de soirée s'attendait aussitôt à être promu, un simple ministre espérait une dignité régalienne, un conservateur de musée ambitionnait pareillement de servir le grand dessein culturel du président. Je ne voulais rien ; ma gaucherie, ma timidité devaient se lire dans mon comportement et sur mon visage, et j'avais apprécié, cette première fois, la grande simplicité avec laquelle Claude Pompidou était venue vers moi, elle aussi un peu gauche, empruntée, donnant presque l'impression d'être là par hasard ou à contrecœur, mais sachant très vite surmonter sa réserve naturelle et celle de son interlocuteur. C'est ainsi que nous avions évoqué le temps heureux des réceptions de Beg-Meil, ce Finistère que nous aimions tant, avant qu'elle ne me glisse presque en un chuchotement :

— C'est très beau ce que vous avez fait. Mon mari est très content. Je trouve que l'hommage indirect à Klein est une très bonne idée...

Le compliment de la première dame n'était pas rien et je m'étonnais, moi naguère si rugueux, si réfractaire à toute vie de cour, d'y être à ce point sensible, sans doute parce que ce jugement venait de la femme qui partageait la vie du président, sans doute aussi parce que je connaissais l'élégance, l'exigence, l'authenticité de Claude Pompidou qui s'était trouvée entraînée dans cette vie d'honneurs, de fastes et d'intrigues à son corps défendant, et l'avait du reste chèrement payé. Rares devaient être ceux qui avaient entendu ce que m'avait chuchoté la maîtresse de maison. Mais le fait qu'elle m'eût adressé la parole, dans un aparté assez long, me monétisait manifestement aux yeux de certains.

J'avais repéré un grand jeune homme malingre, avec un superbe pull-over à col roulé et un cou d'échassier, qui ne connaissait pas grand monde et passait son temps à esquiver ceux qui venaient à sa rencontre. Ce jeune homme avait un physique de comédien, de longues mains fines et noueuses dont il ne savait que faire, et il paraissait encore plus sauvage et plus traqué que moi. Était-il là pour *Le cercle rouge* ou plus tard pour *Rendez-vous à Bray*, je ne sais plus, toujours est-il qu'il aurait pu tenir dans le film de Delvaux le rôle du jeune visiteur qui se glisse dans le lit de la servante maléfique. Quelqu'un, me semble-t-il, avait prononcé son nom et j'avais cru reconnaître Modiano. C'était peut-être donc l'auteur de cette *Place de l'étoile* que j'avais fini par lire et que j'avais trouvé d'une force et d'une audace singulières. M'enhardissant, je m'étais avancé : le grand échassier au beau regard halluciné s'était déjà enfui.

Les écrivains ne paradaient guère à ces soirées. Julien Gracq, qu'on fêtait pourtant un soir — il était le condisciple du président rue d'Ulm et *Rendez-vous à Bray* était l'adaptation de son *Roi Cophetua* —, m'était apparu tout aussi réservé et secret, parfait dans sa veste de tweed de chez Arnys, un sourire crispé aux lèvres, dont on ne savait s'il exprimait la distance, l'indifférence ou l'ironie. Nous avions commencé à parler de la Bretagne, de Breton surtout, des peintres exposés à l'Étoile scellée qu'il connaissait de manière inégale, lorsqu'un jeune homme légèrement voûté, les cheveux gominés plaqués sur le crâne, s'était interposé pour dire à Gracq, et en lui donnant du « maître », tout l'intérêt qu'il avait trouvé à la projection de *Rendez-vous à Bray*.

Avec une aisance indéniable, un peu de vernis technique sans doute appris à l'ENA, il avait même entrepris d'analyser le film, son rythme trop lent, le jeu des acteurs, tout en avouant qu'il n'avait pas lu le texte de Gracq...

J'avais admiré la maîtrise et la courtoisie de l'écrivain qui s'était contenté d'opiner mécaniquement, sans en dire plus. Le bruit courait que la belle demeure qui avait servi de décor au film — une maison en meulière de Seine-et-Marne — avait brûlé à la fin du tournage et la chose intéressait désormais plus que le film de Delvaux ou la nouvelle de Gracq.

À la première de ces soirées, celle où se cachait le jeune romancier traqué, Pompidou était venu me voir et m'avait dit:

— Pardonnez-moi, je me suis emporté l'autre jour, mais je me sens bien chez vous, j'aime ces moments de liberté...

Un ministre distingué, une vraie gueule d'acteur, un volume de pachyderme ou d'outre à whisky, avait entendu et, Pompidou ayant tourné les talons, il s'était approché:

— On me dit que vous êtes un vrai portraitiste. Le président est ravi. Je vous laisse ma carte. Je serais ravi de vous revoir.

Claude Pompidou, qui m'avait jadis rencontré en Bretagne, était depuis le début dans la confidence. Qu'elle fût au courant de tout n'avait rien pour me surprendre. Que d'autres fussent aussi avertis des passages du président dans mon atelier ne me plaisait guère. Il me restait à mettre mes pas dans ceux du jeune romancier halluciné en m'enfuyant par cette rue de l'Élysée dont j'aimais les réverbères et le charme londonien.

J'étais tombé un soir sur une émission de la première chaîne, produite par Pierre Desgraupes, dans un genre délicat, menacé par deux écueils, le reportage ou l'hagiographie : un portrait du président. Le Général vivait encore, présence recluse et muette, commandeur de Colombey. Était-ce concerté ? Manifestement tout, dans ce portrait, avait été mis en œuvre pour se démarquer de la figure tutélaire, de l'arroi gaélique de l'encombrant fantôme. C'était un homme presque ordinaire que l'on suivait au gré de ses activités, en toute simplicité, sans que l'impression de légère mise en scène fût trop appuyée. Évidemment, ce Français presque comme les autres occupait une place différente, une fonction qui le distinguait — il y avait, à cet égard, ce qu'il fallait d'or, de boiseries, de salons élyséens —, mais le ton, la pose naturelle, les volutes de fumée des cigarettes omniprésentes, la présence de Claude, sa femme, et les maisons intimes donnaient l'illusion d'entrer dans l'univers privé d'un homme simple, chaleureux, concret, qui ne s'embarrassait pas d'états d'âme, qui voulait agir, changer le pays, poursuivre son grand dessein de rénovation et d'industrialisation.

Les paroles, les confidences pesées n'avaient pas vraiment retenu mon attention. Il s'agissait bien de montrer que l'on avait affaire à un intellectuel — le ton, la syntaxe, les termes choisis ne mentaient pas — et pas à l'un de ces rêveurs coupés des réalités, un de ces idéologues — mot honni — dont la gauche avait l'apanage. Étrangement, et telle ne devait pas être pourtant l'intention de Desgraupes, le film eût été parfait un an plus tôt, pour la campagne présidentielle, à cause du miroir qu'il tendait aux électeurs : oui, celui qui avait pris la suite du Général alliait la bonhomie et la fermeté, la rondeur et le caractère, il y avait dans ce corps de propriétaire épaissi par les années et les plaisirs de la vie une sorte de puissance jupitérienne, d'humeur sombre prête à déferler, de volonté, qui faisait que le président au nom si banal, si rieur, n'était pas un homme comme tout le monde.

Dans le dialogue constant du pouvoir et de la vie, c'était cette dernière qui devait l'emporter. Tout dans le portrait avait été pensé pour briser la gangue, le corset, l'auréole qui sertissent les hommes de pouvoir. Dans l'appartement présidentiel où Claude l'accueillait le soir venu en lui offrant un verre de whisky, le président faisait mine de s'intéresser à l'accrochage d'un Poliakoff. Lorsqu'il recevait Senghor, son ancien condisciple de Louis-le-Grand, à cette époque président du Sénégal, il s'enquérait de sa santé, de ce qu'il buvait, de sa pratique de la gymnastique. Lorsqu'il parcourait les routes du Lot ou celles de la périphérie parisienne pour se rendre à Orvilliers, il était à bord d'une lourde Peugeot, comme celle dont rêvaient beaucoup de foyers, alors qu'il était de notoriété publique qu'il aimait rouler en Porsche.

Les images qui m'avaient le plus touché étaient celles qui montraient le président chez lui, vraiment, à Orvilliers ou à Cajarc, dans l'intimité calme, débonnaire, loin des tempêtes, des intrigues, des attaques qu'il avait connues en 1968 et avant de gagner l'Élysée. On aurait presque pu croire que n'importe qui pouvait accéder à ces fonctions, mais ce qui se dessinait surtout alors, et que je n'étais pas sûr d'avoir su capter dans mes portraits, c'était une force qui lui venait de la terre, des paysages qu'il aimait, des pierrailles du Lot, les ravins profonds, les chemins en corniche, cette campagne pelée, aride, presque lunaire et qui semblait pour lui un havre, un ombilic. Évidemment, ces séquences avaient quelque chose de préparé, de travaillé même — Claude, la cavalière, disparaissait à cheval tandis que le président, en col roulé, la cigarette aux lèvres, arpentait d'un pas lourd son domaine. Aux images où on le voyait dans un salon de l'Élysée disserter sur l'art et l'exercice du pouvoir, c'étaient celles que j'avais préférées parce que je le savais tel, enraciné, résolu, sans état d'âme. Une part de mystère, de hauteur érémitique entourait la maison de Colombey. Ici c'était autre chose : « Venez et circulez, il n'y a rien à voir, je ne me drape pas dans les oripeaux de l'Histoire, je suis un Français comme vous, j'ai une bergerie et un coin de terre ; ma piscine, ridicule, c'est l'ancienne réserve à eau de la bergerie... »

Les auteurs du film ne pouvaient pas être dupes. Pourtant, ce qui dominait, c'était une forme de sincérité : la timidité et la réserve de Claude étaient bien visibles, la solidité, la détermination du président aussi, et c'était ce qui comptait. Le retrait du connétable n'avait pas entraîné une vacance au sommet de l'État, les rênes étaient bien tenues, dans un mixte de naturel et de volonté, et c'était ce qui convenait à ces années. On n'était jamais très loin du pot-au-feu, d'un pays quiet, repu, qu'on invitait au repos après les hauteurs et les bourrasques. Pour ma part, l'épopée, la grandeur ne m'avaient jamais déplu. Le reportage distillait quelques signes, et telle était l'intention : le président aimait l'art contemporain, on le voyait visiter avec sa femme l'exposition Giacometti à l'Orangerie, il montrait dans sa bibliothèque d'Orvilliers un tableau de Chapoval, peintre qui s'était suicidé. Il parlait même de la puissance de contestation de l'art. C'était étrange, cette sûreté professorale, l'assurance d'un président qui semblait pactiser avec les forces du désordre et de la nuit. Puis le côté roublard, maquignon, revenait vite : en un clin d'œil, alors qu'on l'interrogeait sur ses relations avec son père, dans un éclair plein d'ironie et de goguenardise, il faisait passer la psychanalyse par pertes et profits...

Je n'étais pas mécontent que le hasard m'eût permis de voir ce film. C'était bien l'homme que j'avais peint, celui sur les genoux duquel mon lévrier avait bondi, c'était bien le modèle des portraits à l'écharpe IKB. Il manquait à mes tableaux la rudesse désolée de Cajarc, l'intimité d'Orvilliers. L'homme était plus vrai lorsqu'il s'animait, que le pas lourd se déployait sur les chemins encombrés de pierrailles, que la fente du regard s'éclairait, rieuse ou terrible. Si l'on me rappelait, si ma mission se poursuivait, c'était cette vérité qu'il fallait atteindre. Mes sentiments à son égard n'avaient pas varié, mélange de crainte et d'admiration, de distance lucide aussi. D'une certaine manière, le portrait du banquier en gentleman-farmer ne m'abusait pas, mais le banquier s'était mué en politique, il aimait Giacometti, Poliakoff et Chapoval, il était au sommet et très proche malgré tout d'une certaine horizontalité française — celle de ceux qui s'enrichissent, se reproduisent, s'achètent une bagnole —, il était le seigneur débonnaire de Cajarc arpentant son domaine, le lettré nonchalant d'Orvilliers jouant au billard ou au flipper, l'homme qui présidait des conseils et donnait des audiences, bon père, bon époux, et à travers tous ces visages, toutes ces facettes, il demeurait profondément le fils du vieux cœur hercynien de la France, Georges Pompidou né en juillet 1911 à Montboudif.

Cet automne-là, j'étais loin du président et de ses portraits. J'avais passé tout l'été à Portsall, mélancolique, un peu désœuvré, sans ressort. Les dunes et la perspective des vagues ne m'avaient pas apporté le revif espéré. J'avais prolongé mes vacances à Venise, travaillant un peu dans un atelier que l'on me prêtait dans le quartier de la basilique Santi Giovanni e Paolo. Je m'étais mis à dessiner des christs, humiliés, flagellés, torturés, aux outrages. Des pointes-sèches, très sombres, un dessin net, douloureux, sans fioriture. Était-ce Mason ou ce conservateur de la Bibliothèque nationale que je croisais parfois au Vieux Paris qui m'avait parlé d'un beau Christ gisant qu'on attribuait à Champaigne et qui était conservé à l'église Saint-Médard? Je m'étais rendu sur place pour photographier le tableau, même si j'avais déjà l'intention de recourir à d'autres modèles. Que le Christ de Saint-Médard fût de Champaigne ou pas, peu importe: le corps étendu, les bras déployés, la couleur blafarde de la dépouille, au bord de la corruption, le moindre détail signalaient le regard et la main d'un grand peintre. Sur place, dans la petite chapelle du bas-côté droit, je m'étais mis à crayonner, saisi par cette icône, ce corps verdâtre, blessé, si humain.

À Venise, déjà, j'avais entrepris des tableaux religieux, mais je m'étais toujours vite arrêté, au motif que j'étais avant tout un peintre du paysage et qu'en dehors des falaises, des grèves, des vagues et des chevaux marins, à la limite des éphèbes, je ne savais rien faire. Les réalités de la foi, toute pratique religieuse s'étaient détachées de moi depuis longtemps. Je ne proclamais pas la mort de Dieu, je vivais sans lui, même si je reconnaissais volontiers qu'une force cachée régissait le cours du monde.

Laurent, le comédien beckettien, Julien, un autre artiste, élève aux Beaux-Arts, doté d'une magnifique tignasse christique, avaient pris le relais du modèle de Saint-Médard. Je leur laissais un billet ou plusieurs, selon mon humeur, pour qu'ils s'allongent sur cet établi glacial qu'à ma demande Alfred, le concierge du 4 quai des Célestins, avait installé dans l'atelier. J'étais monomaniaque. J'étais hanté par ce que je peignais. On me voyait moins au Vieux Paris. Sans doute avais-je l'impression d'une pièce rodée, sans surprise, ressassant à l'infini les mêmes histoires, dans l'attente d'un cataclysme qui ne venait pas. Je n'avais jamais eu, et n'aurais jamais, la fibre politique, pétitionnaire, constamment revendicative. J'étais indifférent, au pire vendu : peu m'importait ce qui pouvait se raconter dans mon dos.

Je n'étais plus dans mon époque, je reprenais une tradition, celle des christs morts, déposés sur la pierre d'onction, avec la trace des balafres et des clous. Il y avait dans cette tradition quelque chose de rituel et de codifié qui ne me dérangeait guère ; mes christs étaient plus jeunes que celui de Champaigne, plus féminins, plus osseux, mais ils étaient marqués des mêmes signes : blessure au côté, emplacement des clous, balafres sanglantes, premiers soupçons de la corruption.

Il s'était arrêté dans la pénombre de l'atelier, l'éclairage y étant aussi avare qu'au Vieux Paris, engoncé dans un pardessus chiné, l'air las, plus raide que d'ordinaire.

— Je passais, en voisin...

Aucun rendez-vous n'avait été pris et il ne m'avait pas habitué aux visites à l'improviste. Il avait un regard implacable, rapide, vorace, qui enregistrait tout. L'établi au centre de l'atelier, les esquisses christiques, les agrandissements du modèle de Saint-Médard, rien ne lui avait échappé.

— C'est nouveau tout cela, vous vous convertissez...

Je ne sentais pas l'ironie cette fois, mais la surprise, la curiosité aiguisée par tout ce qu'il découvrait. Il n'aurait pas fallu le pousser pour qu'il fouille parmi les châssis, les toiles retournées, vierges ou achevées. Il aimait profondément l'atmosphère des ateliers, les travaux en cours, les aléas, les bifurcations d'une recherche. J'avais sorti mon carton à dessin : d'un geste, il me fit comprendre qu'il n'était pas venu pour cela.

— Vous ne donnez jamais signe de vie. Il faut que je vienne jusqu'à vous. Je vais finir par croire que vous êtes plus occupé que moi!

Il m'avait proposé une cigarette. J'aurais aimé lui offrir quelque chose à boire. Il n'y avait rien dans cet atelier.

— C'est dense, ces temps-ci, je ne chôme pas. Ces semaines ont été chargées. C'est dommage qu'on ait interrompu le cycle des poses. J'aimais bien ces portraits à l'écharpe bleu Klein. Je faisais jeune président...

Il riait tout seul. Il voulait savoir ce que je pensais de Georges Mathieu, si j'avais connu Chapoval, si je voyais encore Elisa Breton. Il aurait aimé que je lui fasse un état des programmations de la galerie d'Yvette Horace, place de Furstemberg.

— La reine d'Angleterre voit régulièrement ses portraitistes, je crois. Il est vrai qu'elle n'a pas grand-chose d'autre à faire. Ça devait être agréable d'être président sous la IVe...

Le masque dur, entaillé de rides, qu'il portait en arrivant s'était pacifié. Le président avait retrouvé sa physionomie habituelle, son air débonnaire, direct.

— Je vous l'ai dit, je vais refaire l'Élysée. Il y aura une galerie des tableaux que réalise Paulin. Ce serait bien de pouvoir y mettre quelque chose de vous. Pas forcément mon portrait, ça non plus : je ne restaure pas encore la chapelle...

Il avait un chat dans la gorge. Trop de cigarettes, trop de soucis, trop de voyages.

— C'est dur, vous savez, heureusement il y a des moments comme celui-ci. Je reviendrai...

Je devinais son garde du corps dans la cour derrière la vitre.

— Je suis allé quai de Béthune me changer les idées. Je voulais revoir mes tableaux, mon petit Staël. Je ne pouvais pas passer là à cette heure sans venir vous saluer.

Le président n'était pas sorti que, sous le coup de l'émotion, je me mettais à peindre. Il me semblait qu'il était là, face à moi, fatigué, l'œil plus terne, en proie au doute. Quel étrange aveu que celui de cette errance parisienne et cette halte secrète devant les tableaux de sa galerie privée quai de Béthune ! Cela voulait-il dire que, lorsque sa charge lui pesait, le président n'avait d'autre recours que la compagnie des tableaux et des maîtres ? Les paysages des Causses, dont le vide des ravins le grisait, étaient loin. Peut-être lui avait-on fait comprendre que les échappées en Porsche sur la route d'Orvilliers ne convenaient pas à son nouveau rôle. Il était seul désormais. Le connétable de Colombey était mort. Il n'avait plus au-dessus de lui cette ombre, ce regard, cette peur constante aussi de ne pas habiter la fonction, de ne pas honorer l'exigence du legs. Je le mesurais à présent : de Gaulle était mort il y avait tout juste quelques semaines, Pompidou avait reconnu publiquement, la voix remplie d'émotion, que la France était veuve — pas orpheline — et, si les journaux rapportaient l'exacte vérité, il ne lui avait plus été donné de voir le visage du Général ; lorsqu'il s'était rendu à Colombey, quelques heures avant sa venue, Mme de Gaulle avait, en effet, fait clouer le cercueil.

Dans ce portrait volé, peint à la hâte, en l'absence du modèle, je voulais retrouver cette déréliction, la solitude tragique du fils incompris et taxé d'ingratitude. Peut-être d'ailleurs n'y avait-il rien de tout cela dans sa promenade sans but, loin de l'Élysée qu'il n'aimait guère, dans ce quartier où tout lui plaisait, l'île, le jeu des ponts, la lumière mouillée, les quais, le mouvement lent des péniches. Et sa galerie privée, ses « Toits de Paris » vus par de Staël. De Staël, Chapoval, Russier : la constellation de ceux qui avaient choisi la nuit escortait le président. De Colombey, plus que le sépulcre de marbre blanc, ce qui lui resterait, c'était le cercueil de chêne vissé, le visage du Général définitivement enfoui.

Ceux qui voyaient en mon visiteur un prince des modernes condamné à l'horizontalité et à l'immanence se trompaient. Comme les Causses sévères, comme les gorges du Lot, il y avait derrière lui une sorte d'arrière-pays shakespearien. Dans mon portrait, le seigneur de Cajarc s'était arrêté au bord du ravin, le corps de plomb, les mains en visière, comme ébloui par l'effroi et l'attrait du vide.

Le Vieux Paris, les cafés environnants bruissaient des rumeurs les plus folles. Un gigantesque centre de commerce international allait être édifié près de Saint-Eustache, on forait le sous-sol des Halles pour y creuser les futurs tunnels du RER, les caves magnifiques et les pavillons de Baltard seraient sacrifiés; quant au futur centre d'art de Beaubourg, il ressemblerait à un palais d'acier et de verre... Un vieux lettré, ami de l'antiquaire du IXe et qui avait été professeur de khâgne, tenait le crachoir à n'en plus finir. Il avait connu Pompidou rue d'Ulm et il ne supportait pas ce qu'il appelait sa trahison : un provincial monté à Paris pour liquider la capitale ancienne, rien de moins, un radical aux idées ouvertes qui pactisait avec la banque, les forces d'argent, les bétonneurs, un nonchalant plein de charme qui virait au despote. Avec sa houppelande blanche, ses gilets fleuris très subtilement choisis, ses cravates aux frontières de l'extravagance, cet homme à la soixantaine lumineuse rêvait de fédérer les indécis, les révoltés, les aigris qui n'en pouvaient plus de cet assassinat délibéré du Paris qu'ils aimaient.

Lorsque j'avais beaucoup peint, le Christ sur sa pierre, le seigneur immobile de Cajarc, d'autres choses qui rappelaient la lointaine Irlande, j'aimais m'asseoir au bout du zinc du Vieux Paris, sûr d'y trouver, d'y entendre, le professeur au verbe clair, à l'autorité qui ne souffrait pas d'être contredite. Il s'appelait Rémi Viargues, avais-je cru comprendre, Mme Berthe disait avec un brin d'onction mielleuse « Monsieur Rémi ». Elle devait penser que le bagout du professeur augmentait le prestige de son établissement, qui ne se réduisait plus au repaire d'aigris taciturnes et alcooliques qu'il avait longtemps été. La voix de Monsieur Rémi portait. Le creusement de la prochaine gare souterraine des Halles l'inquiétait plus que tout. Il ne connaissait rien de plus laid que la gare de l'Étoile et la salle des pas perdus de la Défense. Il disait s'en être ouvert, récemment, à l'une de ses relations qui occupait des fonctions importantes à la RATP. Il lui avait été répondu qu'il était inutile de s'en faire : la RATP ne recourait qu'aux services d'architectes de qualité, reconnus et primés, « des prix de Rome ».

La profération de cette distinction avait suscité l'ire des présents, je ne sais plus si Mason et l'antiquaire se trouvaient là, la clameur était telle que Mme Berthe avait dû agiter sa cloche pour obtenir moins de bruit. Rémi Viargues lisait tout ce que *Le Monde* ou *Le Nouvel Observateur* publiaient sur l'affaire : pour lui, il était urgent d'agir. Même si on ne le disait pas encore, la destruction des pavillons était décidée, elle se ferait au mois de juillet ou d'août lorsque la ville se serait vidée. Il fourmillait d'idées : pour lui, le futur Centre Beaubourg n'était pas nécessaire, l'art contemporain pouvait très bien investir, provisoirement et à titre expérimental, les pavillons désertés. Il parlait volontiers, avec emphase, des expériences théâtrales, des mises en scène décoiffantes et inventives qu'il y avait vues, et pour tout dire, je le soupçonnais de ne pas être insensible au charme de Laurent, mon jeune modèle beckettien.

Il ne devait pas avoir tort. Les pavillons, très beaux, avaient eu une raison d'être lorsque les Halles vivaient encore : ils faisaient aujourd'hui figure de vestiges, de reliques de ferraille, les allées et les rues entre eux étaient désertes et ventées et l'ensemble formait une sorte de cité en sursis qui me fascinait. Au muscadet râpeux de Mme Berthe, Rémi Viargues, soucieux de sa santé et de sa ligne, préférait son quart d'Évian. Ce qui l'empêchait de s'échauffer, de hausser le ton lorsqu'il le fallait, pour dénoncer le complot, la spéculation, les agissements sournois de ceux qu'il appelait « les bétonneurs de Babel ». Une manifestation était prévue pour le début de l'été devant l'église Saint-Eustache et il fallait rédiger le tract qui mobiliserait les forces...

En bon professeur, Rémi Viargues avait

sollicité les propositions des uns et des autres. Le ton était souvent outré, la syntaxe incertaine. D'autres, autour de l'antiquaire pourtant si gourmé, en appelaient à la révolution et à la haine. Rémi Viargues avait feint d'écouter avant de lire, un brin théâtral, le texte qu'il avait écrit sur le zinc, dans le brouhaha et le concert des propositions : « Si vous ne voulez pas que, par l'intermédiaire des architectes qui épancheront leurs fantasmes et leurs horreurs sur le carreau, l'affaire des Halles se termine, comme à la Défense ou à l'Étoile, par une nouvelle victoire des "prix de Rome", si vous ne voulez pas que le quartier, qui a toujours été le symbole du Paris populaire, devienne un quartier de riches et un quartier d'argent, défendez les pavillons ! »

Le communiqué était trop beau, trop ciselé, pour avoir été vraiment écrit dans la clameur du bar. Il avait suscité une salve d'applaudissements. On allait l'imprimer, le distribuer ; on cherchait des bonnes volontés. Viargues, qui connaissait mon travail, m'avait alors regardé d'un œil glacial.

— Inutile de nous adresser à vous. Vous n'aimez pas vous engager. Ici vous êtes un hôte de passage...

J'avais protesté, disant que je signais des deux mains le beau texte. Que savait-il vraiment ? Rémi Viargues était un homme trop distingué pour jeter en public l'anathème, mais à l'évidence il se méfiait de moi. Tous ces désœuvrés, ces exaltés avaient une doctrine, une vision, un projet. Naturellement, je ne pouvais pas souscrire à l'entreprise de démolition qu'on annonçait, encore que, bien naïf, j'eusse, à ce moment-là, douté de l'apocalypse estivale des Halles. L'antiquaire ne se contenait plus :

— Ils vont tout raser, tout ratiboiser, les pelleteuses arriveront en légion !

Les esprits embrumés et échauffés n'étaient pas insensibles à la surenchère. La question, je savais à qui la poser. J'étais prêt à m'armer de courage, à appeler dès le lendemain Mlle Négrel. Jamais bien sûr je ne ferais état de cette intention au Vieux Paris, d'autant que je me méfiais de la sagacité de Rémi Viargues qui voyait peut-être encore le président. On m'avait dit que Pompidou réunissait depuis toujours, et cela avait continué lorsqu'il était à Matignon et aujourd'hui peut-être encore, ses anciens condisciples, de quelque bord qu'ils fussent. Mon nom avait-il été cité par le président à l'occasion d'un de ces déjeuners ? Cela me paraissait bien improbable. Pompidou était trop secret pour parler de promenades et de rites qui ne regardaient que lui.

Le froid regard que Rémi Viargues avait jeté sur moi avait ouvert une brèche, une inquiétude. J'étais revenu quai des Célestins, sombre, meurtri, prêt à détruire les portraits que j'avais peints de mémoire cet hiver-là et que le président n'avait toujours pas vus. C'était donc le promeneur triste de Cajarc, marmoréen, empâté, sans la note joyeuse de l'écharpe IKB, qui allait porter le coup fatal au vieux Paris. Il y avait certainement une chaîne, une ramification de responsabilités, Paris n'était pas la ville du président, elle n'était pas institutionnellement sa propriété, elle était seulement le lieu où il entendait laisser sa marque. Paris ne serait pas éviscéré parce que le président allait appuyer sur je ne sais quel bouton mystérieux et magique. C'était pourtant ce que semblaient, ou voulaient, croire les intellectuels exaltés du bistrot de Mme Berthe. Affairistes, bétonneurs, spéculateurs : ils n'avaient que ces mots à la bouche. Un lien m'attachait à l'homme de l'Élysée, inavouable, intime, plus fort que je l'avais longtemps cru. J'avais fini par appeler Mlle Négrel. Je ne demandais aucun rendez-vous. J'avertissais seulement que de nouveaux tableaux avaient été peints dans l'hiver et au printemps. La secrétaire transmettrait, avec la courtoisie et l'efficacité qu'on lui connaissait. Elle avait rappelé quelques heures plus tard :

— Le président est surpris. Il ne se souvient pas d'être venu récemment dans votre atelier...

— C'est exact, avais-je répondu en bafouillant. Ce sont des tableaux, comment dire, peints de mémoire...

Il avait donc oublié ce jour triste, son errance entre le quai de Béthune et celui des Célestins, ce jour de novembre — le mois des morts —, peu après la disparition du Général, l'épisode tragique du cercueil fermé, de l'injure que la famille de Gaulle avait faite au successeur qu'elle jugeait illégitime. Il y avait quelque chose de cette douleur et de ce désarroi dans la lourde stature arrêtée au bord du Causse, au-dessus du vide. Plus de jeunesse, plus d'écharpe IKB : c'en était fini de l'innocence.

À l'Élysée où il m'avait reçu, le président m'avait semblé d'humeur taciturne. Le tableau que j'avais apporté avait été placé dans le bureau des aides de camp, une jolie pièce, aux lambris vert d'eau, qu'on devait traverser pour atteindre son propre bureau. Il avait regardé le portrait, mais j'avais senti son attention intermittente, comme si quelque chose, dont il ne pouvait pas me parler, le contrariait. Il était passé de sa table de travail à l'un des fauteuils de cuir près de moi, son visage s'était adouci, il avait allumé une cigarette.

— C'est étonnant que vous m'ayez peint à Cajarc sans y être venu. Il faudra que je pense à vous y inviter... Vous connaissez ce paysage ?

J'avais répondu que je l'avais découvert à la télévision, dans le film de Desgraupes. Qu'avais-je dit là !

— Ah celui-là, ne m'en parlez pas. Il me fait une information politique et partisane. Il va être temps de mettre le holà !

Soudain je le sentais tendu, irascible. Ce n'était sans doute pas le moment de lui parler des pavillons des Halles. À fréquenter mes compagnons du Vieux Paris, je connaissais l'argumentaire presque par cœur : on avait certainement menti au président sur ce qu'était ce quartier, en lui racontant que c'était laid et sale, qu'il était urgent d'y mettre bon ordre en y envoyant bulldozers et bétonneuses, temps aussi de tuer dans l'œuf ce nid de contestation ; si l'on n'y prenait garde, l'endroit deviendrait vite un repaire de drogués, de clochards, de hippies, de structuralistes et de malandrins de toute espèce. C'étaient, à quelque chose près, les mots de Rémi Viargues.

Je ne sais pas ce qui m'avait pris : voilà que j'en appelais à l'indulgence présidentielle et réclamais sa grâce pour ce quartier qui était le mien et que j'aimais tant. Je débitais mon discours un peu maladroitement, face au professeur qui m'avait d'abord foudroyé avant d'éclater de rire.

— Vous n'allez pas vous y mettre à votre tour, Kerros. C'est exactement ce qu'ils me servent tous, même à nos déjeuners de normaliens, les Viargues, Chevalier et consorts. À les entendre, je suis coupable de tous les maux qui s'abattent sur la capitale... Avec des idées aussi rétrogrades, les Parisiens seraient encore dans des huttes. Tout cela est ridicule, il faut aller dans le sens du progrès. Rien, vous me comprenez, rien ne me fera dévier de mes ambitions de bâtisseur. Et vous, mon cher Kerros, occupez-vous donc de ce que vous faites le mieux, peindre. Oubliez ces rodomontades d'exaltés et de gauchistes, consacrez-vous à votre art !

À un moment j'avais cru que la foudre allait tomber sur moi. Il n'en était rien. J'avais pourtant bien vu le président se contracter, le regard noircir jusqu'à disparaître dans un amas de broussailles pileuses. L'audace, la naïveté m'avaient poussé à m'aventurer sur un terrain qui n'était pas le mien. Je savais désormais le sort qui serait réservé aux pavillons de Baltard. Mais le feu ne s'était pas abattu sur moi comme les pelleteuses le feraient bientôt sur les hautes carcasses de fonte et de verre. Je n'avais pas été réduit en cendres, j'avais été éconduit, et le président avait vite retrouvé le ton paternaliste et goguenard qu'il aimait tant. Certes, je n'avais pas trahi mes amis du Vieux Paris, mais je m'étais couvert de ridicule. En me raccompagnant jusqu'au bureau des aides de camp et me tapotant chaleureusement l'épaule comme il l'avait souvent fait, le président s'était arrêté devant le grand portrait des Causses :

— C'est là que vous êtes bon, c'est là votre voie. Peu importe le sujet, ce promeneur un peu épaissi par l'âge. Ce qui est très réussi, c'est le paysage, et Dieu sait si je sais de quoi je parle. La couleur, les veines de la pierre, ces amas de cailloux lunaires, c'est vraiment comme cela. C'est là que je retrouve votre talent, c'est là que je vous admire et vous aime. Naturellement, je n'ai pas d'ordre à vous donner, allez peut-être voir ces paysages superbes du Lot. Ce tableau, je vous le prends, évidemment. On le mettra à Cajarc. Continuez à peindre et, je vous en supplie, ne mêlez pas votre voix au concert des vieilles filles, des pleureuses archaïques. Vous valez mieux que ces raconteurs de sornettes...

Même si les aides de camp et les huissiers demeuraient parfaitement impassibles, je devinais dans leur regard le tréfonds de leur pensée : ce malheureux s'est fait allègrement laver la tête. La force me manquait. Jamais je n'avais trouvé si longue la descente de l'escalier Murat.

LES HORTENSIAS
DE KERNAERET

Du début de l'été de 1971, je garde le souvenir d'une irréelle accalmie. Sans doute le pire était-il si proche que certains voulaient croire qu'un ultime miracle l'écarterait. J'avais différé mon départ pour la Bretagne, entraîné un peu malgré moi dans l'agitation du Vieux Paris et la résistance de ceux que le président regardait comme d'inguérissables attardés. Dans le bistrot de Mme Berthe, dans les cafés de la rue Tiquetonne ou de la rue Montorgueil où il m'arrivait de me poser entre deux averses et avant l'orage, le discours était le même, les mots n'étaient pas assez durs pour fustiger l'État, l'Élysée, la soumission du préfet et de la ville aux promoteurs qui rêvaient de s'enrichir en dénaturant Paris.

Sur la place juste à l'entrée du passage du Grand-Cerf, un inconnu avait badigeonné sur un mur : « L'homme ne prend pas racine dans le béton. » La phrase m'avait séduit bien qu'elle eût, à mes yeux, le côté un peu mécanique et naïf des slogans. Elle me trottait dans la tête alors que j'écoutais Rémi Viargues et ses comparses faire le point au Vieux Paris sur l'état réel de la situation, et tout ce qu'on nous cachait. La manifestation du début juillet sur le parvis de Saint-Eustache avait galvanisé les forces. Pour autant, à entendre Rémi Viargues, rien ne ferait fléchir le préfet de Paris, un certain Diebolt, qui n'avait qu'un souhait : que les pavillons de Baltard fussent détruits et leurs éléments expédiés à la ferraille. Ledit préfet avait rejeté en juin la proposition d'un jeune banquier américain, Orrin Hein, qui avait émis l'intention d'acheter les pavillons pour les reconstruire ailleurs. Sans doute l'orgueil national eût-il été atteint si ce qui avait été la fierté du ventre de Paris était bientôt réapparu de l'autre côté de l'Atlantique.

— Ils ont déjà bradé les cloîtres du Roussillon au début du siècle, plus récemment ils ont laissé partir *La diseuse de bonne aventure* de La Tour et *Les grandes baigneuses* de Cézanne, ils ne voulaient pas ajouter à cette hémorragie du patrimoine les pavillons de Baltard ! tonnait Rémi Viargues, plus remonté que jamais.

Il demeurait fidèle à son quart d'Évian, mais sa rage était terrible. Selon lui, d'autres catastrophes se préparaient, la tour Montparnasse, celle de la porte Maillot, et ce qui se tramait peut-être à la gare d'Orsay et à l'emplacement du Bon Marché. Viargues était un homme de dossiers, précis, informé, rigoureux, il ne parlait pas au hasard, il ne s'aventurait pas dans des domaines qu'il n'avait pas explorés au préalable, avec cette rigueur un peu froide qui était sa marque. Au début, j'avais été agacé par son ton et sa suffisance, ce côté un peu docte de ceux qui savent et n'ont que mépris pour la crédulité et l'ignorance. Sa fougue réveillait les tièdes, les endormis — dont je faisais partie — et attirait de nouveaux fidèles, des étudiants ou des universitaires assez politisés qui avaient fréquenté le professeur lorsqu'il exerçait encore. Il avait une force d'attraction, une sorte de pouvoir magnétique amplifiés par sa hauteur, son assurance, la sûreté de son verbe. L'antiquaire du IXe, Mason qui se faisait plus rare, tous ses possibles rivaux avaient battu en retraite. Il n'en restait qu'un et Mme Berthe, au commencement rétive à ces querelles, avait mesuré l'ampleur du drame qui s'annonçait.

L'été serait fatal. C'était ce qui se répétait. D'aucuns jugeaient nécessaire la constitution d'un corps de piquets, de veilleurs qui resteraient en juillet et août pour empêcher toute tentative de démolition sournoise. Et si Viargues surpassait tout le monde dans l'analyse, il n'avait pas la même efficacité dans l'organisation. Ses disciples — un certain Gilles à binocles, un brun ombrageux, dont la beauté ne me laissait pas insensible — avaient bien plus que lui le sens de l'action et prévoyaient déjà les brigades, les groupuscules, les commandos qui continueraient à veiller dans la torpeur de l'été, alors que tous les coups du pouvoir honni — les initiatives du sinistre préfet Diebolt — étaient à craindre.

Je n'étais jamais si bien qu'un peu à l'écart, coincé entre le zinc et la vitrine, ce qui me permettait de m'évader dans la contemplation des passants. Le soir venu, Le Vieux Paris devenait un nid de contestataires et d'exaltés, extrêmement divers dans sa fréquentation : des militants, des nostalgiques, de vieux habitués du quartier, des esthètes, des meurtris que la modernité arrogante laissait sur la rive, au bord de la faille. On poussait la porte de Mme Berthe parce qu'on adhérait à ce foyer de résistance, parce que l'on était du nombre de ceux qui refusaient le Paris invivable et monstrueux qu'on nous imposait, le Paris des bureaux et des tours, des démolisseurs et des entrepreneurs, des banques tutélaires de l'immobilier. Naguère, une sorte d'insouciance, de naïveté rieuse avait régné sur l'endroit : elle avait fait place à une gravité, une colère sourde, rentrée, qui ne demandait qu'à exploser.

Lorsque je voulais m'aérer, j'allais, la nuit, écouter Jean Guillou jouer à Saint-Eustache. Il était intemporel. Il était éternel. Il jouait au bord de l'abîme, au bord d'un quartier qui s'était vidé avant de sombrer, et sa musique d'abysses et de sphères célestes me ravissait. Parfois il acceptait de me jouer du Bach. Il était plus libre, plus délié, plus inventif dans les improvisations, où il excellait. Le souvenir de l'Allemagne, de Berlin, lui était douloureux : il avait quitté cette ville qu'il aimait plus que tout, la liberté de l'étude et de la création, pour s'attacher à une tribune dont les contraintes le contrariaient. Jean Guillou était pour moi l'artiste pur, élégant et sauvage, charmant et secrètement inaccessible, foncièrement altier et lointain. Il savait bien ce qui se préparait, il devinait des complots qui s'ourdissaient — « C'est comme dans le monde de l'orgue... », disait-il —, mais eût-il été capable de donner le nom du président de la République? Il y avait en lui face à l'actualité une distance, une défiance que je lui enviais. Sa vie était tout entière vouée à la musique, à l'étude, à l'écriture, à l'improvisation; l'orgue, pour lui, ne se situait même plus dans une église, sous des voûtes de pierre, il était enserré de lierres, de branches, de torsades végétales, c'était un orgue des bois, des souffles marins, dans l'immensité naturelle.

Je restais là des heures, tapi dans la pénombre de l'église, loin des miasmes, des angoisses, de tout ce qui m'assombrissait et me polluait. Je reconnaissais Bach, Liszt, Mendelssohn, j'aimais aussi les improvisations échevelées, les créations du maître, plus dépaysantes, plus heurtées, presque expérimentales. Un monde était en train de tomber et la musique posait sur ce gouffre et sur ses plaies une sorte de baume, de suaire qui assurerait la reverdie éternelle. Étais-je capable de tant de force et de mobilité quand je peignais? La vivacité des jambes, le jeu des pieds sur le pédalier me fascinaient. Tout dans ce monde était entrave, pesanteur, gravité sordide. Tout, dans le jeu du maître, niait cette lourdeur affreuse. Il ne demandait aucune solde. Il jouait pour le plaisir de jouer et la beauté de l'art. Il extrayait des sons merveilleux, des accords incroyables de ces trompes célestes qui se dressaient dans sa forêt imaginaire. Discrètement, loin de lui, caché dans l'une des stalles du chœur, je m'étais mis à le dessiner, lui et son instrument, ce haut buffet entrelacé de frondaisons et de ramures... Je savais que Mason aussi avait fait des portraits de Jean Guillou, précis, les belles mains posées sur les claviers ; j'aspirais à quelque chose de plus lointain, de plus irréel. Ce concept de « verticalité sylvestre » qu'il avait un jour évoqué ne cessait de me hanter. Verticalité des colonnes de l'église, vertige des voussures de cette cathédrale des Halles qui avait perdu son énergie et son pouls.

Parfois, tard dans la nuit d'été, presque au moment de s'éteindre, il me semblait que la musique de l'orgue sylvestre prenait des colorations plus lugubres, un accent triste comme un reflux, un départ, la pulsation de la vie qui s'en allait.

12 juillet 1971

Joie d'avoir quitté Paris, l'étau de ses ressassements. Je n'en pouvais plus de l'affaire des pavillons, de leur inéluctable destruction. La Bretagne, ses grains, sa côte ressuyée me donnent une vigueur nouvelle. Passé des heures à nettoyer ma maison, à la débarrasser de tout ce qui l'encombrait. Passé des heures aussi à dormir, ce que je ne faisais plus, rongé par une angoisse inexplicable. L'impression d'une légèreté nouvelle m'est apparue, l'odeur de moisissure chassée, les murs reblanchis, les fenêtres en permanence ouvertes sur la mer pour réchauffer cette coque glaciale.

Une averse a trempé des papiers que j'avais laissés sécher sur un muret devant la maison. La pluie a dessiné des coulures, une cartographie merveilleuse. J'ai passé de la cendre, puis de la laque sur les papiers, traçant des édicules, des sortes d'habitacles marins que je surmonte chaque fois d'une croix, comme les menhirs christianisés de cette côte. J'étais assommé par le vent de mer, enivré aussi par l'odeur des ajoncs, des chardons et des varechs que j'avais brûlés afin d'appliquer leurs fines cendres sur mes petites boîtes d'ermite.

15 juillet

Comment ai-je pu rester si longtemps à Paris jusqu'à y perdre mon âme ? Comment ai-je pu passer tant de temps dans les folies et les discussions sans fin du Vieux Paris ? Il suffit que je m'éloigne et tout est frappé d'irréalité. Cette bile, cette rage constante des fidèles du bistrot du Marais me sont, en fait, étrangères. Je ne suis bien qu'ici, à marcher sous les étoiles, face à la mer, en écoutant le ressac, le remuement des vagues, toute cette intensité sous-marine qui m'attire tant, en rêvant mes édicules, mes ermitages, mes petites boîtes calfatées et nocturnes.

La vieille Anna, j'ai dû la réapprivoiser. Elle grognait en m'accueillant, puis elle me boudait. Elle n'aime pas mes bourgerons troués et tachés, elle préfère sa cohorte de vieux marins pêcheurs en salopettes. C'est toujours la même chose : elle n'aime pas mon oisiveté, mes intermittences. Pour elle, on est d'un lieu, pas de deux et plus. Je lui ai demandé si elle connaissait Paris : elle m'a envoyé sur les roses. « Paris, Paris, à quoi bon ? » grommelait-elle. Il faudrait plusieurs verres de muscadet avant que je n'aie droit aux langoustines et aux sardines grillées. Plusieurs heures dans la compagnie de ces poivrots taiseux qui boivent, l'air ailleurs, en échangeant quelquefois de rares signes, une parole incompréhensible, un raclement de la gorge, une petite toux sèche, celle de ceux qui ont trop bu et trop fumé.

17 juillet

Les averses de la nuit ou du petit matin sont des artistes. Elles imbibent les papiers et font ruisseler les figures peintes, ce qui donne une impression de chaos, de formes tremblées, de support gondolé. J'ai la mer devant moi, ses champs d'îlots, ces routes mi-sableuses, mi-pierreuses qui, au jusant, laissent penser qu'elles descendent vers l'abîme.

Reçu la visite d'une critique, intelligente, aiguë, le regard vif et noir, qui travaille sur Charles Estienne, la période de l'Étoile scellée. Elle a poussé ma porte, elle a jeté un regard circonspect sur les travaux en train de sécher. Au début, son ton peu naturel m'agaçait. Trop cérébrale, trop intellectuelle pour moi. Je l'ai emmenée chez Anna. Je n'arrive pas à savoir ce qu'elle prépare, un livre, une exposition peut-être.

Je l'ai laissée parler, de Charles Estienne, de Breton, de Degottex, de Duvillier, avec une précision impeccable. Puis, l'alcool aidant, je ne lui ai pas coupé la parole quand elle a voulu passer à mon cas et me poser quelques questions.

— Vous me confirmez bien que Georges Pompidou avait une toile de vous dans son bureau chez Rothschild?

J'ai confirmé. Elle a ensuite voulu savoir ce qu'était devenue cette toile, et aussi le paysage irlandais un temps accroché dans le fumoir de Matignon. Je la voyais venir. Elle tournait autour, puis elle a lâché:

— Vous le voyez toujours?

— Oui, de loin en loin. Comme beaucoup de mes acheteurs.

Puis, s'enhardissant:

— Vous cautionnez ce qu'il fait dans Paris aujourd'hui?

— Pas tout. Je suis attaché à mon quartier, à une forme de vie simple, authentique...

— S'il fait une grande exposition des artistes contemporains, vous refuserez d'y participer?

— Je ne crois pas. Mais soyez rassurée, on ne m'a encore rien demandé.

J'ai aussitôt senti la déception et la réprobation de mon interlocutrice, manifestement allergique aux hommes de pouvoir. Je me suis tu. Les sardines d'Anna suffisaient à mon bonheur.

19 juillet

Le passage de cette critique a laissé un sillage d'inquiétude. Je craignais un écho malveillant, et pourtant je n'avais rien à redouter. J'aurais voulu éviter tout soupçon, je lui aurais parlé de mes travaux consacrés à Gabrielle Russier. Je n'avais pas de comptes à rendre. Et pourtant, malgré sa raideur d'idéologue, cette femme m'avait plu, du fait de la richesse et de l'exactitude de ses connaissances, de ce qu'elle savait des peintres d'Argenton, de sa sensibilité, ce qui devenait si rare.

21 juillet

On ne me croira pas : je n'ai de compagnons que les rochers et les sables de Tréompan, les menhirs christianisés, les poivrots taciturnes du café d'Anna, les phares et les vents du large. Je suis décidé à rester jusqu'à septembre. Je veux revoir les goémoniers, les grands feux sur les grèves. Paris ne me manque pas, sa fièvre, son visage qui change.

Au manoir de Kernaeret, près de Fouesnant, où je l'avais rejoint — un chauffeur était venu me chercher sur ma côte Nord —, le président, en pantalon de toile et mocassins blancs, m'avait accueilli avec beaucoup de simplicité. Avec sa tourelle, ses linteaux de granit, ses murs tapissés de vigne vierge, ses buissons d'hortensias et ses prairies qui commençaient à la lisière du jardin, le petit château avait quelque chose d'anglais : c'était une demeure cossue, un peu hautaine mais sans prétention, que le couple Pompidou avait adoptée au milieu des années 1960, quand le Général avait fait comprendre à son Premier ministre que les séjours à Saint-Tropez lui étaient désormais interdits.

Le chauffeur avait cogné à la vitre, réveillant le président qui somnolait dans la bibliothèque, entouré de jeux de cartes, de journaux et de livres éparpillés. La maison était calme, il y avait un fond musical, ni Boulez ni Xenakis, des chœurs grégoriens peut-être. J'avais été surpris de le découvrir là et ainsi, sans apprêt, cueilli dans son sommeil estival, loin des fastes de la République, en villégiature discrète chez des amis de province.

— Vous travaillez ?

La question n'avait pas tardé. L'oisiveté, les vacances ne devaient pas être pour les artistes, le temps libre était propice à la rêverie et à la contestation. Pensait-il à ce que je lui avais dit à propos des pavillons des Halles à l'occasion de notre dernière rencontre ? L'affaire semblait classée et, quels que fussent ma gêne et mon dépit, j'étais bien décidé à ne plus jamais citer en sa présence le nom de Baltard.

— Vous travaillez ou vous faites comme moi ? Vous vous laissez aller, vous cédez au farniente ?

J'étais loin d'avoir ses obligations et ses charges. Sans doute avais-je parlé de mes marches sur l'ancien chemin des douaniers, de mes promenades dans le vent du large, des curieuses cartographies que j'abandonnais sous la pluie pour qu'elle les déforme et les embellisse. Le président s'était installé près de la fenêtre, avec la vue sur la pelouse et les massifs d'hortensias roses et bleus, de ce bleu de schiste qui est la singularité du Finistère. Sur un guéridon, tout près de lui, je devinais des plans, des esquisses, la façade d'un bâtiment très plat avec des bandes de couleurs, des ébauches crayonnées de mobilier, des tables, des fauteuils.

— Je vous montrerai cela tout à l'heure,

j'aimerais avoir votre avis... Pour les couleurs en particulier, on n'a aucun droit à l'erreur...

Sans doute avait-il deviné la cible de mes regards furtifs et indiscrets. Rien ne lui échappait jamais des manœuvres et des manigances de ses visiteurs. Avec son polo d'un orange très vif, ses mocassins balnéaires, Pompidou n'avait plus rien du monarque intimidant que j'avais vu à l'Élysée, il n'avait pas non plus la distance rugueuse que je prêtais au seigneur arpenteur de Cajarc, il était soudain sans majesté, presque de plain-pied, un notable breton qui vivait là depuis longtemps après avoir fait fortune au bord de l'Odet ou sur les mers, et qui s'excusait de me recevoir seul parce que sa femme chevauchait sur les pentes du Menez-Hom.

Il venait d'allumer une cigarette. C'était le signe qu'il souhaitait se dégourdir les jambes. Il voulait me montrer le jardin, les buis, les cactus, les palmiers, la ligne des hortensias qui, comme en Irlande ou en Écosse, marquait la fin des zones asservies à la main de l'homme et le début de la sauvagerie, la petite aire sableuse où il aimait jouer aux boules.

— Ça, ce n'est pas pour vous ! avait-il lâché en riant.

Il était soudain plein de malice. Détendu, rieur, sans angoisse. L'ombre de la colère, que j'avais sentie à chacune de nos rencontres, ne planait plus. Ce devait être l'effet de l'air breton et du bleu des hortensias. Ce n'était plus le modèle à l'écharpe IKB que j'avais devant moi, dans les allées du jardin de Kernaeret, c'était un homme de tout juste soixante ans, un peu rond mais en forme, un homme à la réussite et à la fortune discrètes que j'aurais presque pu inviter dans mon ermitage des dunes. Ce ne pouvait pas être le complice des spéculateurs et des bétonneurs qu'exécraient mes compagnons de révolte du Vieux Paris.

— Vous pensez quoi, Kerros, de cette affaire des Halles?

La question m'avait surpris et ma première réaction avait été d'y voir un piège. Le président avait-il oublié ce que j'étais venu lui dire au printemps, mandaté par les miens? La prudence s'imposait.

— On s'est enlisés, les pouvoirs publics, les lenteurs de l'administration, un kyste s'est formé. C'est dommage sans doute. On aurait pu s'en tirer avec plus de douceur, garder six pavillons peut-être... Tant pis, le bourbier commence. Mais ce qui compte pour moi, c'est le Centre Beaubourg, les tours de la Défense, la voie express sur la rive gauche. Paris doit s'adapter, Paris doit changer, sans balafres, sans blessures... Là je n'ai plus aucun droit à l'erreur...

Même dans son écrin de verdure et d'hortensias, pas très loin des îles de l'archipel des Glénan dont le vent rafraîchissait le jardin, le président ne renonçait à aucune des hantises du prince des modernes. Et c'est ce qu'il me signifiait, d'un air patelin, en glissant sur le gravier du parc. Il était inflexible, mais cette fois sans le masque de l'autorité, dans la distance et l'amusement. Il ne parlait plus des portraits. Il disait que s'il en avait le temps avant la fin de son séjour breton, il viendrait voir d'un coup de voiture mon refuge et mes papiers mouillés. Le whisky qu'il m'avait généreusement servi m'avait délié la langue et j'espère que je ne racontais pas trop de bêtises. Il m'écoutait, l'air grave, songeur. Il me montrerait à l'automne la maquette du Centre Beaubourg imaginé par Renzo Piano. Il me montrerait encore les projets de l'antichambre cinétique qu'Agam réalisait pour l'Élysée. Il y aurait aussi une bibliothèque en altuglas et une cheminée en lave de Volvic. Il sirotait son whisky sur la terrasse silencieuse de Kernaeret et il s'amusait déjà du tohu-bohu que tout cela ne manquerait pas de susciter. Il y avait chez le prince des modernes, outre cette assurance que je percevais comme jamais, un plaisir non dissimulé à surprendre, à heurter, à choquer en matière d'urbanisme et d'art. Dans le domaine politique — où j'étais, je l'avoue, franchement incompétent —, dans le domaine des mœurs et de la littérature, je le pressentais plus conservateur et plus frileux. Mais ici, et surtout dès qu'il s'agissait de remodeler le visage de Paris ou de l'Élysée, rien ne l'arrêtait. Il y aurait des remous et des vagues, et cela lui était indifférent. De l'art, dans sa mission contestataire et prophétique, il avait tout saisi et sans doute dès le moment où, jeune normalien, il avait acquis *La femme 100 têtes* de Max Ernst.

Il rêvait ce centre d'art et de culture en plein Paris, cet alambic ouvert aux créateurs et aux curieux qui circuleraient dans des coursives de verre, au cœur d'un bâtiment dont l'ossature serait visible et même plus, exhibée. Il rêvait de tuyaux bleus, roses, de couleurs insensées. Une ombre avait terni son regard, comme les nuages nombreux qui arrivaient de la mer : 1976, la fin de son mandat, viendrait vite. Il fallait profiter à plein de cette croissance, de ce dynamisme économique né de l'après-guerre et dont il savait bien qu'il n'était pas éternel.

— Ceux qui bâtissaient, les empereurs et les rois, avaient l'éternité devant eux... Moi j'ai sept ans, plus que cinq déjà, et je ne suis pas très sûr d'en demander sept autres...

Claude ne rentrait pas, trop heureuse sans doute de profiter des landes et des bruyères du Menez-Hom, ce qui ne manquait pas d'inquiéter le président.

— Évidemment, vous restez dîner, ce sera sans façon...

Je n'en croyais pas mes oreilles. Si je reprenais un jour le cycle des portraits à l'écharpe IKB, j'y glisserais, en souvenir de ce beau soir, la nuance gris ardoise des hortensias du jardin de Kernaeret.

Je n'étais pas pressé de retrouver Paris. Je savais trop ce qui m'y attendait. J'avais loué un ancien garage à bateaux, des carènes renversées pendaient encore au plafond, c'était le bien délaissé d'une lointaine parente d'Anna. Les papiers trempés par les pluies nocturnes ou matinales avaient été le prélude à de nouvelles recherches. Je rêvais de cartographies plus vastes, avec des tourbillons, des girations, l'inscription du mouvement des marées. L'été, un peu froid, un peu humide, me convenait à merveille, il y avait parfois d'extraordinaires déchirures de lumière sur les dunes et les vagues, le retour des chevaux marins était imminent.

La peinture m'occupait des heures entières. Ma place était ici, sur cette ancienne côte du bris, j'aimais fouiller parmi les algues les restes de flotteurs et de cordages pourris. Autant à Paris je tournais en rond, autant ici je ne m'ennuyais pas une seule seconde, grisé par la liberté des marées, de la lumière et des vents.

Un homme m'avait abordé un soir alors que je prenais un verre chez Anna, un physique de colosse, de petits yeux très vifs enfoncés dans un visage boursouflé, un homme massif à l'allure de baroudeur ou de plaisancier. Il était pour quelques jours dans un grand hôtel de Brignogan. La conversation avait d'abord roulé sur la région, Ouessant qu'il semblait bien connaître, les abers, la route maritime de la Côte des légendes. Il avait demandé à Anna si elle avait du whisky, l'infâme muscadet ne lui suffisant sans doute pas. Personne dans ce bistrot perdu ne buvait jamais de whisky, heureusement Anna s'était souvenue qu'il lui restait, bien cachée, une bouteille de cognac, ce qui avait éclairé le visage renfrogné du yachtman.

L'homme était bougon, taciturne, mais l'alcool lui avait vite délié la langue :

— On s'est croisés à Paris, j'en suis sûr...

Cela me paraissait peu probable. Ce n'était pas une figure connue du quartier de Saint-Eustache et du Vieux Paris ; peut-être l'avais-je aperçu dans un de ces vernissages où je faisais toujours des passages furtifs. Il n'en dirait pas plus, si bien que le soupçon me prit bientôt d'être suivi, épié par ce gros bonhomme à l'allure trompeuse de pachyderme endormi.

— Vous peignez, je crois ?

Cette fois, il m'était difficile de nier, bien que j'eusse toujours eu en horreur d'être démasqué par des inconnus qui voulaient s'introduire pour on ne sait quelle raison dans mon atelier.

— Je suis ici pour quelques jours... Si vous avez un peu de temps pour moi, je serais heureux de voir ce que vous faites...

Je faisais comme si je n'entendais rien, un autiste assommé par le vent du large et le vin râpeux d'Anna. L'homme n'avait rien de mondain — il était d'une distinction indiscutable — mais je sentais se refermer sur moi l'étau de relations sociales que je n'avais jamais souhaité nouer ici.

— Cessez avec ce picrate infâme, prenez un verre de ce cognac. Il n'est pas fabuleux, mais c'est meilleur quand même...

C'était une scène cocasse : j'étais abordé, puis invité, dans ce bistrot modeste des confins des dunes, où les touristes s'égaraient rarement, par un homme qui ne s'était jamais présenté, imaginant sans doute que sa célébrité était parvenue jusqu'à moi. Comment pouvait-il savoir que je peignais ? Jamais je n'avais exposé dans la région, mes apparitions depuis toujours étaient clairsemées et discrètes, et je jouais si peu au peintre.

— Vous faites surtout des paysages ? Enfin des variations oniriques plutôt...

Quelque chose se cabra soudain en moi, l'impression détestable d'être cerné, mis à nu par un représentant d'une engeance que j'avais toujours fuie : celle des critiques d'art. L'homme dut deviner ma crainte, il sourit avant de remplir abondamment les verres. Je demandai à Anna un bol de crevettes grises, ce qui était un accompagnement curieux, mais la faim me rongeait. De longs silences ponctuaient notre échange, le visage de mon interlocuteur se fermait, les paupières lourdes et plissées, les bajoues tombantes, il restait une fente allumée, lucide, un regard vorace, sur le qui-vive. Qui pouvait-il bien être? Pourquoi avait-il échoué depuis son hôtel, le luxueux Castel Régis sans doute, dans ce café miteux que ne fréquentaient que les gens du pays? Le cognac commençait à agir et mes défenses s'effondraient les unes après les autres. Avec ce mélange de nonchalance et de vive intelligence, l'homme qui s'était imposé dans ma solitude n'était pas dépourvu de charme — et de mystère.

— Vous me montreriez vos œuvres?

Je ne risquais pas grand-chose, même si au fond de moi je détestais les visites improvisées.

— C'est un ancien garage à bateaux que j'ai loué cet été, il y a quelques travaux... Je ne suis pas sûr que cela puisse vous intéresser.

Il avait laissé sur le comptoir, à l'énorme surprise de la vieille Anna littéralement sidérée, un billet comme on n'en voyait jamais par ici. Sa voiture, un coupé sport, était garée juste devant le restaurant. Il conduisait nerveusement, un pull noué autour du cou. J'ouvris la porte du garage et le laissai entrer. Il devait tout inspecter des cartes marines, des calligraphies pluvieuses, des huttes calfatées surmontées d'une croix. Il ne sortait plus. Je me tenais sur le seuil, saisi par la timidité et l'inquiétude. Je me décidai enfin à le rejoindre.

— J'imagine que rien n'est à vendre ou que tout est déjà réservé. Sinon j'achèterais tout. J'irai vous voir à l'automne dans votre atelier parisien, vous me direz à quelle galerie il faut s'adresser... Je suis passé l'autre jour à Kernaeret et le président m'a parlé de vous... Il a plus que de l'estime pour vous et pour votre travail. Vous le connaissez bien, je crois. Il n'a pas le compliment facile. Il aime les artistes et il a besoin d'eux. Ne faites pas comme ces parasites prétentieux, ne le lâchez pas...

Le pas décidé, sa lourde carcasse insensible à l'ivresse, l'homme s'était dirigé vers sa voiture. Nous nous reverrions. Il y avait dans son regard un éclat qui me rappelait le bleu des hortensias de Kernaeret.

Au Vieux Paris, jamais l'atmosphère n'avait été aussi lugubre. En cette rentrée très grise, l'éclairage semblait plus faible encore ; à la lumière des becs parcimonieusement allumés par Mme Berthe, on devinait des visages tristes, fermés, une colonie de somnambules ou d'automates qui s'agglutinaient sans passion autour du zinc, vaincus par la désolation et le sentiment que tout était fini. Juchée sur son escabelle de manière à dissimuler son infirmité, la patronne elle-même paraissait avoir perdu de sa superbe, elle ne pérorait plus, elle ne caquetait plus avec cette gouaille savoureuse et inventive qui faisait les délices de ses clients, elle avait baissé d'un ton, elle s'était mise à l'unisson de la déploration, de ceux qui chuchotaient, craignant la présence de mouchards ou d'observateurs cachés.

La même tristesse m'avait frappé rue Tiquetonne ou passage du Grand-Cerf, dans les hôtels ou les boutiques que je connaissais. Une sorte de cendre couvrait les visages, les paupières gonflées par le chagrin. Les rumeurs les plus folles couraient. Des pans entiers d'immeubles allaient disparaître. On inspectait les charpentes afin de détecter la présence de xylophages dévastateurs. L'existence de ces insectes qui foraient les vieux bois justifierait la mise à terre d'îlots entiers qu'on déclarerait insalubres. Rue Tiquetonne, tout près de ma mansarde, un immeuble vétuste avait été récemment visité par des envoyés de la préfecture ou de la municipalité qui avaient prélevé dans la toiture des échantillons, des esquilles de bois vermoulu. Une peur insidieuse se déployait, comme la crainte des invasions, des maladies inexorables ou des grandes épidémies. On redoutait l'effet dominos ou jeu de cartes, la disparition d'une maison fragiliserait la stabilité du quadrilatère ; l'immeuble pouilleux détruit, c'est tout l'équilibre de l'alignement ou de l'îlot qui s'en trouverait affecté, alors le pire serait inévitable, à savoir la condamnation de toutes ces grappes de demeures vieillottes et mal entretenues qui ceinturaient l'ancien ventre de Paris.

Il se disait encore que des plans secrets avaient été établis, qui désignaient nettement les zones menacées. Lulu, chez qui j'avais fait ma halte rituelle au retour de Bretagne, croyait savoir que la lame bien lancée de la modernité viendrait entailler les premiers escarpements du vieux Mont-Orgueil. À l'entendre, les brèches des Halles et du plateau Beaubourg ne suffisaient pas, elles constituaient le cœur d'une étoile qui allait se développer, peut-être là aussi envisageait-on de larges axes pour enrayer les caillots de la circulation automobile. Lulu avait rangé ses affaires, quelques souvenirs, ses économies, ses papiers dans un petit sac à main des années 1930 et elle se disait prête à partir dès que l'arrêté d'expulsion serait pris. « Ils veulent tout effacer, les bétonneurs, murmurait-elle d'une voix plaintive, c'est toute la crasse, toute la souillure du temps des Halles qu'ils veulent chasser, les gourbis, les hôtels de passe, tout ce qui n'est pas digne du beau Paris... Je partirai chez moi dans le Berry dès qu'ils frapperont à ma porte, les inspecteurs de l'hygiène... Chiottes à la turque, égouts insalubres, non-respect des normes, mon cas est grave. Je les accumule... Je ne suis pas sûre de survivre loin d'ici. Mais je serai mieux dans le Berry où je ne connais plus personne, plutôt que de voir ça... »

« Ça » : j'avais précisément tardé à aller voir ce que plusieurs ne pouvaient pas nommer, ce saccage honteux qui ne passait pas les lèvres. Cette première et terrible blessure portée au cœur de Paris, à sa terre ensemencée de sang, de légumes flétris, de lymphe des poissons du Nord, ce coup qui avait ébranlé tout le socle d'un quartier, ce coup bien plus dangereux que l'érosion des xylophages.

— Allez voir, descendez jusqu'à Saint-Eustache ! m'avait supplié Lulu, vous comprendrez... Ils sont fous, ils veulent notre mort, la mort des vieilles sentinelles...

Je savais ce qu'elle mettait de douloureusement provocateur dans ce terme dont elle connaissait évidemment la polysémie.

— Une vieille femme est morte de chagrin... Elle ne pouvait pas supporter la disparition d'un quartier où elle avait passé toute sa vie...

La vieille femme était prétendument morte dans un minable appartement des derniers étages, oubliée, déshydratée, presque momifiée. Le quartier avait sa martyre et la légende de la pauvre femme proliférait aussi vite que la rumeur des intentions démentes qu'on prêtait à l'État et à la préfecture. Quel était le dessin exact des îlots menacés ? Jusqu'où grimperait-on sur les pentes du Mont-Orgueil pour délimiter l'espace du centre tentaculaire qui allait remplacer le ventre de Paris ? À écouter Lulu, la concierge de mon immeuble de la rue Tiquetonne, des vieillards qui évoquaient, les yeux rougis, ce qui venait de se passer, il était urgent de fuir. Berry ou Bretagne, Sologne ou Charentes, il fallait vite laisser la place aux bétonneurs qui saccageaient Paris, à leurs pelleteuses et à leurs grues, et s'inventer une thébaïde lointaine pour y attendre la mort en retissant les fils d'une splendeur disparue.

Oui, je l'avoue, je n'avais pas eu la force d'aller voir. Je savais bien ce qui s'était passé en juillet, les défenseurs des pavillons, les fameux veilleurs, avaient été délogés *manu militari* par la police, puis les hordes de démolisseurs et leurs pelleteuses étaient arrivées. Six pavillons avaient été pulvérisés. Le séisme s'était propagé jusque dans les assises de Saint-Eustache et du Marais, et les premiers escarpements de Montorgueil. La peur s'était diffusée, comme la peste. Le coup porté avec une telle audace et une telle sauvagerie ne pouvait être que le prélude d'autres destructions. On avait aménagé les lisières, les zones gastes, mais rarement une ville avait ainsi été touchée en son cœur, jamais surtout on ne s'était mis à creuser le sol, à forer les galeries de la future gare souterraine dont la construction et le trafic ébranleraient les bases du grand vaisseau de Saint-Eustache, jamais une éviscération n'avait été à ce point planifiée : départ des marchands et fin des survivances naturelles, comme le disait Mason, jachère et faux calme, éradication définitive des reliques et, enfin, éventration.

Elle était là, posée sur le zinc du Vieux Paris, une sorte de volute de ferraille, ouvragée, joliment tournée, rescapée du grand cataclysme. Rémi Viargues avait bravé les dents déchaînées des pelleteuses pour sauver ce qui deviendrait vite une relique. Il avait assisté, lui, à l'arrivée des hordes destructrices, il avait vu tomber les pavillons dans un fracas de verre et de fonte broyés. Le mythe du transfert des Halles s'était vite évanoui : tout avait été profané, écrasé, mis à terre, les pavillons dépecés, fracassés comme une survivance horrible qu'il fallait rayer de la surface de la terre.

Il écrivait ce soir de septembre, sur le comptoir du Vieux Paris, une tribune, une lettre rageuse et désespérée qu'il donnerait au *Monde* ou au *Nouvel Observateur*. Je m'étais assis près de lui.

— Vous avez passé un bel été ? Nous non, tout est perdu...

L'attaque ne m'avait pas échappé, mais je n'avais pas relevé. Je n'avais pas dit non plus que je n'avais toujours pas eu la force de marcher jusqu'au champ de ruines. Rémi Viargues continuait à écrire, il prononçait parfois une formule, comme pour la tester.

— Depuis la destruction des Tuileries, rien de comparable n'avait été osé. C'est une blessure qui ne se refermera jamais dans ce cœur de Paris enfin livré à la curée...

Il était toujours aussi raide, aussi monomaniaque, profondément atteint par la défiguration en cours, mais je ne m'habituais pas à son assurance qui devenait vite sentencieuse.

— Honte d'un régime victime de l'affairisme, de l'argent, de la bêtise administrative. Au même moment, un député UDR est inculpé, convaincu de corruption et d'escroquerie, c'est dire...

Avait-il cru que la force de ses tracts et de ses lettres ouvertes inverserait le cours de l'Histoire ? Ces choses nous dépassaient, un autre monde advenait, dans lequel, autant que lui, je ne me reconnaissais guère. Il avait un profil aquilin, une belle tignasse blanche, des mains fines, il émanait de lui une autorité naturelle, mais quelque chose en lui me déplaisait. Je me surprenais toujours à rester là quand il apparaissait, jusqu'à presque me couler dans le cercle de ses admirateurs et de ses disciples, alors que la notion de groupe m'était étrangère. Laurent, le beckettien qui avait un temps posé pour moi, était devenu l'un de ses zélateurs et de ses thuriféraires.

— Il y aura du verre et des couloirs au futur centre d'art de Beaubourg, comme dans les pavillons fracassés, avait laissé tomber Rémi Viargues. Le crime aux Halles et, à Beaubourg, le paquebot expiatoire...

La formule avait suscité les applaudissements. Le paquebot expiatoire : l'image était belle. Plus fardée que jamais, boudinée dans un chemisier fleuri qui devait dater des années 1950, la vieille Berthe avait conclu de sa voix de crécelle :

— Vous êtes un poète, monsieur Rémi, vous êtes un génie... Heureusement qu'on vous a !

Elle devait imaginer, dans sa petite cervelle, que le programme de destruction et de rénovation engloberait l'immédiate proximité de Beaubourg et elle voyait dans ses cauchemars l'étroit immeuble où se logeait son bistrot basculer dans l'une de ces fosses dont on criblait le sol de Paris.

Un de ces soirs, Mason était apparu, affecté, entre la tristesse et la colère. Il ruminait une riposte qui ne pouvait qu'être esthétique, une œuvre commémorative. Ce qu'ici on appelait le « crime » ne l'intéressait guère ; lui, ce qui le remuait, c'était l'avant, les splendeurs de ce royaume de couleurs et de cris, de cette enclave naturelle au centre de la capitale.

Un jeune excité de l'entourage direct de Rémi Viargues avait pris la parole, un théâtreux plein de fougue, d'une beauté ardente, ténébreuse, et pour qui tout lieu public était une scène. Il vomissait le régime de Pompidou, les affairistes qu'il favorisait, le culte immodéré du progrès, le déni de l'Histoire. Il hurlait :

— Allez dire à vos bétonneurs de Babel que s'ils ont le culot d'édifier ici une bâtisse hygiénique sur les poussières de mon foyer, je leur prédis, moi, insulaire insalubre, douze générations de fantômes qui feront d'inexpugnables squatères aussi paléobacillaires que microbolants et insolvables. Quant à l'infortuné locataire, victime iphygiénique de vos insanités sanitaires, je dis qu'essuyant vos plâtres gâchés dans le stupre, il découvrira le premier soir, au plus stérile de votre monument confortiche et salubrique, sur le drap immaculé de son cosicornère, une punaise! m'entendez-vous encore? Une punaèze, dis-je, une femelle pleine, comme le message de l'obscurantisme fécond sur les espaces désolés du progrès.

Des applaudissements nourris avaient salué la performance. Le théâtreux, avec un air de faux modeste, se taisait, prêt à s'approprier la tirade qu'il venait de dire. Il savourait son effet.

— C'est l'œuvre d'un styliste de droite, dit soudain Rémi Viargues qui ne pouvait jamais être en reste. J'hésite entre Marcel Aymé et Jacques Perret...

— C'est dans une nouvelle de Perret que j'aime beaucoup, répondit le comédien, *Les insulaires*... Un personnage, Palladion, se défend contre la modernité galopante. Il y a encore d'autres beaux morceaux...

Et il se mit à dire: « Et alors, monsieur, on commence par raser un petit îlot par-ci par-là, et puis on retaille un boulevard qui fait sauter

Saint-Eustache ; on flanque en l'air la place Dauphine et Carnavalet, et hop ! on ratatine le Louvre pour faire un square Auguste-Blanqui, et en l'air le Pont-Neuf, la Mouffetard et l'hôtel de Sens ! et rasez-moi Notre-Dame ! Taudis que tout cela, monumentales insalubrités ! ce qu'il vous faut, c'est un Paris neuf, délivré du poids des siècles et des obsessions de la mémoire, avec une population toujours née d'hier, sauvagement aseptique, conçue dans la matière plastique et coincée dans le ciment vibré. »

— Il ne manque que les pavillons de Baltard dans ce tableau ! De quand date ce texte ? interrogea le professeur Viargues.

— Le début des années 1950, je crois...

— C'est une aubaine, ce Perret que nous allons tous lire. Je propose que nous soyons les nouveaux Insulaires, sans forcément cette drôlerie et cette inventivité, mais tu m'as donné le nom de l'association que je veux fonder depuis longtemps pour lutter contre cette destruction sauvage de Paris. Ce sera une association de type loi de 1901. Il nous faut simplement un siège social. Ce ne peut pas être au Vieux Paris, qui restera évidemment notre lieu de rencontres...

Je ne sais ce qui me prit, toujours est-il que je proposai de domicilier Les Insulaires dans mon atelier, 4 quai des Célestins. Toutes les réticences à mon égard avaient fondu. C'était la première fois que j'existais à ce point au Vieux Paris...

C'était une désolation extrême en effet, un enchevêtrement de ferrailles saccagées, les restes de certains pavillons avaient déjà été déblayés, des palissades de chantier érigées, et d'immenses engins s'affairaient à creuser derrière ce qui serait sans doute le réseau des galeries souterraines du RER. Une rangée d'immeubles, du côté de la rue de Turbigo, paraissait soudain orpheline et nue, et sans doute promise à la destruction. Du côté de Saint-Eustache, là où serait construit le futur centre de commerce international, quelques bâtisses de Baltard subsistaient, en sursis, avant que le bataillon des pelleteuses ne revienne pour leur faire un sort. Il avait plu et il traînait sur les pavés, sur le macadam des trottoirs labourés par le passage des engins, une sorte de mélasse rouillée, avec des irisations d'essence et des pépites de verre pulvérisé. Sonné, hagard, j'avais badigeonné le creux de mes paumes de cette boue infâme, j'avais tenté d'en fixer la couleur funèbre, certain qu'il y avait là la matrice d'un nouveau cycle.

À Saint-Eustache où j'étais entré ensuite, comme un pèlerin mécanique qui aurait perdu la foi, j'avais marché jusqu'à la chapelle qui abritait ce tableau de Rubens que j'aimais tant; aux pieds de la Vierge de Pigalle, des vieilles femmes priaient, comme prostrées, foudroyées par l'éviscération en cours: l'église était devenue leur refuge, l'ultime sanctuaire qu'en vertu d'une protection immémoriale les lames et les chenilles de la modernité n'attaqueraient jamais. Jean Guillou n'était pas là. Les hautes verrières, obscurcies par la poussière, endeuillées par l'apocalypse récente, laissaient passer une lumière qui avait la couleur rouillée de la boue des trottoirs; bientôt on creuserait dans les fondations mêmes de l'église et l'idée de ces vrilles géantes forant le sous-sol, les sédiments des premiers sanctuaires, m'avait rempli de terreur.

Le spleen, l'abattement stérile ne me ressemblaient guère. À Brignogan, à Tréompan, lorsque la lourdeur du ciel et l'omniprésence des nuages m'accablaient, même sous la pluie, je sortais marcher. Je n'avais jamais été un homme de ruminations et de ressassements. Une sorte de pulsion primordiale me poussait à aller de l'avant, à déchirer cette gangue de terreur et de nuit qui m'enserrait. Sur la côte finistérienne, j'avais ce garage à bateaux que j'avais loué; ici, il me restait à me réfugier, comme les orantes prostrées de Saint-Eustache, quai des Célestins, pour une autre forme de prière.

Je ne savais rien encore de ce que j'allais peindre. Il y avait cette émotion qui m'avait submergé — et cette boue rouillée au creux de mes paumes. Tout en marchant à pas rapides vers l'atelier des Célestins, des foyers se dessinaient dans ma rêverie : les pavillons déchiquetés, la terre blessée de Paris, le grand vaisseau de Saint-Eustache qui se dressait au milieu d'un champ de ruines, et ces engins monstrueux qui creusaient les entonnoirs des migrations futures.

Je n'étais pas comme Mason : le jardin naturel, la profusion des légumes, des fruits, des victuailles ne m'avaient pas vraiment attiré. Aux Halles nourricières et lumineuses, j'avais toujours préféré l'autre face, ténébreuse, celle des caves et des rats, des repaires où s'ourdissaient complots et mauvais coups, où pullulaient les germes des épidémies, les risques de pollution et de contamination. Elles avaient toutes été balayées, chassées d'abord puis effacées, pour qu'il ne reste rien, aucune trace, aucun vestige, aucun signe.

Je n'avais jamais peint Paris. Aux monuments, je préférais les éléments, les côtes, les grèves, les grains, les tempêtes. Il y avait cette boue mordorée au creux de mes paumes, cette substance huileuse couleur de terre et de vieille fonte, cette mélasse que j'avais observée sur les trottoirs, avec ces pigments de verre brisé. Je partirais de là, de ce marron liquide, de ce gris de ferraille tordue, de cette rouille qui recouvrait tout. C'était cette pâte sinistre que j'avais commencé à étaler sur des papiers, des toiles aussi, de formats variés, le dessin du saccage, des architectures éventrées ou rescapées affleurerait ensuite, des pans d'immeubles, des grappes de maisons, les îlots des Insulaires.

Plusieurs jours sans discontinuer, évitant de rentrer rue Tiquetonne pour ne pas avoir la tentation d'aller revoir le théâtre du crime, j'avais ainsi dessiné et peint, porté par l'émotion et la rage, la douleur aussi, tant je croyais que la vie et l'origine disparaissaient, et c'était ce deuil, que j'avais saisi dans le silence de Saint-Eustache, cette déréliction rouillée qui me hantaient jusqu'à l'épuisement. On était loin des cartographies marines. On était loin de la liberté des vagues. On était au vif d'une perforation, une sorte de « leçon d'anatomie » géante et urbaine.

Lorsque j'étais las, je tombais de sommeil sur une paillasse posée à même le sol de l'atelier. Sinon, je traversais la Seine et j'allais me poster au bout de l'île Saint-Louis. C'est là, alors que j'observais les remous du fleuve provoqués par le mouvement des péniches, qu'un rêve m'était revenu : l'église Saint-Eustache s'écroulait. Les perforations souterraines avaient eu raison de la grâce de ses nervures et de ses voûtes. Tout tombait, en un flot de pierres, de pinacles, de verrières, tout était enseveli, le maître-autel de Baltard, le tableau de Rubens, la Vierge de Pigalle, l'orgue de Jean Guillou. Je n'avais pas de vocation à la Monsù Desiderio, mais dès mon retour dans l'antre lugubre du quai des Célestins, je m'étais mis à peindre cette fracture au beau milieu du transept sud, juste au-dessus du bourbier, là où il y avait le cadran solaire et le cerf qui me plaisaient tant.

C'était un cycle, un de plus. Il y aurait *Halles I, Halles II..., Insulaires I, Insulaires II..., Saint-E. I...* Et toujours la boue, la rouille, les façades veuves, insolemment dégagées, les murailles altières du grand vaisseau qui se lézardaient. J'en étais convaincu : ce que Rémi Viargues appelait le crime, ce que de façon plus neutre je nommais l'atteinte, aurait des répercussions sans fin et ce n'est pas l'érection du « paquebot expiatoire » qui arrêterait ce grand désordre qui, dans mes songes, rejoignait les terreurs superstitieuses des habitants du quartier. Je ne croyais pas comme Lulu aux programmes de destruction concertée, aux îlots arasés. Je voyais d'autres formes de dérèglement de la vie parisienne, des fissures dans les croûtes des sédiments, des glissements de la nappe phréatique — la Seine était si proche —, des affaissements de terrains qui affecteraient les assises des monuments et des immeubles.

Soucieux de ma survie, le concierge, M. Alfred, m'apportait une assiette de ragoût ou de pot-au-feu. Il avait eu un véritable haut-le-cœur lorsqu'il avait découvert le transept fissuré de Saint-Eustache au-dessus du vide, le chœur qui s'effondrait.

— Monsieur Kerros, arrêtez, je vous en supplie, arrêtez de peindre ces horreurs, vous allez nous porter la poisse... Ils vont finir par faire basculer Paris dans la flotte...

Je ne prêtais pas, comme ce brave homme, un tel pouvoir magique au geste du peintre. Et encore... Je pensais simplement qu'il entrait dans mon acte et dans ce cycle une part d'exorcisme et de conjuration. Les nappes ne déborderaient pas. L'ancien ventre de Paris ne se transformerait pas en une Venise chaotique. Le concierge s'était assis et il regardait, interdit, le résultat de ces jours et de ces jours de réclusion.

— Vous croyez que ça va finir comme ça? avait-il demandé, le regard troublé, dans un beau mouvement de candeur et de crainte.

— Je ne crois rien, avais-je répondu. En rien et en personne...

Et je lui avais montré ce qu'il restait de boue rouillée au creux de ma paume...

Il ne désarmait pas. C'était ce que me racontait Rémi Viargues que j'avais invité, en sa qualité de président des Insulaires, à passer à mon atelier. Les réunions de l'association, fort heureusement, se tenaient toujours au Vieux Paris. Mon atelier servait de boîte aux lettres et c'était bien ainsi. Rémi Viargues venait volontiers quai des Célestins et nous nous parlions sans détour. Il ne nommait plus le président. Leur histoire relevait plus de la camaraderie que de l'amitié, une camaraderie teintée de méfiance, à ce que je croyais comprendre.

— Il était à gauche comme nous au début, puis il a viré casaque... De Gaulle, Rothschild...

Les nuages s'étaient accumulés dans le ciel de cette camaraderie, de cette complicité justifiée par les liens et les usages d'une caste, le tutoiement, la liberté de parole, la joute intellectuelle, le fait que tous les sujets pussent être normalement abordés. Je n'étais pas certain de reconnaître le Pompidou qu'il m'avait été donné de rencontrer, ici, en Bretagne, à l'Élysée et récemment encore au milieu des hortensias de Kernaeret, dans le portrait sévère qu'en brossait Rémi Viargues. Je n'étais pas expert de ces questions. Plus que l'inexorable glissement vers la droite, ce que ne lui pardonneraient jamais Viargues et ses camarades professeurs, c'était son départ de l'enseignement, le dos tourné à la transmission, l'abandon du lycée Henri-IV où il avait un beau poste. Si je l'écoutais bien, cela s'apparentait à une sorte de trahison. Un ancien lauréat du concours général, un cacique de l'agrégation des lettres ne pouvait pas tout se permettre. On pouvait certes s'intéresser à Max Ernst ou à Nicolas de Staël, sur le mode des concessions chatoyantes à la modernité, mais il y avait un socle des humanités auquel on ne pouvait renoncer, un idéal humaniste qui consonnait avec un ancrage résolu à gauche et le professorat entendu comme un sacerdoce.

— On ne peut pas s'intéresser à Racine et Baudelaire et passer comme il l'a fait ensuite à l'ennemi. Son *Anthologie de la poésie française* est bâclée, elle ne vaudra jamais celle de Gide... J'ai eu le malheur de le lui dire un jour. J'ai cru qu'il allait me jeter dehors...

Rémi Viargues marchait dans l'atelier des Célestins, parlant haut et fort, comme devant un auditoire fantôme. Les tableaux des Halles et du vaisseau de Saint-Eustache fissuré étaient là, il ne les voyait pas, requis par ses hantises et ses ruminations. C'était étrange de constater à quel point cet homme intelligent, cet érudit dont la culture m'écrasait, était enfermé dans ses obsessions, ses phrases, ses argumentaires, et si peu sensible à ce que le monde autour de lui pouvait offrir de beau et de séduisant. Un corps pouvait le tenter, le comédien beckettien m'avouerait plus tard une passade assez sordide et sans lendemain, mais ce qui l'excitait avant tout, c'étaient les concepts, ce monde des idées dans lequel il évoluait avec tant de facilité, sans avoir à se heurter aux aspérités du réel. Il avait appelé la destruction des pavillons des Halles « le crime », « l'expiation », sous la forme d'un paquebot sans charme et sans relief, se jouerait à quelques pas de là, à Beaubourg ; d'autres injures se préparaient, à la Défense, place d'Italie, à Montparnasse ; un nouveau crime serait commis si Pompidou allait jusqu'au bout de son projet de voie express sur la rive gauche. À l'écouter, tandis qu'il continuait d'arpenter l'atelier, c'était une civilisation redoutable qui s'annonçait, régie par les banquiers et les urbanistes, l'univers ne serait plus que tours et ruches de béton, autoroutes, échangeurs, bretelles enchevêtrés ; que cela survînt à Créteil ou dans l'une ou l'autre de ces villes nouvelles dont le président avait récemment visité le chantier, peu importait, encore qu'il vît pousser là ce qu'il appelait « les silos de la désespérance », des boîtes où consommer, se reproduire et se gaver d'images qui asséchaient tout imaginaire, mais ce qui l'assombrissait le plus était que le président eût autorisé la perpétration de cet attentat à la beauté et à l'Histoire au cœur même de Paris, en expulsant les marchands, les grossistes et les forts des Halles, les Parisiens de vieille souche et aux maigres revenus, et bientôt les piétons, les pêcheurs, les flâneurs des berges, toutes ces pustules, ces parasites, ces cloques hideuses du passé.

— « L'aurore grelottante en robe rose et verte / S'avançait lentement sur la Seine déserte, / Et le sombre Paris, en se frottant les yeux, / Empoignait ses outils, vieillard laborieux. »

Il demeurait professeur, c'était plus fort que tout. C'était une bibliothèque vivante, il connaissait des milliers de citations, cette fois Baudelaire je crois, une autre fois Carco ou Jammes ou Reverdy. La Seine déserte, la Seine rose et verte, je ne savais plus... Un monde terrible se dessinait, celui du *Play Time* de Tati, une termitière de béton, des alvéoles tristes, des flots de voitures partout parce que Pompidou venait de déclarer qu'il fallait adapter Paris à l'automobile et renoncer à un esthétisme dépassé. Rémi Viargues écumait. Lui arrivait-il de rencontrer encore celui qu'il nommait invariablement « il » ? L'association Les Insulaires multiplierait les demandes d'audience, à l'Hôtel de Ville, à Matignon, rue de Valois. Pour la forme, pour la beauté désespérée du geste. Rémi Viargues n'était pas dupe. Il connaissait l'opiniâtreté, la fermeté, l'obstination hercynienne du prince des modernes, toujours convaincu qu'il avait raison et fou de rage d'avoir à subir les plaintes et les assauts de ces rétrogrades, de ces obsédés de la mémoire, de tous ces conservateurs pour qui la forme d'une ville avait quelque chose d'intangible et de sacré...

Rémi Viargues s'était arrêté devant la toile lugubre et rouillée qui prophétisait l'écroulement de Saint-Eustache.

— Vous m'autorisez à photographier cette toile et à la reproduire ?

J'avais acquiescé, ne sachant où je mettais les doigts.

J'avais pensé partir, fuir cet automne humide, boueux, ces complications, le tohu-bohu des Insulaires chez qui, bien malgré moi, j'avais pris une sorte d'abonnement et que j'avais imprudemment domiciliés dans mon atelier. Alfred, le concierge, m'avait dit que la police était passée pour vérifier que ce n'était pas une adresse fictive et que j'existais vraiment. La police, les Renseignements généraux, il ne savait trop, mais il détestait tout ce qui était susceptible de troubler la quiétude de l'immeuble et de ses occupants. Il y avait bien sur la boîte désormais, sous mon nom de peintre, la mention « Les Insulaires, association loi de 1901 ». Tous les courriers arrivaient là. Rémi Viargues passait régulièrement relever la boîte. Il déployait une belle énergie, il multipliait les rendez-vous, les tribunes, mais se plaignait d'être trop peu invité à la radio. « C'est le signe que dans ce pays l'information est tenue... », répétait-il comme un leitmotiv avant de se réjouir que le nouveau premier secrétaire du Parti socialiste lui eût récemment ouvert sa porte pour un petit déjeuner rue de Bièvre.

Je m'étais remis au travail, j'avais délaissé la thématique qui plaisait tant aux Insulaires, je ne voulais pas devenir le peintre de la défiguration de Paris. Alfred m'avait apporté de nouveaux crânes venus de la fosse commune de Picpus ou du Père-Lachaise et j'avais soigné le glacis des arcades et des voûtes crâniennes en tentant de retrouver l'éclat mordoré du cycle des Halles et de Saint-Eustache. Gilles, l'intellectuel torturé et brillant qui tenait les registres et les comptes des Insulaires, m'avait accompagné un soir jusqu'au quai des Célestins — Rémi Viargues lui avait certainement parlé de mes visions apocalyptiques — et je l'avais aussitôt invité à prendre l'un de ces crânes, à jouer avec lui et à poser. « C'est archaïque, c'est morbide... », avait-il maugréé avant de se prêter au jeu : je le croyais de complexion maladive, il avait une musculature d'athlète. Il avait froid et avait demandé à garder ses chaussettes de laine ; pour le reste, il était sans pudeur : je tenais un passeur thanatique de plus.

Alfred avait frappé, l'air grave et inquiet. Je n'aimais pas qu'on vienne à l'improviste, surtout lorsqu'il y avait des modèles dans l'atelier.

— Le ministre de..., je ne sais plus quoi, vous cherche. Il veut vous parler... avait-il dit en bafouillant et en me tendant un bout de papier sur lequel il avait griffonné un numéro.

— Le ministre de l'Intérieur, sans doute! avais-je répondu. C'est normal après la visite exploratoire de la police!

Ne comprenant rien à mon humour, Alfred avait fui, terrassé par la peur. J'avais joué le fanfaron devant le concierge, mais en fait je n'en menais pas large. Je ne sentais pas ces Insulaires qui drainaient des extrémistes, des gens prêts à tout. Gilles, qui étudiait l'histoire et la philosophie, était une exception, intelligent, pondéré, mais je voyais arriver chez Mme Berthe toute une faune de roquets et d'ambitieux, d'intrigants qui venaient là plus pour la contestation radicale du régime que pour l'arrêt de la défiguration du cœur de Paris. Aussi avais-je tardé à rappeler le ministre dont j'ignorais tout, de l'identité comme du portefeuille. J'avais finalement eu une secrétaire qui m'avait dit que, si j'en étais d'accord, le ministre passerait en début de soirée. Je m'attendais au pire. J'avais retourné les toiles indécentes ou prophétiques et mis bien en évidence au milieu de l'atelier une ébauche des Portraits à l'écharpe IKB, convaincu que cette toile aurait tout pour plaire au visiteur...

J'étais allé prendre un petit remontant dans un café du boulevard Henri-IV, en face de la caserne de la Garde républicaine. Au passage, j'avais acheté une bouteille d'un bon whisky écossais que je savais puissant, bien tourbé. J'avais une petite idée de l'identité de mon visiteur du crépuscule. À l'Élysée, je ne voyais jamais personne. Je l'avais peut-être croisé à l'une de ces soirées privées auxquelles les Pompidou m'avaient convié dans la demeure de la favorite de Napoléon III rue de l'Élysée, il m'était peut-être arrivé de le revoir plus récemment... Dopé par le remontant, j'avais pris le parti de l'attendre sous le porche, malgré les courants d'air. La DS s'arrêta juste devant la porte. Une épaisse silhouette en sortit, engoncée dans un manteau d'hiver. C'était bien lui. C'était le buveur de cognac de chez Anna.

À peine entré dans l'atelier, il regardait l'esquisse du portrait du président.

— Il y en a d'autres, je crois, mais c'est très mystérieux... Ça se saurait, tous les ministres, tous les courtisans seraient chez vous... Le mimétisme politique, c'est quelque chose ! Montrez-moi d'autres toiles...

Un peu serré dans l'uniforme anthracite du ministre, il avait encore cette aisance naturelle que je lui avais vue sur la côte, cette autorité aussi, dont il faisait un usage discret, mais qui ne souffrait pas le moindre retard d'exécution. Je lui avais tendu un verre de whisky qu'il avait pris le plus simplement du monde. Il y avait entre nous le souvenir d'un apéritif maritime et la visite de mon garage à bateaux. Il voulait tout voir, d'autres portraits du président, mais ce n'était pas ce qui l'intéressait le plus, les vanités, les porteurs de crânes, et même les vues des Halles dévastées et les visions de l'effondrement de Saint-Eustache.

— Quelle connerie, quelle connerie que cette démolition! — J'apprendrais plus tard qu'il était un redoutable bétonneur, comme tout le personnel politique de cette époque.

Il regrettait de ne pas avoir acheté une des cartographies de Tréompan. Il aimerait aussi pour son bureau du ministère un portrait du président à l'écharpe bleu Klein, comme celui des esquisses, rajeuni, dans l'éclat de la victoire de juin 1969, pas comme aujourd'hui, insistait-il. Je lui avais offert un autre verre. Il rêvait d'avoir aussi son portrait, peut-être sans l'écharpe IKB, pour faire comme Pompidou parce que tout ministre singe obscurément le président, pour le placer dans son bureau, pour en faire cadeau à l'une de ses conquêtes. Il était intarissable. Il imitait Pompidou, de Gaulle dont il avait été un proche collaborateur pendant la traversée du désert. Il ne refusait jamais un verre. Nous étions loin d'avoir la vue sur les dunes et les vagues de la côte nord du Finistère, mais mon whisky tourbé des Highlands était autre chose que le cognac d'Anna. Il voulait l'ébauche du *Portrait à l'écharpe IKB*, une ferraille rouillée des Halles, une vanité. Il disait avoir réservé d'autres toiles à la galerie de la place de Furstemberg, les fameuses cartographies marines peut-être. Il voulait surtout son propre portrait — et il l'aurait.

Je n'étais plus très sûr d'aimer Paris. Ce mélange de destruction et de menace avait fini par m'atteindre et, un peu comme les habitants de la rue Tiquetonne ou de la périphérie des Halles, je me demandais à quelle sauce nous serions mangés. Il m'arrivait encore d'aller voir ce bouquiniste des quais, tout près de l'Institut, chez qui je trouvais toujours des albums d'art et les textes des surréalistes. Il vendait de magnifiques ouvrages illustrés et les livres de Bataille aux éditions Pauvert, *Le mort* dans son étui funèbre, des textes interdits par la censure comme *Éden, Éden, Éden*. C'était un homme d'une cinquantaine d'années, affable et jovial, le digne représentant de cette compagnie des bouquinistes que Fargue avait célébrée dans son *Piéton de Paris*. Il était inclassable au plan politique, il aimait la littérature, l'art, le commerce des livres. Placé là où il était, entre le pont des Arts et le Pont-Neuf, il voyait passer beaucoup de monde, des flâneurs, des amoureux de la

Seine rose et verte, des touristes, des gens de l'Institut. Était-ce des membres de l'Académie des beaux-arts qu'il tenait cette réflexion d'un historien américain qui avait dit que, les Halles détruites, rien ne l'intéressait plus à Paris ?

J'aimais la manière libre, décousue, détachée, qu'il avait de distiller ses confidences. Les illustres qu'il fréquentait ne doutaient pas du caractère inexorable de l'apocalypse en cours. Parlant du futur centre d'art de Beaubourg, un de ces académiciens, je suppose, avait employé les mots d'« aérolithe » et de « ferraille badigeonnée ». Je ne savais rien de la vie de ce bouquiniste que j'imaginais habitant la proche banlieue, dans un refuge à la Léautaud, peuplé de livres et de chats. Il m'avait simplement dit qu'on lui avait cassé sa gare Montparnasse. Il ne se reconnaissait pas dans ce béton carcéral et cette furie de courants d'air. Sur les quais, à écouter ces lettrés, ces vieux intellectuels, il captait l'humeur de l'époque, et elle n'était pas aussi réjouie que l'élan bâtisseur des spéculateurs et des bétonneurs qui profanaient Paris. Ses boîtes étaient remplies de trésors, vieux livres de la NRF avec envois, éditions numérotées, tirages confidentiels de GLM ou de Seghers.

— Dans quelques années, tout ça aura disparu... Nous serons parqués dans des sous-sols près de Saint-Eustache ou en banlieue... Les bagnoles auront pris notre place...

Il riait. Il riait jaune. Cette compagnie que Fargue avait chantée comme étant l'une des plus belles des bords de Seine n'avait ni syndicat, ni porte-voix. C'était un agrégat d'individus qui faisaient chacun commerce de leur côté, mais qui n'avaient aucun pouvoir ; sans doute se trouverait-il quelques voix autorisées, quelques pétitionnaires pour hurler et mêler leur déploration et leur colère au concert des pleureuses archaïques, comme l'aurait dit l'hôte de l'Élysée.

— Je ne sais pas où ils traceront cette voie express, disait-il encore. Tout près de la Seine comme l'autre côté ou plus haut, auquel cas il faudra nous chasser... Personne ne viendra plus nous voir. Il y aura une pollution folle...

Plusieurs fois, subtilement, il avait tenté de deviner ce que je pouvais bien faire. Au gré de nos rencontres, je lui en disais un peu plus. Je lui parlais du quai des Célestins et, un jour que j'avais trouvé chez lui un petit catalogue d'une exposition de Duvillier, je lui avais confié qu'à l'origine j'étais de cette mouvance. Les histoires de peintres et d'ateliers l'excitaient. Par je ne sais quel recoupement, il avait appris que j'étais exposé dans une galerie de la place de Furstemberg et il était allé y voir quelques-unes de mes ferrailles rouillées des Halles, les plus neutres. Je n'étais plus tout à fait un inconnu, et cela m'agaçait un peu. Je ne craignais pas que la perte de mon anonymat eût un effet sur les prix des ouvrages que je lui achetais ! Mais sur les rives de la Seine comme sur les chemins maritimes de la Côte des légendes, j'aimais être un quidam, un promeneur échevelé, un inconnu, ou presque, qui était passé des paysages oniriques et abstraits à la peinture polémique, comme me l'avait justement fait remarquer mon ami des quais, lequel trouverait certainement à se recaser si le pire arrivait — si la future voie express de la rive gauche avait raison de sa profession et de sa corporation.

J'étais comme Rémi Viargues, je n'avais plus envie de le voir. L'Histoire s'emballait, avec son accord, consenti ou complaisant, il était difficile de le savoir. À Kernaeret, le beau soir d'été, dans cette lumière qui saturait la couleur d'ardoise des hortensias, nous n'avions parlé de rien, en tout cas de rien qui fâche, des artistes qu'il aimait, Raysse, Klein, Chapoval, Staël, il m'avait longuement interrogé sur ce que je préparais. Il avait parlé de son centre d'art du plateau Beaubourg — il ne disait jamais musée — qu'il imaginait comme un lieu de rencontre et de brassage, et de dialogue entre les arts, les courants, les amateurs et les ignorants, les artistes. Claude, sa femme, opinait. C'était leur chose, leur projet : s'il y avait bien un lieu à Paris où il entendait laisser sa marque, c'était là, dans ce centre que les académiciens chafouins, clients de mon bouquiniste, décrivaient comme un aérolithe ou une ferraille badigeonnée. Claude était revenue sur la rénovation de l'Élysée qui lui tenait à cœur. Non qu'ils aimassent cette maison, ils faisaient avec. En confiance, portée par un sujet qui la passionnait, elle était soudain moins timide, moins inquiète. Elle racontait comment, avec la complicité du Mobilier national, elle avait cherché des canapés et des fauteuils Louis XVI — je me souviens d'un nom d'ébéniste, Boulard — jusque dans de lointaines ambassades, comment encore elle avait choisi les soieries lyonnaises, des lampas bleus, comment elle étudiait, dans les moindres détails, le système d'éclairage des salons restaurés. Ce qui les excitait plus encore, et dont ils attendaient beaucoup, c'était leur aile futuriste où tout, du sol au plafond, du mobilier à l'accrochage, serait contemporain.

Je me heurtais à un mystère. Et Pompidou m'était toujours apparu insaisissable et secret. S'il était l'inspirateur, il ne pouvait pas être l'ordonnateur de cette éviscération parisienne, il devait y avoir foison d'exécutants, de sous-fifres prêts à la surenchère, d'amis politiques et de gens d'argent qui n'aspiraient qu'à avoir leurs places et leurs rentes dans la mégalopole insensée qui se profilait. C'était ce que je voulais croire. Plusieurs fois au cours du dîner, j'avais essayé de faire entendre une autre voix. Ce n'était ni le moment ni l'endroit. Derrière les volutes de son cigare, Pompidou s'absentait, l'air sombre soudain, ailleurs. L'humidité du crépuscule montait des prairies et des marécages proches. Il avait passé un chandail dont la couleur n'était pas sans résonance avec celle des buissons d'hortensias qui nous entouraient. Il y avait dans son regard perdu une opacité subite, une lassitude, une tristesse. Si je le peignais de nouveau un jour, l'expression de cette tristesse ne manquerait pas de revenir, un soir limpide d'août 1971, au milieu des hortensias de Kernaeret, cette tristesse qu'en apparence rien ne justifiait et qui n'était pas la gravité du pouvoir, pour la première fois depuis longtemps si éloigné de nous.

2 décembre 1971

Je ne suis plus l'actualité depuis des semaines. Dans la masse des journaux empilés au fond de l'atelier des Célestins, je trouve une série d'articles consacrés à l'effroyable tuerie de la centrale de Clairvaux en septembre. Un condamné, Bontems, avec l'aide de son compagnon de cellule, a égorgé au cours d'une mutinerie l'infirmière de la prison et un gardien. Bontems, qui rêvait de s'évader, a entraîné son complice dans la mutinerie et le drame. La presse parle des « assassins de Clairvaux » et s'apitoie, à juste titre, sur le sort de la jeune infirmière, Nicole C., qui était mère de deux enfants. La centrale de l'Aube, les assassins sanguinaires, la mutinerie, la France tenue en haleine, quelques réactions haineuses de politiques qui en appellent à la vengeance et à la réparation : tous les éléments d'un terrible fait divers sont réunis et je ne vois que trop ce qui attend les tueurs. Mais ce déchaînement de violence et cette invocation de la loi du talion me glacent.

4 décembre

Je reviens vers ces cahiers, je prends des notes quand je ne travaille plus. Longuement marché dans Paris sous un ciel de plomb avant de trouver refuge à Saint-Eustache. Peur confuse lorsque j'y entre de voir les murs se fissurer. Un organiste, qui n'était pas Jean Guillou, jouait, ce qui couvrait le bruit des travaux de creusement de la gare voisine. Je songeais à tout ce que le pavage de l'église avait dû comporter de caveaux, de tombes illustres. Je revoyais ces images radieuses de l'orgue enchevêtré dans les lianes et les torsades d'une forêt imaginaire, l'instrument de mon cher titulaire, celui de la verticalité sylvestre. Et j'avais soudain envie d'images irréelles, délestées, loin de la boue et du vacarme de l'éventration.

Aperçu sur la petite table encombrée qui sert de bureau à Lulu des numéros du magazine *Détective* avec des photos tragiques, en noir et blanc, des protagonistes des événements de Clairvaux. Honte soudaine du retard avec lequel je découvre cette affaire. Et je me sens lointain, désamarré, écrasé par une incompréhensible tristesse.

7 décembre

Dîner chez Rémi Viargues rue des Archives, dans un petit appartement sous les toits, rempli de dossiers et de livres. Une vue poétique sur les gouttières de zinc et les cheminées, et de minuscules terrasses encastrées dans la toiture qui doivent être charmantes, et suffocantes, à la belle saison. Atmosphère gidienne à l'intérieur, des tapis somptueux rapportés de Turquie et d'Iran, convives déchaussés ou en babouches, la fine fleur du Vieux Paris, Gilles, Marien, l'antiquaire, Mason, Laurent, le comédien, quelques disciples de Viargues, musiciens, littéraires, normaliens, chartistes, dont un jeune conservateur de musée. La conversation est venue sur la grande exposition d'art contemporain voulue par l'Élysée et fixée au printemps prochain au Grand Palais : selon l'apprenti conservateur, plein de morgue dogmatique et de morve, cette exposition sera le triomphe des artistes officiels stipendiés et des suppôts du régime, genre Mathieu et Agam.

— Évidemment vous n'y serez pas, a asséné le jeune morveux qui devait se sentir appuyé par le maître des lieux.

Je n'ai pas répondu. J'adore qu'on décide pour moi.

9 décembre

Je lui trouve un physique churchillien à mon visiteur du crépuscule, le ministre, quelque chose de lourd, de disgracieux, une violence rentrée, une gueule aussi d'aventurier, d'homme d'intrigue, et les niais, à cause de son volume de pachyderme, doivent le croire inoffensif alors qu'il est d'une lucidité et d'une férocité rares. Après avoir beaucoup acheté place de Furstemberg et ici, après avoir vidé mon bar qu'il a très généreusement regarni, il m'a demandé de le peindre en oubliant les outrages du temps. J'ai souri. Je lui ai dit que même le président n'avait pas eu cette requête et que, lorsque je travaille, une unique exigence m'habite, celle de la vérité du modèle. Je ne farde pas, je ne travestis pas, je n'embaume pas. Il m'a compris. Il s'est assis dans le fauteuil du président, tout près des crânes, du cycle de Paris dévasté, il a laissé le lévrier se lover sur ses genoux. J'avais l'impression de revivre une scène ancienne. Il parlait, comme il l'aurait fait chez le coiffeur ou l'analyste. Selon lui, les jours du gouvernement sont comptés. Il ne voit pas Pompidou garder longtemps encore Chaban-Delmas. L'antipathie entre les deux hommes est à son comble. Tout chez Chaban irrite le président: son récent remariage, le voyage des jeunes mariés à Persépolis, les conseillers de Matignon, leur fibre trop sociale et la nouvelle société, l'information non tenue...

— Il lui demandera de faire ses bagages dans

l'heure... Chaban se raccroche aux branches. Il feint de croire que tout est comme au début. Pompidou se durcit, se droitise. Il est déjà dans la perspective des législatives. Il mettra à Matignon un serviteur docile, un bon soldat...

— Vous peut-être...

Il rit. J'écoute et je continue de peindre ce corps gigantesque, cette armoire à glace. On est loin de la grâce des passeurs thanatiques. Un papier, avec l'en-tête des Insulaires, traînait sur l'établi, tout près de lui. « Les Insulaires, c'est pas un machin de gauchistes ? » a laissé tomber le ministre en fronçant le sourcil. Il a voulu se voir en partant. J'ai retourné le chevalet. Il est sorti, l'air agacé, et en même temps rigolard. « Vous n'oubliez pas mon Georges ? » a-t-il dit en me tapotant l'épaule. Nous nous étions compris.

12 décembre

Il fait un froid de canard dans l'atelier. Je suis venu là au cas où le ministre passerait. Le poêle qui ne chauffe rien crachote et Alfred craint toujours les émanations d'oxyde de carbone. Je ne veux rien changer. Je n'adhère pas aux Insulaires pour rien. Sur une grande toile, je me suis mis à crayonner, un peu automatiquement, à l'instinct, en essayant de retrouver le rythme et l'inspiration de mes portraits de mémoire. Rien devant moi, l'atelier vide, Ulysse le lévrier recroquevillé sur le coussin des illustres. Le ronflement du poêle était insupportable, je n'en avais cure. Je cherchais une impression, une harmonie, l'accord d'un soir, comme ça, perdu dans les plis de la mémoire. Je recherchais une stature, un corps posé, impressionnant, un peu las, détendu, sans la sertissure du masque, de l'expression imposée, un corps libre, naturel, relâché comme on peut l'être le soir à l'heure où l'on sort les alcools et les cigares. Je retrouvais la forme, la gravité, la posture, cet abandon presque, à l'intimité, à la fatigue de la fin de journée, à cette volupté sourde du crépuscule qui vous gagne avec la satisfaction de l'œuvre faite. La forme, la masse, cette impression secrète d'échouage, seraient, me semblait-il, assez faciles à capter, mais je voulais autre chose, des vapeurs comme les fumerolles ou les feux follets de marécages proches, un bleu aussi dans le fond qui n'aurait pas la brutalité, l'inquiétante vacuité de celui d'Yves Klein, un bleu de schiste, le bleu des ardoisières de l'Arrée, cette douceur, cette friabilité, et quelque chose de plus que je n'avais jamais peint et qui me laissait au pied de mon chevalet, hébété, démuni comme un nouveau-né ou un puceau, l'expression d'un regard, un retrait, une sorte d'absence, une tristesse qui serait définitivement pour moi la révélation d'un été, celle d'un soir de cigares, d'alcools, d'amitié insouciante, mais déjà sous la menace des premières morsures de l'automne — la tristesse des hortensias bleus de Kernaeret.

Un peu avant la césure de Noël, un émissaire de l'Élysée s'était présenté quai des Célestins, un certain Arnaud Roy, timide, distingué, de bonne famille certainement, un peu confus parfois dans ce qu'il racontait. Le président, avait-il dit, espérait que je participerais à la grande exposition du printemps de 1972. Je n'arrivais pas à comprendre si l'exposition était placée sous l'égide du conservateur du musée des Arts décoratifs, qui m'avait aussi approché, ou sous celle de l'Élysée.

Engoncé dans son costume trois pièces, l'émissaire avait tout de l'énarque ou du normalien monté en graine, il devait être parfait pour la rédaction de synthèses et de notes, plus incertain dans le contact ou la négociation. Je n'avais rien dissimulé. Le panonceau des Insulaires était bien visible sur la boîte aux lettres, des tracts de l'association traînaient dans l'atelier, et s'il voulait se renseigner sur les conditions de travail des artistes, il verrait ainsi ce qu'était un réduit humide, sombre et mal chauffé.

— Je ne suis pas sûr de participer à l'exposition, avais-je glissé d'un air indifférent. Vous ne le savez sans doute pas, mais j'habite un quartier meurtri par les grandes rénovations urbaines de la Ve République, beaucoup de mes amis, ceux des Insulaires en particulier, ne comprendraient pas que je m'associe de près à un projet élyséen. Je n'ai pas encore arrêté ma décision, je suis entre deux eaux...

Le conseiller s'était figé, interdit, et il en était touchant avec son air candide et ses boucles blondes qui semblaient une ultime note de jeunesse et d'innocence dans cette image d'homme mûr qu'il avait précocement fabriquée.

— Mais vous avez un lien particulier avec le président, je crois...

— Avec Georges Pompidou oui, que je rencontre toujours avec plaisir et même avec une certaine connivence respectueuse, me semble-t-il. Connivence que je suis loin d'avoir avec le régime et ses projets dans le domaine urbain...

Ma remarque, mesurée pourtant et énoncée d'une voix neutre et sans emphase, l'avait comme douché. Il en avait entendu certainement de pires, de plus mordantes, mais il ne s'attendait pas à cela venant de moi et je comprenais comment les conseillers, travaillant sans doute à partir de données tronquées et hâtives, m'avaient rangé automatiquement dans le camp des placides et des doux.

— Imaginons que vous disiez oui... Que prêteriez-vous ?

Il tentait de se ressaisir et de reprendre le dessus. J'étais bien décidé à le laisser mariner, d'autant que son élégance, son désarroi, son charme aussi me touchaient.

— Ce sera difficile. J'ai perçu chez ma galeriste, Yvette Horace, l'hostilité de nombreux artistes. Le terrain est miné. Il existe un profond mécontentement. Cela, il faut que le président le sache. Vous pouvez craindre la volte-face de certains qui vous diront oui et qui se dédiront à la dernière seconde.

— Vous le pensez vraiment ?

Sa naïveté était confondante. Une fois de plus, je ne savais ce qu'il fallait incriminer — l'isolement élyséen, l'effet citadelle coupée de tout, la verdeur et l'assurance trompeuse des conseillers, la croyance en la vertu talismanique de l'édit présidentiel — mais s'ils continuaient sur cette voie, les organisateurs de l'exposition phare de 1972 allaient au-devant d'une catastrophe. Arnaud Roy, tout en m'écoutant, regardait ce qu'il y avait dans l'atelier avec une voracité touchante, je suivais son regard, je le regardais regarder, il allait des passeurs thanatiques aux visions de l'apocalypse parisienne, j'avais sorti aussi pour l'occasion quelques-uns des portraits du président et de son ministre, le baron G. — il n'y avait que les travaux en cours qui fussent retournés contre le mur —, et soudain il s'était arrêté devant un visage sombre, comme tuméfié, défiguré, un visage de femme qui manifestement ne lui disait rien.

— C'est un des tableaux du cycle de Gabrielle R., j'en ai vendu, il y en a d'autres encore, je crois, dans les réserves d'Yvette Horace.

Adèle H., Marguerite D. lui eussent peut-être dit quelque chose, Gabrielle R. non. Il se taisait. Un pur-sang comme lui avait été élevé dans l'art de masquer ses ignorances.

— C'est Gabrielle Russier, ce jeune professeur de lettres qui s'est suicidé à Marseille en septembre 1969. Vous avez certainement entendu parler de cette histoire. Oui, si j'expose au Grand Palais, j'aimerais bien y voir ce tableau, au titre d'une réparation. Mais je doute que ce soit possible. Il y aura certainement des filtres, des comités...

Arnaud Roy était trop prudent pour s'avancer. Il devait d'abord rendre compte à son supérieur hiérarchique de son ambassade éprouvante. Ma provocation serait sans doute finement décryptée, mais elle était à l'unisson de mon automne et de mes déceptions. Quant au jeune Arnaud Roy, je savais que je le reverrais sans tarder.

Quai des Célestins toujours, dans l'atmosphère charbonneuse d'un atelier sépulcral, entre deux balades avec le chien Ulysse jusqu'à la pointe de l'île Saint-Louis — je ne me lassais pas du passage des lourdes péniches ventrues, chargées de bois, de sable, de minerai — qui s'achevaient souvent dans le petit café du boulevard Henri-IV, face à la caserne de la Garde républicaine — là c'était un autre plaisir de voir défiler les chevaux superbes, étrillés, la robe impeccablement lustrée —, je continuais à travailler, levé d'assez bonne heure, selon un rituel bien établi. Dans des vies comme la mienne, sans patron, sans horaires, on perdait vite pied ; il fallait se créer des obligations, un programme, de vagues perspectives plutôt, puisque tout cela restait soumis à un nombre important d'aléas. Grand Palais ou pas, il y aurait sans doute courant 1972 une nouvelle exposition chez Yvette Horace, elle me pourchassait, elle avait vu mes porteurs de crânes qui la ravissaient, elle regrettait que j'eusse renoncé aux barques fantômes et aux grèves bretonnes — « ça se vendait comme des petits pains... », répétait-elle —, le cycle des portraits l'avait surprise, mais elle déplorait qu'il m'arrimât trop nettement au régime en place et à ses princes. Les critiques, ses clients étaient souvent des bourgeois de gauche éclairés, elle était certes flattée que le président fût un visiteur régulier de la galerie — il venait de moins en moins, avais-je cru comprendre —, mais le côté affairiste, installé du régime, les scandales récents de spéculation immobilière qui l'avaient éclaboussé la révulsaient.

— Évidemment vous direz non, vous n'irez pas dans cette galère !

J'étais toujours étonné qu'on veuille décider pour moi. Ma vie, ma survie matérielle dépendaient largement des caprices et des choix de cette femme intelligente, brillante, aux manières brutales — l'âge venant, elle cachait ses rondeurs dans d'affreuses robes qui ressemblaient à des sacs anthracite qu'elle devait payer très cher —, mais je n'aimais pas qu'elle me dicte mon chemin. Elle l'avait compris du reste, nous nous connaissions depuis longtemps et les « ça oui ! ça non ! » qui avaient ponctué nos premiers échanges lorsqu'elle m'avait récupéré à la fermeture d'À l'Étoile scellée n'étaient plus de rigueur.

— Ils vont se le prendre en pleine gueule, c'est incroyable ! Mathey n'est pas l'homme de la situation, Domerg, le beau-frère de Pompidou, son conseiller pour les affaires culturelles, est pourtant un homme intelligent, il y a quelques sous-fifres un peu verts, tout cela s'engage mal! N'y allez pas, je vous le redis, n'y allez pas!

Elle tournait depuis quelques minutes devant un chevalet retourné, elle était trop imposante pour se glisser entre la toile et le mur, pourtant ce n'est pas l'envie qui lui manquait.

— Qu'est-ce que c'est? avait-elle fini par demander. Un éphèbe avec une relique, une barque fantôme, l'orgue de Jean Guillou dans les bois?

— Un tableau mystérieux... Une toile qui s'efface peut-être à mesure que je la peins, une toile maudite qui se dérobe et épuise mes forces...

— Arrêtez cela vite alors, brûlez ce tableau!

— Une galeriste qui invite un artiste à brûler une toile, c'est inédit... Je ne suis pas comme Klein attiré par le feu... Je jette mes avortons dans la Seine, je n'aime pas repeindre sur une toile ratée, il y a ainsi quelques inédits de Kerros qui auront flotté jusqu'à Poissy ou peut-être Villequier...

Elle ne savait pas trop s'il fallait me prendre au sérieux ou rire. Dieu sait pourtant s'il y avait longtemps qu'elle côtoyait des peintres, qu'elle supportait leurs écarts et leurs ivresses les soirs de vernissage, leurs prétentions financières, leurs errances, leurs névroses, leur narcissisme blessé.

— J'aimerais vous voir avec Pompidou... Vous êtes aussi libre, aussi... taquin?

— Il m'intimide, vous le savez bien. Il joue au vieux prof, il en joue, ça l'amuse...

— J'aimerais être une petite souris... Il faut en revanche qu'il y ait un portrait de vous dans le centre d'art du plateau Beaubourg, il faut que vous soyez aussi dans la galerie privée de l'Élysée qu'il a commandée à Paulin...

— Bien, chef! avais-je fini par répondre dans un immense éclat de rire.

Elle devait me juger immature, incapable de saisir les opportunités, elle aimait tenir ce rôle de matrone, de revizor, jouant successivement de la caresse et de l'injonction, de la réprimande et du compliment. Elle était agacée que je ne lui aie pas montré le tableau retourné. Je la connaissais comme ma poche. Il fallait la ménager, c'était une femme importante, une diva; de plus, c'est elle qui payait les frais postaux et l'impression des tracts des Insulaires.

Elle s'était mis dans la tête de m'emmener dans sa voiture — une épave pourrie qui puait le tabac froid — à Courbevoie ou à Puteaux. Mme Berthe avait aussi une vieille deux-chevaux pour relever les compteurs de ses hôtels louches. Le petit coupé d'Yvette Horace, qui avait dû avoir ses heures de gloire à la fin des années 1950 et qui lui tenait lieu de bureau, de salle de presse et de garde-manger, traversait lui aussi les zones, les banlieues frontalières, et c'est ainsi qu'elle visitait les nouveaux talents qu'on lui avait indiqués, de jeunes prodiges qui crevaient la dalle dans des entrepôts ou des pavillons délabrés.

J'avais refusé de lui montrer le tableau secret,

j'irais donc jusqu'à Courbevoie ou à Puteaux dans le vieux coupé déglingué, plus rempli que jamais de courriers, auxquels elle ne répondait jamais, de factures, de dossiers de presse et de catalogues. Comment avait-elle déniché cet étrange cimetière, petit carré de tombes, d'urnes et de stèles brisées, perdu au beau milieu du chantier de la Défense ? Il fallait se faufiler entre des rangées de maisons aux fenêtres murées, traverser des sortes de terrains vagues, longer des fosses, d'immenses excavations, passer sous des arches de béton à l'ombre des grues et des premiers tronçons des tours pour aboutir à ce cimetière dont on ne savait s'il était un lambeau de l'ancienne ville ou une provocation surréaliste et mémorielle posée au pied des cathédrales de verre et d'acier en pleine croissance.

C'était la fin du monde, au bout de tout, du grand axe sacré de Paris qui allait de la Bastille à l'Étoile en passant par les Tuileries et la Concorde, devant les citadelles levées dont certaines, lisses, opaques, miroitaient déjà entre les grues, un ombilic, un reliquaire de la vieille banlieue tout près des maisons à potager, des jardins ouvriers, des murs de brique, des serres aux arcatures rouillées. La bise s'engouffrait dans le chantier ouvert à tous les vents, la Défense gigantesque, tentaculaire, prête à tout dévorer, les maisonnettes murées, les fabriques bientôt démantelées par les pelleteuses, les oratoires, les ruelles, les petits carrés de géraniums et de roses trémières.

Cette poussée de tours, de flèches métalliques, de hauts éperons d'acier et de verre excitait Yvette Horace, fascinée par la croissance sans limites de la ville, le surgissement de cette Brasilia occidentale au cœur des méandres de la Seine et de la lèpre des faubourgs, cette puissance des futures places fortes de la finance et du négoce planétaire. Elle voyait cela comme un Monopoly vertigineux et, en même temps, l'esthète qu'elle demeurait avant tout était saisie par la beauté plastique des forteresses, leurs étraves, les parois noires, glacées, des murs de verre où se miraient les nuages.

Il y avait encore sur quelques tombes, malgré les difficultés d'accès, malgré la bise et ce grand hiver qui tombait sur les lisières de la ville, des bouquets de fleurs fraîches récemment déposés. On se souvenait d'une épouse, d'un fils, d'un amant, d'un lointain totem familial. On se souvenait... La vie continuait, malgré le chantier vorace, le froid, le triomphe de l'acier et du verre, la verticalité arrogante. On vivait encore, dans l'horizontalité clandestine, les rhizomes de l'affect et de l'ancrage. La Défense avait ses insulaires invisibles et c'était pour moi un immense réconfort.

Incrédule, tout tremblant, j'avais extrait ce pli de ma boîte aux lettres du 4 quai des Célestins, qui se trouvait aussi être celle des Insulaires, et j'étais allé le lire dans le petit bistrot du boulevard Henri-IV, dans l'arrière-salle où les cavaliers de la Garde républicaine donnaient souvent leurs rendez-vous galants ou illicites :

Le Président de la République

Paris, le 5 janvier 1972

Cher Monsieur,

Je serais heureux, je vous l'ai dit je crois, de pouvoir accrocher une œuvre de vous dans le tout nouveau salon des tableaux de Pierre Paulin, qui sera présenté à la presse dans les prochaines semaines. Il y aura certes Kupka, Delaunay, Matisse, d'autres encore, mais ma femme et moi serions ravis de pouvoir installer dans ces pièces rénovées et futuristes des artistes contemporains que nous aimons. Il m'avait semblé recevoir votre accord tacite l'été dernier, en Bretagne.

Comme toujours, pour cela comme pour l'exposition du Grand Palais dont je ne suis pas le maître d'œuvre, sentez-vous libre. Mais je serai honoré de pouvoir vous exposer à l'Élysée. Vous étiez déjà sur les murs de mon bureau de la rue Laffitte, à Matignon ensuite, alors pourquoi pas ici ? J'attends de vos nouvelles, et peut-être votre venue.

Croyez, cher Monsieur, à mes sentiments de sincère sympathie.

Georges Pompidou

J'avais reposé le courrier, paralysé, un peu surpris de la demande, et en prenant soin de dissimuler l'enveloppe puisqu'il me semblait que le patron avait identifié le cachet. C'était un sentiment étrange qui me traversait, l'impression d'être dépassé, de ne plus m'appartenir. Je me souvenais des paroles d'Yvette Horace, de ce que j'avais vu aux Halles et à la Défense, le président cédait à une forme d'ubris et de surenchère qu'il m'était difficile de cautionner. Je ne voyais que trop aussi ce que cela donnerait du côté des Insulaires si cette affaire s'ébruitait. Et pourtant, que le président eût pris la peine de m'écrire cette lettre certes dactylographiée, mais avec la mention finale écrite de sa main, me touchait. J'entendais déjà les critiques et les récriminations au prochain dîner gidien de la rue des Archives, chez Rémi Viargues. « Artiste officiel, vendu, agent double, courtisan, suppôt du régime... » On ne manquerait pas de me demander ce que cette commande d'État m'avait rapporté; les plus odieux, les plus doctrinaires exigeraient sans doute que je verse cette somme dans la caisse des Insulaires si on m'y tolérait encore...

J'étais à deux doigts de dire non, et même, de manière plus honteuse, de ne pas donner suite. Les salons modernes seraient inaugurés sans moi, quelle importance ! Aussi bien Yvette Horace, si elle venait à l'apprendre, me donnerait tort, parce que telle elle était, capricieuse, mondaine, imprévisible. Le crédit de Paulin et d'Agam était grand, bien plus grand que le mien. Ils réalisaient, eux, des installations importantes, ma contribution, si elle voyait le jour, serait bien plus discrète. Je me débattais. Je ne m'en sortais pas.

S'il n'y avait pas eu le massacre d'un quartier, la destruction de ces témoignages ferrailleux qui avaient libéré le vaisseau gracieux de Saint-Eustache d'une gangue sordide et industrielle, mais si poétique, soulignant du même coup sa hauteur, sa nudité fragile, les risques d'effondrement pour peu que le travail d'éviscération souterraine ordonné par la RATP se poursuive, ma réaction eût été différente. Le crime — le mot était sans doute trop fort — s'enracinait là. Ce que j'avais vu à la Défense m'avait remué aussi, ce San Miniato futuriste, les lames et l'étrave des tours dressées, le béton et la boue, les lambeaux de banlieue charcutés, et ce petit jardin des morts perdu au bout de tout, là où on attendait un arc immense, ouvert sur la perspective royale de Saint-Germain, ses lointains, ses forêts.

Yvette Horace eût été de bon conseil. J'avais appelé : elle n'était pas là, elle se reposait à Varengeville ou elle sillonnait les ateliers de la zone, en quête de nouveaux talents. Le bouquiniste si charmant des quais n'était pas suffisamment intime pour que je l'interroge, Jean Guillou trop étranger à ces histoires, Rémi Viargues, cabré, hostile, intraitable. Cette lettre du président appelait une réponse rapide. Le « non » serait catégorique, flamboyant, j'arborais fièrement la bannière des Insulaires en disant mon refus de la destruction du vrai Paris — en coupant tous les ponts aussi. Une réponse positive ne résolvait pas tout non plus : que donner pour cette galerie des appartements privés dont je ne savais rien ? Rien, parmi les œuvres récentes, ne pouvait convenir, trop impudiques, trop polémiques, trop éloignées aussi de l'empreinte qu'avaient aimée ceux qui avaient connu ma veine onirique et abstraite.

Une nasse se fermait sur moi et je l'avais bien cherché. Qu'étais-je allé me mêler de ce chromo brejnévien ? Aucune issue n'était satisfaisante et je connaissais mes inclinations profondes, marquées par la filiation et la fidélité. Il me restait à marcher, à errer, malgré la pluie froide qui battait les trottoirs et les quais, cette pluie poisseuse, saturée de gaz et de suie, et qui changeait les piétons en une cohorte de spectres.

On m'avait introduit par les jardins, discrètement, comme un visiteur du soir, fait passer par le Salon d'argent, celui-là même où Napoléon Ier avait signé son acte d'abdication et Félix Faure succombé dans les bras de Mme Steinheil. Arnaud Roy, le jeune conseiller qui était venu dans mon atelier, m'attendait au seuil d'une coursive beige, comme tendue de jersey, avec un plafond à claires-voies. Ce n'était plus la demeure de la Pompadour, de Napoléon et de Félix Faure, tout était clair, souple, les pas s'étouffaient sur la moquette épaisse dans des pièces reconfigurées en forme d'igloo. On m'avait prié de laisser mes chaussures à l'entrée pour ne pas souiller les sols qui devaient rester immaculés jusqu'à l'inauguration.

Des ouvriers s'affairaient encore. L'immense lustre plafond de la salle à manger, avec ses centaines de pendeloques de cristal, n'était toujours pas au point et diffusait une lumière trop blafarde qui verdissait les murs et les visages de ceux qui procédaient aux ultimes réglages. Le conseiller m'avait expliqué que tous les décors modernes avaient été posés sur des plinthes et des sortes de coques, sans porter atteinte à la structure des pièces, aux pilastres, aux alcôves, aux lambris. C'était une exigence impérieuse du président, il insistait, et quelques jours suffiraient, si l'hôte suivant n'était pas sensible à ce continuum futuriste et délesté, pour retrouver, intactes, les cheminées et les colonnes de Napoléon III. Les murs qu'avait imaginés et bâtis Paulin ne ressemblaient en rien aux cloisons rigides des maisons ordinaires, tout était en coudes et sinuosités ; les parois blanches et lisses de la salle à manger s'incurvaient, les plafonds revêtus du même lainage souple ondulaient en vagues, on glissait sans se heurter à rien, tout était fluide, galbé, les fauteuils aux formes de corolles, les immenses tables de transacryl aux piétements garnis du même feutrage, c'était comme l'intérieur d'un vaisseau spatial, meubles minimalistes, épurés, réduits aux fonctionnalités essentielles et qui, par leurs lignes et leur esthétique, rappelaient les plus belles réussites de Saarinen.

Était-ce dans l'une de ces pièces métamorphosées dont l'arrondi d'un mur trahissait la présence, autrefois, d'une rotonde ou d'une alcôve, qu'avait été pris le chromo brejnévien ? Était-ce là que s'était tenu, droit et fier, le Général comme un menhir gaélique ? Sans doute, mais tout avait disparu, la bibliothèque boisée, les bustes et les antiques, les reliures cuivrées. En chaussettes aussi, comme des danseurs ou les habitants de cette soucoupe cosmique, des ouvriers s'activaient à monter un étrange ensemble de casiers en altuglas, suivant précisément les plans dessinés de la main de Paulin, dans une pièce ronde et pure, tendue de la même matière souple du sol au plafond. C'était une chambre igloo, le cœur de cette galaxie de coursives et de coudes, une salle de repos, un fumoir, un lieu où écouter peut-être de la musique sérielle ou intergalactique, on ne savait trop.

Arnaud Roy, en bon élève qui avait étudié les plans des appartements nouveaux jusqu'à les connaître par cœur, avait attiré mon attention sur un détail : les banquettes, recouvertes du même jersey élastique, étaient comme intégrées à la naissance du mur, lui-même constitué de plaques artistiquement jointes qui finissaient en coupole et parachevaient l'impression de chambre de glace ou de salon d'une nouvelle dimension. La fameuse cheminée en lave de Volvic était là, logée dans la tenture ; on ne l'avait pas encore essayée, étrange clin d'œil à un ancrage basaltique et hercynien — celui du cœur des Gaules, celui des hauts plateaux chers à Pompidou — dans un univers où tout était épuré et dématérialisé.

Le conseiller semblait nerveux, il s'agaçait d'un rien. Si Paulin avait été rigoureux, précis, présent, tel ne semblait pas être le cas d'Agam à qui avait été confiée la réalisation de la première pièce quand on pénétrait dans les appartements par l'autre sens — pièce que je ne verrais pas ce soir-là parce qu'elle était encore en cours d'aménagement.

— Dans l'antichambre cinétique, nous n'aurons qu'un mur sur trois avec les lames de couleur. Et encore Agam vient juste de le finir... Il a fallu le presser... Le président est très impatient...

On devinait ce qui devait se tramer derrière tout cela de colères et d'agacements jupitériens. Quelque chose aussi qui renvoyait à l'homme, au sujet incarné, rêvant, désirant, vivant, dans un lieu où tout était si dégagé des réalités terrestres, des arêtes, des aspérités, des géométries rugueuses qui tissent l'ordinaire des jours. Le continuum onirique et plastique qu'avait conçu Paulin était splendide — il me rappelait les grandes banquettes ondulantes qu'il avait imaginées pour le Louvre — mais il était irréel, désaccordé de la réalité historique du palais, de ce qu'il pouvait comporter d'archives et d'intrigues, de palimpseste et de patine. Tout avait été caché, enrobé, fluidifié, les appartements étaient une suite de passages cotonneux, de salons silencieux où se couler à même le sol pour regarder danser les flammes dans l'âtre cratère de Volvic, à la lumière d'appliques et de lustres de plastique que le président rêvait de voir commercialisés et diffusés dans tout le pays... Ici, sous ces ondulations galactiques, ces ciels de coupole, ces pendeloques de cristal qui laissaient filtrer un éclairage variable, on ne pouvait plus être l'homme d'État empesé, captif du protocole, c'était le lieu où relire, sortis des caissons de transacryl, Baudelaire, Char ou Michaux ; c'était le lieu où écouter Mozart, Messiaen ou Boulez, c'était le lieu où s'abîmer dans les tourbillons polychromes de Kupka...

La galerie privée, le futur salon des tableaux, était de la même inspiration et de la même facture, une pièce comme amortie, les murs marouflés, avec les belles fenêtres anciennes, elles restées intactes, qui donnaient sur les jardins et la roseraie. Quelques tableaux — j'avais reconnu le Delaunay et les Kupka adossés à la grande paroi du fond qui pour l'heure était vierge — attendaient d'être accrochés selon la volonté présidentielle.

— J'ai apporté ceci, avais-je murmuré comme intimidé par le chantier, la réalisation incroyable, les remous que tout cela susciterait, et cette fois je ne serais pas dans le camp des pleureuses et des archaïques. C'est une planche choisie dans un nouveau cycle de portraits de mémoire... Ici il n'y a que le fond bleu, pas encore le modèle. Le président comprendra. Ce n'est plus le bleu Klein... C'est celui d'ardoises et de fleurs qui, j'en suis sûr, lui diront quelque chose...

Les Insulaires avaient trouvé un nouveau cheval de bataille. Ils s'étaient écharpés sur l'attitude à adopter à propos de la voie express rive gauche qui défigurerait les quais de Seine et les abords de Notre-Dame. Combien d'arbres, de beaux saules centenaires seraient ainsi sacrifiés dans la construction d'un axe qui augmenterait le bruit, les émanations de carbone, les pollutions de toutes sortes ? Certains tenaient que si la voie était enterrée dans un tunnel, les désagréments seraient moins grands. L'hostilité devait être farouche, résolue, d'un bloc. Rémi Viargues, quelques semaines auparavant, avait eu le malheur de signer un article dans lequel il reconnaissait au projet Piano-Franchini-Rogers pour le futur centre du plateau Beaubourg — la maquette avait été récemment exposée à l'Hôtel de Ville — des qualités architecturales, une intégration harmonieuse dans le quartier, avec l'heureuse idée de la place déclive et l'ouverture sur l'église Saint-Merri, et cette faiblesse n'avait pas été du goût de tous.

Face à certains de ses anciens disciples très remontés, le pauvre Viargues, qui avait senti vaciller son emprise sur les Insulaires, avait dû battre en retraite en concédant qu'il s'était emballé, qu'il n'avait vu qu'une maquette, mal présentée, posée à même le sol — et qu'on n'analysait qu'au terme de périlleuses reptations —, bref que le péril demeurait intact, et les desseins des bétonneurs et des modernes toujours aussi sournois et dangereux. Quelques jours plus tard, en privé, tout en me confiant qu'il avait boudé une invitation de Pompidou parce qu'il n'en pouvait plus de cette politique urbaine à marche forcée et de sa politique tout court, il me dirait qu'il n'en démordait pas : Beaubourg serait une heureuse surprise, l'hésitation entre le paquebot et la raffinerie une allusion subtile, un hommage indirect à tout ce qui avait disparu avec la pulvérisation des pavillons des Halles, la chose prendrait, il en était certain, et resterait comme l'unique témoignage réussi d'une période affreuse. Pourquoi alors avait-il reculé face aux hurlements et aux menaces de ces débraillés vociférants qui rendaient ma présence parmi les Insulaires de plus en plus intermittente ? Sans doute, il ne l'avouait pas, parce que cette présidence des Insulaires était devenue pour lui un combat, un dérivatif, il aurait un jour ce joli mot, « un hochet métaphysique ». La retraite venue, la khâgne abandonnée, je ne savais trop ce qui restait dans sa vie et il était difficile de le deviner tant cet homme était secret, fuyant. Il lui arrivait de visiter en banlieue, du côté de Melun ou de Meaux, une vieille femme qui devait être sa mère adoptive. Il ne voyageait pas beaucoup. Il achetait parfois à l'Hôtel Drouot une estampe, une gravure, il faisait relier à prix d'or les ouvrages des classiques et de ses chers auteurs grecs et latins. La constitution des Insulaires était tombée dans sa vie à point nommé, au moment où il n'avait plus rien officiellement à transmettre, où il ne pouvait plus exercer son magistère et faire preuve d'autorité.

Il m'avait longtemps agacé. Son autoritarisme, son narcissisme aussi, son envie permanente de montrer qu'il était le meilleur, qu'il gardait toute sa vélocité intellectuelle, qu'il avait le dernier mot et qu'il était capable de damer le pion à ses disciples. Ce petit jeu, qui séduisait Mme Berthe et même, dans une certaine mesure, Mason et l'antiquaire, m'amusait deux minutes, pas plus. Je n'aimais pas les premiers de la classe, ceux qui se poussent du coude et se haussent du col, quelles que soient leurs qualités, je trouvais un peu ridicules ces très bons élèves, ces éternels étudiants, ces agrégés et ces lettrés qui n'avaient jamais posé le cartable, et qui voulaient sans cesse être reconnus, aimés, admirés, dans des enceintes protégées où ils ne prenaient aucun risque, toujours assurés de leur salaire, de leur progression de carrière, de leur fonction. Ce monde m'était étranger, mais Rémi Viargues m'était devenu sympathique, je percevais ses manies, ses marottes, ses limites, et peut-être même ses failles. À l'évidence, sa vie affective avait été un désastre, une solitude traversée d'histoires sans lendemain; sa vie créatrice aussi parce que, plus je le voyais, plus je le fréquentais, plus je pressentais qu'il devait cacher dans son voluptueux pigeonnier de la rue des Archives le manuscrit d'un énorme roman inabouti, inachevé, ou peut-être si travaillé, si insolite qu'il avait rebuté les éditeurs, et peut-être même le premier d'entre eux.

Les années passées — tout cela s'est mal fini —, je saisis plus nettement ce qui m'attachait à lui, bien malgré moi, cette présence, ce charisme que j'avais vus plus échevelés encore, plus irradiants chez un Breton, cette autorité du verbe, moi qui étais si taiseux, si lent dans mes prises de parole, si embarrassé, si confus. Rémi Viargues savait mener et séduire des groupes, il parlait de la « cohésion nucléaire » indispensable au bon fonctionnement des Insulaires, et au nom de cette cohésion, il était capable de sacrifier ses convictions, parce qu'il fallait à tout prix éviter l'éclatement de l'association.

Parfois, lorsqu'un des ardents s'échauffait, le beau Gilles qui avait posé pour moi, Laurent le beckettien, et plus encore si nous étions dans l'atmosphère gidienne de son appartement, il s'abandonnait un instant, il laissait filtrer un peu de son désir et de sa sidération, mais il se reprenait très vite, corseté par son éducation, sa réputation, le souci de son image aussi, celle d'un escogriffe planant, cérébral, un puits de science et de citations, une bibliothèque vivante de références et de concepts...

À le voir manœuvrer, avec une ductilité, une habileté rares, j'imaginais à quel point il avait dû irriter Pompidou au cours de leurs fameux repas de normaliens, surtout depuis qu'il avait enfourché ce cheval de la contestation, lui qui jusque-là, bien que de sensibilité de gauche, était resté plutôt discret et n'avait signé de pétition que contre l'usage de la torture en Algérie. « Il ne nous aime pas, me dirait-il un jour, il nous méprise, il n'aime pas ceux qui pensent et écrivent, il n'aime que les plasticiens parce que leurs œuvres sont cotées et valent de l'argent... Il a fui l'enseignement et n'a que mépris pour ceux qui y sont restés, pour ceux, comme moi, qui n'ont jamais fait leur mue... »

Il était réapparu au Vieux Paris, fringant, sûr de son coup. Il ne lâcherait pas si vite son « hochet métaphysique ». On ne l'entendrait plus parler de sitôt du projet du plateau Beaubourg. Était-ce le redoutable Gilles qui avait osé le qualifier de « pompidolâtre » ? Rémi Viargues, avec ses camaraderies normaliennes et ses passages furtifs par Matignon et l'Élysée, demeurait hautement soupçonnable, si ce n'est pas suspect. Quant à moi... je tremblais... mais je ne jouais aucun rôle de premier plan, j'occupais un strapontin, celui du mouchard, du traître, de l'agent double. Rémi Viargues, ce soir-là, tenait deux informations d'importance. L'ancien préfet Marcel Diebolt, l'intraitable préfet, s'apprêtait à devenir une vedette de l'immobilier. Son nom avait été hué avec une violence extrême. Mais ce n'était pas tout, un autre crime se préparait. La Cité fleurie, cet essaim d'ateliers d'artistes, cette enclave bucolique entre le boulevard Arago et la rue Léon-Maurice-Nordmann, dans le beau Paris poétique de Hugo, avec de la végétation, des marronniers séculaires, allait être livrée à l'appétit des promoteurs. Un architecte, qui habitait juste à côté, avait vu l'aubaine et imaginé ce que l'on pouvait faire de ces milliers de mètres carrés en plein Paris. Le permis de construire n'était pas encore signé. On projetait de se rendre en délégation à l'Hôtel de Ville, puis d'aller manifester devant le siège de la société immobilière — cela ne s'inventait pas — boulevard Haussmann.

— Il y en a un autre qui est tout à fait savoureux, poursuivait Rémi Viargues, c'est le directeur de l'urbanisme de la Préfecture. Il en a assez des « criailleries » de ceux qu'on spolie et déloge. Ses oreilles, mes amis, et celles de ses complices, les vautours de l'immobilier, sont si sensibles... Je propose qu'on fasse remonter vers elles un nouveau chahut qu'on pourra appeler « les criailleries des Insulaires »...

Il jubilait, à sa manière, heureux d'avoir repris la main, et profondément triste de cette métamorphose urbaine contre laquelle nos criailleries, et surtout celles des transplantés, ne pourraient rien. Le prince des modernes ne pouvait pas cautionner tout cela, il avait simplement donné le *la*, il était à présent dépassé par ces nuées de charognards avides, ces charcuteurs de Paris et de ses ultimes paradis. Rémi Viargues avait retrouvé le contrôle des Insulaires, le funeste épisode de la Cité fleurie lui redonnait toute la jouissance de son « hochet métaphysique ». Une terrible lassitude déferlait sur moi. La clameur et la rage des Insulaires présents au Vieux Paris ne faiblissaient pas. Je dérivais dans les salons design, entre les caissons de transacryl, les parements grèges et la cheminée en lave de Volvic...

— Vous participerez à l'exposition 72/72 au Grand Palais ?

La question m'avait surpris, d'autant que, comme souvent lorsqu'il s'installait dans mon atelier, le ministre donnait l'impression de somnoler.

— Je ne sais pas... J'ai fait une proposition qu'on a dû juger irrévérencieuse. Je suis sans nouvelles...

— Je ne suis pas ce dossier, mais c'est un peu la pagaille, je crois. Beaucoup boudent ou même refusent d'en être. Du coup, les organisateurs se rabattent sur des talents douteux, des provocateurs au petit pied. Je l'ai dit à Pompidou. Il s'en détache. Il joue Pilate. C'est curieux, il tenait à cette grande exposition des artistes contemporains, l'affaire a pris une tournure détestable et encore on n'a pas tout vu. L'État jouant les mécènes, c'est toujours dangereux. Les artistes prétendent que les débuts de la Ve République les ont laissés sur la rive, qu'ils n'ont jamais eu des conditions de vie aussi épouvantables, il y a toutes ces histoires parisiennes de destructions d'ateliers, c'est délicat... À ce stade, si près du but, il est difficile de renoncer. Mais c'est une petite bombe...

Il voulait en savoir plus. Que lui dire d'autre ? De ce que je captais chez les Insulaires et les clients du Vieux Paris, mes voisins de la rue Tiquetonne et les flâneurs du passage du Grand-Cerf, je devinais une exaspération croissante, le rejet d'un régime qui se compromettait dans la spéculation et les contrats avec des promoteurs véreux, le refus d'une République qui trahissait son esprit et ses idéaux. Le ministre avait le cuir dur, il en avait vu d'autres.

— C'est une question de curseur... Ou bien on cède au premier émoi, à la première plainte des pleureuses, ou bien on continue et on passe en force. C'est la deuxième solution qui a été retenue. Et alors on n'a aucun droit à l'erreur. Il faut du beau, du magistral... Une capitale, ce n'est pas seulement des transports, des voies souterraines... On s'embourbe dans les chantiers, même à la Défense où ça ne va pas assez vite... Il faut frapper les esprits... Au lieu de cela, on lasse et on mécontente...

Tout en parlant, avec une certaine liberté de ton qui me surprenait, il s'était mis à fouiller dans les liasses de journaux, de papiers, de chiffons qu'il y avait près de lui et il en avait extrait la fameuse écharpe IKB que j'avais fini par croire perdue. Il l'avait regardée avec un intérêt appuyé, avant de la poser sur son costume anthracite.

— Vous osez... avais-je murmuré.

— Rassurez-moi, ce n'est quand même pas le grand collier de la Légion d'honneur...

— Certes, mais ce n'est pas n'importe quoi. Vous savez qui l'a portée...

— Bien sûr... J'ai vu ces portraits. Il y en a un dans les appartements privés de l'Élysée, je crois, et j'en ai vu un autre chez Mme Horace... Elle dit *Portrait à l'écharpe IKB*, c'est ce qu'il faut dire.

— Si l'on veut... Il y a les portraits en présence, peints ici, et les portraits de mémoire. C'était une belle période, il lui arrivait de passer à l'atelier en allant quai de Béthune...

— On vous sent nostalgique ? avait dit le ministre qui, sacrilège, gardait l'écharpe sur ses épaules.

— Nostalgique ? Un peu sans doute... Tout peintre doit rêver de peindre Richelieu ou Louis XIII... C'était imprévisible, accidentel... Je savais bien que ce n'était pas appelé à durer...

Le ministre s'était tu. Son grand corps donnait l'impression de se tasser, de se ramasser en boule, ses paupières, lourdes, tombaient. Se voyait-il un jour en président ? S'imaginait-il que sur le tableau que j'étais en train de faire — pour lui, pour l'une de ses amies, pour sa maison de la côte atlantique, je ne savais trop — il porterait l'écharpe bleu Klein qui était la marque d'une fonction et d'un cycle ?

— Je vous souhaite de revoir ici le président, avec ou sans cette écharpe... Je vous le souhaite et je nous le souhaite...

Il s'était levé, déployant cette immense carcasse qui m'impressionnait. Il semblait sur le départ. Quelque chose l'avait assombri, une de mes réflexions, sans doute maladroite. C'était une après-midi de février et l'atelier paraissait moins inhospitalier, la journée avait été belle, un commencement de lumière printanière traînait encore dans la cour et on entendait, tout proches, les cris des collégiens de l'école Massillon excités par les premiers rayons de la reverdie.

— Oui, je nous le souhaite. N'allez pas raconter partout ce que je vous dis, je suis inquiet. Georges est irascible, bougon, méconnaissable. Je ne le sens pas du tout d'humeur à venir poser... Il change, et il n'y a pas que son caractère. Il s'absente, il perd le fil des choses. Ça doit être cela l'usure du pouvoir... Six ans Premier ministre, le grand chantier de l'industrialisation de la France, les événements de 1968, la brouille avec le Général, bientôt trois ans à l'Élysée et cet isolement sans doute inévitable... J'espère me tromper... Enfin, je ne vous ai rien dit...

Le ministre parti, j'étais sorti marcher. J'avais froid soudain, malgré la lumière, la promesse du printemps bien palpable. Un mélange de superstitions et d'angoisses me traversait, comme si le grand oiseau du malheur avait croisé ma route. Le baron G. n'avait rien dit et il avait tout dit. C'était étrange, cet enchaînement d'aveux et de pressentiments, l'écharpe subitement extraite de mon fatras, le geste du ministre qui ne devait pas être tout à fait l'acte sacrilège que j'y avais vu au début. J'étais remué, une lointaine émotion remontait, celle qui m'avait saisi au milieu des hortensias du parc de Kernaeret, lorsque j'avais capté cette tristesse dans le regard de Pompidou, qui était plus que l'expression de la solitude et de la déréliction du pouvoir. Cette tristesse, j'avais tenté de la peindre dans un grand portrait inachevé, toujours adossé au mur du fond de l'atelier, et qui intriguait tant mes visiteurs. J'avais préféré retrouver le bleu des hortensias et des schistes, le bleu profond de cette Bretagne que Pompidou trouvait encore plus belle et plus magique sous la pluie, et c'est ce bleu d'ardoise, ce signe de l'Arrée hercynien qui hantait la petite toile que j'avais donnée pour le salon des tableaux des appartements design de Paulin.

J'avais les jambes comme coupées et le piéton allègre que j'étais d'habitude titubait presque. Il y avait encore une réunion prévue au Vieux Paris pour la sauvegarde de la Cité fleurie mais on ne m'y verrait pas. Tout était soudain au-dessus de mes forces. Je savais où je voulais aller. Une brume froide arrivait soudain de la Seine. Elle tombait sur le quai de Béthune.

LE SALON D'AGAM

2 février 1972

Mlle Négrel m'a appelé, en s'excusant de le faire si tard. Le président voulait me voir. Elle m'a demandé de passer à l'heure de l'apéritif. On m'a fait attendre dans le petit salon Cléopâtre garni des fauteuils à lampas bleus dont avait parlé Claude en Bretagne, il est arrivé par l'ascenseur juste à côté, un peu raide dans sa démarche mais très souriant. Il a lui-même poussé la porte tapissée de feutrage beige qui marque la suture entre les salons anciens et les espaces nouveaux. Tout s'est miraculeusement éclairé et j'ai aperçu au loin le couloir formé par la bibliothèque et la salle à manger arrondie. À gauche, des parois coulissantes glissaient sur un rail à l'entrée d'un salon vide de tout mobilier.

— Regardez, m'a-t-il dit, en désignant le mur du fond constitué de lamelles d'aluminium, ce sera magnifique, mais Agam est lent. Il y aura deux autres pans, un tapis en cours de réalisation, un mobile... Ce sera ma chambre de méditation... Les formes, les couleurs changent sans cesse. Quand vous êtes en face, vous pourriez croire que vous êtes devant un grand chaos. Entrez dans le salon, mettez-vous à gauche, vous ne verrez plus que de la couleur pure, un arc-en-ciel comprenant dix-huit arcs-en-ciel qui commencent à leurs deux extrémités avec un violet foncé et virent du violet au bleu, puis à d'autres couleurs pour aboutir à leur réunion dans le blanc rayonnant du milieu. Ensuite vous passez du même violet à l'orange et au jaune pour arriver de nouveau au blanc et de celui-ci vous avancez par d'autres couleurs pour terminer avec le violet du départ. C'est incroyable, non ? C'est ce que nous voulions, une antichambre cinétique, dépaysante. Et ce sera encore bien mieux lorsque tout sera livré, Dieu sait quand, on sera alors vraiment dans le tableau...

Sa joie était touchante, contagieuse presque, celle de l'amateur un peu fou qui est allé au bout de son rêve, d'un héritier qui aurait liquidé les meubles de Boulle et de Jacob pour vivre sa passion, mettre des arcs-en-ciel, des lamelles chatoyantes, des portes de transacryl coulissantes dans la garnison austère du Général. Ce numéro, il l'avait sans doute déjà fait, il l'offrirait certainement encore à ceux qu'il accueillerait là, dans ces pièces semi-privées, celui du prince des modernes, heureux de surprendre, d'expliquer, testant aussi les réactions, les emballements, les blocages, les froideurs de ceux qui pénétraient dans le continuum onirique dessiné par Paulin.

— Je suis heureux enfin, vivre dans cette maison vieillotte me pesait tant. — Et il montrait à cet instant les troncs des grands arbres du parc qui se miraient dans les parois colorées du salon d'Agam.

On glissait vraiment, comme je l'avais fait la première fois, à la différence près que maintenant tout était en ordre.

— Regardez, vous êtes là, a-t-il dit comme nous entrions dans le salon des tableaux.

Kupka et Delaunay trônaient sur le mur blanc du fond, ma petite toile bleue était accrochée au-dessus d'un énorme canapé de daim.

— Je suis ravi de votre choix. On n'allait pas pendre là un des portraits à l'écharpe. Je ne veux rien de personnel ici. Une vitrine, comme à Beaubourg le moment venu, de ce qui se fait de plus beau en France aujourd'hui...

La table corolle de la bibliothèque était illuminée de l'intérieur. Il y avait un feu dans la cheminée de lave du Massif central. Il s'est assis dos au mur, sur une des banquettes basses, comme s'il avait voulu se fondre au décor.

— C'est ici que j'aime prendre mon whisky, avec du feu, un peu de musique...

Il était sincère. La raideur, la fatigue que j'avais cru deviner lorsqu'il était sorti de l'ascenseur dans le salon Cléopâtre ne se voyaient plus. Sous la coupole du fumoir, le dos calé dans l'un des interstices entre les panneaux de tissu grège, il avait trouvé sa place, son île secrète dans cet igloo feutré. On n'entendait plus rien, pas un bruit des Champs-Élysées proches, seulement le ronflement sourd du feu. Plus banquier jouisseur que jamais, esthète, prince des modernes au faîte de sa puissance. Dans le Salon doré, il était de passage. Dans ce décor qu'il avait voulu et où il se déployait jusqu'à y disparaître, il était enfin comme chez lui.

— Vous savez, Kerros, je suis ici du matin au soir. C'est une tâche harassante. Je travaille beaucoup. Ma vie n'est pas drôle tous les jours... Tard dans la nuit, je prends connaissance des dossiers. Je dois me lever de bonne heure. Si vous croyez que c'est amusant, pour ma femme et moi, de se retrouver seuls, le soir, avec des gardes républicains... Nous vivons au-dessus, mais au moins maintenant nous pouvons profiter de ce bel ensemble... De Gaulle avait ses étoiles et le 18 Juin. Moi, c'est différent. J'essaie de faire en sorte que la France soit aussi forte que possible, industriellement et militairement, qu'elle tienne sa place dans le monde. C'est cela, mon rêve. C'est ce que j'aimerais laisser... avec un peu de beauté...

La lumière avait baissé dans le fumoir et les flammes de l'âtre lançaient leurs reflets sur les caissons de la bibliothèque. La voix était moins enrouée, plus chaleureuse. Chez lui, dans ses décors moelleux de prince du prochain millénaire, le président, d'affreuses lunettes professorales sur le nez, un verre de whisky à la main, parlait comme s'il eût été seul. Il y avait dans son regard une lueur presque canaille que je n'étais pas sûr d'avoir saisie dans la série des Portraits à l'écharpe IKB. Il me pressait de revenir. Il voulait habiter l'endroit. Il voulait tout sauf une vitrine magnifique et glacée des années Pompidou.

Depuis que je l'avais découverte, cette antichambre d'Agam me hantait. C'était incroyable, dans l'Élysée séculaire tout avait été masqué d'un coup, effacés les boiseries, les lambris, les cheminées de marbre, les stucs, tout ce qui s'enracinait dans l'histoire du palais, dans ses strates successives. C'était comme un aérolithe tombé là, un sanctuaire de la modernité, avec ses rails, ses panneaux coulissants, son tapis immaculé, au fond le jeu des lamelles d'aluminium coloré qui dessinaient le commencement d'un cheminement cinétique que l'artiste, très occupé, devait compléter. J'avais été surpris, plus que séduit, il y avait une douceur presque classique dans les décors de Paulin qui me convenaient mieux, l'antichambre, dans laquelle on n'entrait pas vraiment, qu'on longeait entre les portes de transacryl et les baies anciennes, était tout sauf un espace habitable, une expérience, une provocation peut-être. Le grand ordonnateur avait certainement songé à la réaction des hiérarques compassés qu'il recevrait là, tous ces costumes anthracite, ces pingouins de la haute administration pour qui la possession d'un bureau lambrissé et d'une table Louis XV symbolisait la réussite. Et s'il y avait songé, il avait dépassé leurs préventions, signes de leur immobilisme et de leur peu de goût. Il était parvenu à ce stade, à cette autorité, où il pouvait tout se permettre. De telles installations avaient leur place dans un musée, dans un centre d'art — je déambulerais plus tard à Rome dans la *Camera stroboscopica* de Davide Boriani, qui n'était pas sans évoquer le salon prophétique d'Agam —, pas dans un palais officiel. La pièce, d'ailleurs, aurait gagné à avoir des proportions plus grandes, l'effet aurait été plus beau, plus fort, mais il y avait un impératif catégorique : encastrer l'aménagement d'Agam dans l'espace du salon historique, sans en déplacer les cloisons.

Je n'étais pas certain d'avoir appréhendé la présence de l'arc-en-ciel, le mouvement des mauves et des bleus, le jeu du blanc, avec l'assurance du président sans doute éclairé par les explications du concepteur. À moins qu'il eût un œil, une expertise dont j'étais dépourvu, moi qui, à mesure que j'avançais en âge, me rattachais sans réserve à la figuration et à une certaine forme de tradition. Sans doute fallait-il des heures de présence dans l'antichambre pour que le regard s'acclimate et apprenne à déchiffrer les motifs, les évolutions lumineuses cachés dans l'alignement des lamelles... Il y avait donc là, tapi entre les plaques minutieusement peintes et agencées par Agam, un arc-en-ciel, ce vieux signe biblique, ce motif immémorial venu de l'Arche et du Livre, et rares seraient ceux qui le décrypteraient. Les plus féroces, les plus critiques verraient une sorte de véranda, de cabine sans intérêt, de caprice qui avait dû coûter très cher, dans la grande série des extravagances et des innovations douteuses du prince des modernes.

En me la présentant, le président avait employé une formule qui ne m'avait pas laissé indifférent, il avait parlé de « chambre de méditation ». Était-ce à dire qu'il descendait là quelquefois, las de son bureau de l'étage, de ses boiseries clinquantes, de cet écrin trop doré et des tracas qu'il renfermait, pour se poser, seul entre les parois de plastique, l'ombre lointaine des arbres et le tableau d'aluminium, sous le plafond bleu à l'éclairage progressif ? La méditation, je la vivais plutôt dans la marche parisienne ou la promenade au vent du large, je l'imaginais mal dans cette antichambre géométrique, pensée, dans ce cheminement voulu par un autre alors que tout, la ville, un paysage, un tableau, offrait une liberté inépuisable à l'interprétation et à la rêverie. On ne méditait pas dans la chambre d'Agam, ce laboratoire de la modernité, comme dans l'abside d'une chapelle romane ou devant le Christ mort de Saint-Médard. Le lien à la tradition et à l'ancrage devait passer par d'autres détours, d'autres filtres. Il restait l'arc-en-ciel, le grand signe de l'Alliance, encore marqué des sédiments de l'arche de Noé et des rouleaux du Livre, mais il était émietté, invisible, il se construisait au rythme des pas et de l'évolution du rêveur dans le salon inachevé, et sans doute n'était-ce pas ce qui était primordial; ce qui importait surtout, c'était la sensation de descendre dans un caisson polychrome, une structure d'aluminium, de plastique et de lainage, au seuil des pièces chemisées et reconfigurées, de se poser enfin, les yeux happés par la lumière des lames qui constituaient le ciel du nouveau sanctuaire, de se délester de tout ce qui était entrave, intrigue, angoisse, réalités humaines.

L'antichambre cinétique, et les salons design qui suivaient, était l'emblème et le creuset de toute l'entreprise pompidolienne, à l'Élysée et ailleurs. Comme les tours de la Défense qui ne seraient jamais trop hautes — au grand dam de certains ministres, parmi lesquels mon visiteur du quai des Célestins —, comme ces routes qui devaient sillonner la capitale en contraignant le cours du fleuve et en chassant ce qui pouvait rester de verdure et de fleurs, comme ces lambeaux de l'ancienne ville qu'il fallait effacer, l'antichambre, lieu de repos et de contemplation, portait les germes d'une civilisation nouvelle, ici une bogue de transacryl et d'aluminium, ailleurs de plastique et de béton, une civilisation qui ne rompait pas tout ancrage avec le passé, mais l'absorbait, le quintessenciait, le laissait survivre sur le mode du filigrane évolutif et caché...

Les monarques de l'ancien monde avaient rêvé leurs conquêtes, leurs prouesses militaires devant des globes, des mappemondes et des cartes. Le prince des modernes s'enfermait dans sa chambre des métamorphoses pour imaginer le nouveau visage qu'il donnerait à sa ville, il voulait une croissance rapide de ses projets, une exécution immédiate, sans refus, sans lamentation, sans criailleries. Il devinait la façade de son immense paquebot du plateau Beaubourg — ses lignes se dessinaient à travers les lamelles du tableau changeant d'Agam — avec, en transparence, une charpente métallique or et bleu. Le bleu, il le voulait discret, teinté de gris, comme dans ces lithographies de Braque qu'il aimait tant. Son grand vaisseau d'apparence futuriste, qu'il distinguait nettement dans l'athanor d'Agam, avec ses tubulures et ses coursives, toute son intimité exhibée.

En m'avouant qu'il aimait s'arrêter là, se poser entre la lecture de deux dossiers, deux décisions terribles, régaliennes, le président m'avait livré un peu de son jardin secret. Quai de Béthune, il avait le chevet de Notre-Dame et le passage des bateaux sur la Seine, à Cajarc ses moutons et les arêtes sévères du haut plateau, à Orvilliers ses roses et sa mare aurévillienne, ici son arc-en-ciel caché, sa cosmogonie secrète. C'étaient les cartes d'une autre dimension, d'un nouvel espace-temps. Mais le plastique coloré, dans ses reflets, n'effaçait pas la présence du jardin et l'antichambre aseptisée et cinétique celle du sujet, marchant, rêvant, s'impatientant de l'inachèvement de la pièce et des lenteurs de l'artiste. Parfois, dans le jeu mouvant des couleurs, le mauve s'assombrissait, étrange, inquiétant, il ravivait d'obscures angoisses, comme au bord du plateau de Cajarc ou de la mare d'Orvilliers, et dans les sons de la musique sidérale qui allait si bien avec ce sanctuaire sans autel, le président rêveur croyait entendre le pas des choéphores...

Tout avait été mis en œuvre pour me dissuader de participer à l'exposition du Grand Palais. Tous, de Rémi Viargues à Yvette Horace, ils n'avaient pas ménagé leurs efforts pour me faire mesurer l'erreur, la faute que serait une participation à cette opération de propagande et de mécénat officiel. Les arguments, je les connaissais par cœur : les aberrations de la politique culturelle de Pompidou étaient telles qu'il fallait opposer un refus cinglant à ce qui n'était qu'une entreprise de récupération. De grands noms, comme Buren, Dubuffet ou Martial Raysse, aimé du président, avaient dit non. Des pétitions circulaient, qui dénonçaient le massacre des Halles, l'interruption forcée de l'effervescence artistique qui avait vu le jour dans les pavillons après le transfert des activités marchandes à Rungis, les conditions matérielles faites aux créateurs, la démolition autoritaire des ateliers comme à la Cité fleurie, le coût de location de nouveaux espaces, la spéculation immobilière, l'enlaidissement généralisé de Paris. L'intérêt de Pompidou pour le design, le fait que les créations de Paulin allaient être bientôt diffusées étaient pareillement brocardés.

L'hostilité de Rémi Viargues n'était pas une surprise. Il était d'ailleurs plus occupé d'un éventuel rapprochement des Insulaires et de l'association SOS Paris qui menait un combat similaire. Pour autant, je ne l'imaginais pas abdiquant totalement : si un rapprochement pouvait être fructueux au plan de la stratégie, jamais il ne laisserait tomber en d'autres mains son « hochet métaphysique ». La réaction d'Yvette Horace m'avait plus étonné. Au début, elle m'avait paru flottante, elle respectait le libre arbitre de ses peintres, même si la tendance dominante penchait en faveur du refus. Curieusement, son attitude s'était radicalisée ensuite, et même politisée : une victoire de la gauche unie aux législatives de 1973 était, selon elle, hautement envisageable ; il s'agissait donc de rester prudent, de ne manifester aucun signe qui pourrait être perçu comme une allégeance à un régime peut-être condamné.

Nous dînions un soir de ce printemps dans le petit appartement qui lui servait de pied-à-terre parisien au-dessus de sa galerie. Duvillier, Pierre Restany, d'autres critiques étaient là. Yvette Horace voulait relancer ces petits repas impromptus où l'on se retrouvait pour le plaisir des échanges et de la libre conversation. Un journaliste, que je ne connaissais pas, s'en donnait à cœur joie. Rien ne trouvait grâce à ses yeux, du dessein parisien du président à ses dernières initiatives. L'homme, assez jeune, assez beau aussi et doté d'une bonne langue, mettait en pièces tout ce qu'il touchait. Il avait un mot qui le ravissait : il ne sentait pas. Il ne sentait pas l'exposition 72/72 qui serait un immense fiasco, il ne sentait pas Beaubourg, il ne sentait rien. J'avais pris la parole pour défendre la sincérité des Pompidou, leur goût des artistes et des œuvres contemporaines, et j'avais cité l'antichambre cinétique d'Agam. « C'est de l'esbroufe, c'est du gadget... Ça n'aura rien apporté, Agam est connu internationalement. Ils se raccrochent au succès comme tous les politiques. Ils ne sont pas plus sincères que d'autres. Qu'on aille voir à la Cité fleurie et dans d'autres quartiers de Paris ce qui se passe. Les artistes sont chassés et seront obligés d'aller s'établir en banlieue. Tout cela, c'est de la poudre aux yeux, un festival de leurres pour amuser la galerie... » J'avais laissé dire. Rien ne pouvait les arrêter. La mondanité a ses poisons et ses codes : j'étais lent, je ne maniais pas avec leur habileté cette langue vipérine, j'avais des attachements et des fidélités.

— Si l'exposition ouvre, avait prédit Restany, ce sera un joli bordel. Je ne suis pas sûr qu'aux Affaires culturelles et à l'Intérieur — jolie collision ! — les conseillers de Duhamel et de Marcellin prisent les provocations surréalistes, et il y en aura. Les œuvres ne sont pas seules, on ne peut pas se contenter de les accrocher sur un mur de béton ou de verre, il y a aussi les artistes. Et lorsqu'on les froisse, qu'on les mécontente, on peut tout craindre d'eux...

— Tout le monde n'a pas la complaisance de notre ami, avait renchéri le critique acerbe qui m'avait dans le collimateur.

Il n'avait pas cité mon nom, il me regardait derrière ses petites besicles cerclées d'intellectuel nourri de Marx et de Freud: quand j'avais évoqué Agam précédemment, il avait cru bon de se lancer dans des variations sur Merleau-Ponty et le regard qui avaient laissé plus d'un sur la rive.

— Complaisant en quoi? avais-je riposté en me levant.

Yvette Horace détestait le désordre, et telle une mère qui couve éternellement ses petits, elle détestait plus encore qu'un des siens fût mis en cause. Elle avait froncé le sourcil, ce qui était le signe évident qu'il fallait en rester là, mais l'autre morveux ne l'entendait pas de cette oreille.

— Complaisant en allant mettre ses croûtes parmi celles des vendus et des pompidolâtres...

C'en était trop. Yvette Horace s'était dressée, exigeant le silence.

— Vous n'avez pas le droit d'insulter un de mes artistes! avait-elle crié. Il n'y a jamais eu de croûtes ici. Je vous montrerai ce que j'expose depuis quinze ans, je crois m'être rarement trompée... Retirez ce que vous avez dit...

Piteux, mais sans courage, l'autre s'était tu, haineux, fermé comme une huître. Il devait ruminer une vengeance. Le cran, l'audace d'Yvette Horace subjuguaient tout le monde.

— Breton, du temps d'À l'Étoile scellée, aurait certainement donné des mots d'ordre. C'était l'homme des diktats et des excommunications. Ce n'est pas dans mon caractère. Ira, n'ira pas, ce n'est pas mon affaire. Et quelles qu'aient été mes préventions, et même mon hostilité vive, ce que je viens d'entendre m'inciterait presque à y aller!

L'algarade avait électrisé le climat. Mon envie de partir avait été forte, malgré mon désir d'en découdre avec ce gommeux conceptuel qui savait tout de la vie. J'avais envie de solitude et d'air du large. Je m'en voulais toujours de me laisser piéger, prendre dans des nasses, des cercles, des obligations qui n'étaient pas mon genre. Voulant sans doute détendre l'atmosphère, tout en jouant l'important, un galeriste, ami d'Yvette Horace, avait alors glissé:

— Tout cela est dérisoire. On me dit que Pompidou est très malade, et depuis longtemps. Une forme rare de cancer des os. Il le sait vraiment depuis quelques mois. Laissez-lui Agam, le Grand Palais et Paulin, ce sont ses derniers plaisirs...

Personne n'avait relevé, la nouvelle était tombée dans l'indifférence, la méfiance aussi que suscitent pareilles indiscrétions dans un dîner.

Je m'étais fermé à mon tour, comme le critique acariâtre. Je ressentais quelque chose d'étrange et d'indémêlable. La contrariété devait se lire sur mon visage, et au moment du café et des liqueurs, Yvette Horace m'avait rejoint pour fumer dans l'embrasure de la fenêtre.

— Ce n'est pas l'attaque de ce petit connard mal élevé qui te met dans cet état, j'espère ! avait-elle murmuré. Je connais bien le père, une belle collection, et le fils monte vite dans la presse. On le craint. Mais je ne suis pas mécontente de l'avoir mouché...

— Non, c'est autre chose... Ce qu'on vient d'entendre...

— À prendre pareillement avec des pincettes. Il sait toujours tout lui aussi, il prétend connaître les plus grands médecins de Paris, qui sont ses clients. J'en ai moi aussi, je n'ai rien entendu de tel...

J'avais souri. Je savais jouer, lorsque c'était nécessaire, le pantin mondain.

— Passe me voir demain. On causera. S'il fait beau, on prendra la voiture, on ira dans mon petit cimetière voir pousser les tours !

Yvette Horace était adorable, incarnée, si peu dogmatique. Elle tranchait dans cet univers de parasites et de commentateurs secs avec qui elle devait composer. Je ne savais pas encore si j'aurais la force de revenir le lendemain place de Furstemberg. Dans la nuit printanière, je voulais marcher seul, traverser le fleuve, peindre pour exorciser tout ce qui m'assombrissait, reprendre le portrait inachevé du président, loin du bleu absolu d'Yves Klein, du gris bleuté de Braque, loin aussi des lamelles et des parois chatoyantes d'Agam, dans un bleu autre, schisteux, le souvenir et la prescience d'un beau soir d'été.

Arnaud Roy, le conseiller de l'Élysée, était revenu à la charge. François Mathey, l'organisateur de l'exposition 72/72, semblait aux abois : c'était l'hémorragie, les rats fuyaient le navire, du coup le comité en était réduit à solliciter des inconnus, des seconds couteaux, des talents qui s'étaient imposés dans le scandale, des gens peu fiables. Par fidélité à Pompidou et à cette époque, j'avais accepté d'être présent en confiant l'un des portraits de Gabrielle R. que j'aimais tant. En haut lieu, avais-je cru comprendre, on aurait préféré autre chose. Le tableau était impeccable, il n'y avait rien à redire, mais je me signalais de façon un peu provocante ou politique, ce qui n'était pas mon registre. Pompidou ne se mêlait de rien. Si fiasco il devait y avoir, le prince des arts resterait à l'écart des remous et de la catastrophe. Las sans doute de jouer les intermédiaires, Arnaud Roy avait répercuté que ce serait cette œuvre ou rien. On m'avait laissé en paix.

Plusieurs fois le jeune conseiller était revenu. Il était un peu gauche, touchant, curieux de tout, il tranchait dans ce milieu de requins et de gens sûrs d'eux. Il devait certainement sa place à une intercession, à une protection politique. Il réagissait avec sensibilité, il aimait la série des anges de la mort, les porteurs de reliques, je lui avais montré un soir le portrait du président dans la fadeur des hortensias et cette découverte l'avait bouleversé, il était resté de longues minutes, interdit, le regard embué, devant la figure de cet homme seul et triste, dans la mélancolie des schistes et des fleurs, plus seul encore, plus abandonné qu'au bord des ravins du Lot.

— Vous le voyez souvent? avait susurré Arnaud Roy.

— Il m'est arrivé de le rencontrer, même récemment dans ses appartements redécorés. Cette expression, c'était un soir de l'été dernier, dans le parc de Kernaeret en Bretagne...

— C'est affreux, c'est poignant, on dirait un homme qui a baissé les armes...

J'avais fait dériver la conversation vers autre chose.

Comme on pouvait s'y attendre, le vernissage de l'exposition du Grand Palais avait été plus que houleux. Yvette Horace, qui s'y était rendue en curieuse, m'avait tout raconté. Plus de deux cents manifestants avaient déroulé sur les marches du Grand Palais des banderoles portant les noms de tous ceux qui avaient refusé de participer à l'exposition. Des silhouettes casquées, matraques et mousquetons au côté, avaient vite encerclé le bâtiment. Les manifestants ne semblaient pas décidés à partir. Les hurlements montaient. C'était une pagaille indescriptible, d'autant que l'on peut imaginer l'effet qu'avait produit chez les contestataires résolus mais calmes encore l'apparition des envoyés casqués du ministre de l'Intérieur. Il fallait ne rien connaître au monde des arts, avoir tout oublié des événements du printemps de 1968 pour commettre pareille bévue. La police avait chargé. Il y avait eu des gaz lacrymogènes, des coups, une énorme bousculade... Il s'agissait de dissiper les manifestants dangereux. Dépassé, le comité d'organisation officiel avait affirmé qu'il refusait d'assumer davantage la responsabilité de l'exposition tant qu'il n'aurait pas la certitude que de tels incidents et qu'un tel déploiement de forces policières ne se reproduiraient plus. La réaction des artistes n'avait pas tardé : la police ayant chargé, la coopérative des Malassis avait aussitôt décidé de décrocher et d'emporter les cinquante panneaux composant *Le grand méchoui ou Douze ans d'histoire en France*, fresque de soixante-cinq mètres de long, et d'y substituer un reportage photographique sur la charge des CRS. Quant à Villeglé, Dufrêne, Étienne-Martin et Alechinsky, ils avaient d'un même mouvement retiré leurs œuvres.

Yvette Horace avait conclu son compte rendu en disant:

— Tu es grand, tu vois ce qui te reste à faire...

C'était encore plus désolant, plus confus que le fiasco annoncé, la hargne, la haine, la violence, la bêtise policière d'un État qui s'affole. Sans doute Yvette Horace me poussait-elle à agir comme Villeglé et Alechinsky. J'avais confié cette toile à l'État qui se voulait mécène, je ne me voyais pas sortant du Grand Palais, mon tableau sous le bras. Gabrielle R. avait toute sa place dans cette exposition chaotique, les inconséquences et les troubles n'avaient pas à lui imposer une deuxième mort. Elle resterait dans cette galerie apocalyptique, sous la verrière, dans ces alvéoles où il ne subsistait que des cartouches barrés et des œuvres absentes. Pour dénoncer la puanteur de l'État répressif, un provocateur avait remplacé ses installations par des fromages en train de se décomposer... « Non à l'exposition Pompidou », portaient les banderoles des manifestants que la police avait voulu brutalement disperser. Le prince des arts, pour mieux marquer sa distance et son dépit, ne viendrait pas. Il resterait de l'autre côté de l'avenue des Champs-Élysées, derrière ses marronniers fleuris, entre le Salon doré et celui d'Agam... Il ne verrait jamais Gabrielle R. Quelques artistes traînaient dans les salles, dans un mélange d'exaspération et de rage douloureuse. L'heure n'était plus au coup d'éclat. D'une certaine manière, j'arrivais trop tard. En signe de deuil et de tristesse, et pour clore définitivement un chapitre, j'avais préféré, suivi par d'autres, retourner ma toile : le châssis exhibait sa structure et une date, septembre 1969.

J'avais craint d'être proscrit. Le palais ne donnait plus de nouvelles. Le ministre, lui, était revenu, badin, en grande forme. Il passait le soir, à l'heure où la cour était moins sombre, je faisais mine de crayonner ou de peindre, il s'asseyait devant moi, feuilletait un magazine ou un dossier, ou bien il jouait avec le chien. Le ratage de l'exposition, les toiles enlevées ou retournées avaient déjà disparu de toutes les mémoires.

— Artistes et CRS n'ont jamais fait bon ménage, quelle connerie ! avait-il concédé. On aurait voulu torpiller le projet qu'on ne s'y serait pas pris autrement.

Sa grande carcasse en avait vu d'autres. Avait-il maigri, je n'aurais su le dire, il me semblait aussi que sa garde-robe avait été renouvelée, il portait de jolis costumes bleu marine, d'une matière souple, genre alpaga. Il n'avait pas aimé un des tout premiers portraits, il s'était rembruni en le découvrant :

— Suis-je donc aussi laid ?

Le plissement des chairs, les rides, la trogne, les petits yeux rentrés, j'avais été le plus fidèle, le plus exact possible et j'avais travaillé le sujet en faisant apparaître ce qu'il recelait de noblesse et de force. Je le savais bien, mes portraits étaient cruels, j'attaquais la vérité d'un visage comme celle d'un paysage, frontalement, sans fioriture, sans détour. Peut-être, révérence présidentielle oblige, pour Pompidou, j'avais été moins dur, je peignais une fonction, un sujet nimbé d'un prestige, d'une puissance qui exhaussaient l'homme. L'époque, la télévision, les affiches, la publicité, tout masquait, tout fardait la vérité des traits et des formes, on ne voyait jamais un corps, un visage tels qu'ils étaient vraiment.

Était-ce un effet des poses quai des Célestins que cette subite métamorphose? Je n'aurais pas l'outrecuidance de le penser. Longtemps je n'avais eu qu'une crainte: que tout cela s'ébruite et qu'on veuille faire de moi le peintre du régime, mais la peinture n'attirait déjà plus, on redoutait sa force, ce qu'elle révélait. On ne venait pas me voir pour être embelli et transfiguré, mais pour être saisi en vérité, cela le président l'avait bien compris, qui s'était prêté au jeu le premier. Le baron G. était trop intelligent, trop roué pour demander quoi que ce soit. Il s'asseyait derrière un chevalet comme ses ancêtres l'avaient sans doute fait, il avait cela dans le sang, c'était une longue tradition familiale.

— Il y en a certains qui n'ont pas été ratés,

avait-il plaisanté un jour, et même assez joliment esquintés... Je vous sens moins dur...

— C'est vous qui êtes plus détendu, plus léger...

Il avait ri et je lui avais servi un beau verre de whisky.

— Le divorce est imminent, avait-il ajouté avec un sourire énigmatique.

— Le divorce?

— Oui, entre le président et Chaban. J'aime bien Chaban, je me sens proche de lui, mais il multiplie les gaffes. Le climat est détestable. C'est l'orage à chacune de leurs entrevues. Le couple ne passera pas l'été...

— Vous vous voyez à Matignon?

Je ne sais pas ce qui m'avait pris. J'étais ignare dans le domaine politique, et plutôt réservé.

Le ministre s'était carré dans son fauteuil, en riant bruyamment, un rire de vieux briscard, de vieux fauve qui a beaucoup espéré et souffert, un rire où l'on entendait presque un élan vrai, venu de l'enfance.

— Vous savez, on m'a tant promis, j'ai si long-temps attendu... Aucun poste ministériel sous le Général alors que j'étais difficilement soup-çonnable d'antigaullisme... C'est Pompidou qui m'a tiré du néant. Il m'a laissé entendre qu'un jour... Nous verrons bien!

Il ne m'avait pas échappé qu'en plus de l'amincissement de la lourde stature, le ministre manifestait d'autres précautions: jamais je ne l'avais plus vu jouer avec l'écharpe bleu Klein qui traînait toujours là, offerte, tentante.

— C'est donc possible? avais-je relancé.

— Probable, ça l'a été et c'est sans doute pour cette raison que ça ne se fera jamais. Le président a toujours été impénétrable. Il l'est plus que jamais. Il connaît les hommes, il est très joueur. Je ne sais plus qui dans son entourage disait qu'il avait un œil de curé et l'autre de canaille. Il promet avec onction et gravité, et en même temps il se moque de ce qu'il est en train de dire. Il n'est pas florentin pourtant. Je veux croire malgré tout en sa sincérité...

Tout cela m'amusait soudain, cette impression d'être aux premières loges, un peu malgré moi.

— Vous savez, il y en a certains qui, pour plaire, pour s'attirer les faveurs du prince, sont prêts à se meubler en Paulin et le font savoir! Rassurez vous, je n'ai pas encore vendu mes commodes Empire...

— C'est un tort, ce que Pompidou a osé faire à l'Élysée est vraiment étonnant et beau.

— Vous trouvez? C'est d'un inconfort, ces sièges bas, intégrés au mur... Les dames en jupe ont toutes les peines du monde à se relever...

Il s'était approché de la porte, comme s'il prenait conscience qu'il avait trop parlé ou qu'il était en retard.

— Il faudra venir me voir, rue de Grenelle, je suis dans l'hôtel de Rochechouart, il y a un joli jardin, avec une maison charmante au fond. C'est là que Malraux a rencontré Louise de Vilmorin dans les années 1930. Quoi qu'il en soit, je ne suis plus là pour longtemps... Ce sera un autre ministère et peut-être rien...

Il riait encore. Il caressait les crânes impeccablement rangés sur une étagère.

— Chez vous on apprend vite l'humilité, les vanités, *sic transit*..., on se voit dans un miroir cruel...

Les portraits étaient presque achevés. J'avais promis de les porter, avant le début de l'été, à l'hôtel de Rochechouart.

Rue des Archives, dans son pigeonnier plus encombré que jamais de papiers, de livres ouverts, Rémi Viargues m'était apparu bizarre, désamarré, porté au soliloque. Il avait passé son été à prendre des notes sur les transformations de Paris, il devait rêver d'un essai polémique, de la veine des tracts et des tribunes dans lesquelles, il faut le reconnaître, il excellait. Je ne le sentais pas d'humeur combative, il semblait abattu, terrassé par un mélange de fatigue et de résignation.

— Tous ces efforts peut-être pour rien, avait-il laissé tomber, songeur, convaincu soudain que la loi des pelleteuses et des bétonnières l'emporterait. Il faut être provincial pour aimer Paris et le défendre comme nous le faisons, en pure perte d'ailleurs...

Jamais je ne l'avais surpris dans une phase de vitalité aussi basse, l'été avait peut-être été maussade, un deuil secret assombrissait ce début d'automne. Il avait fait relier plusieurs recueils de Reverdy dans un superbe maroquin jaune, ils étaient là posés devant lui, dans un désordre de journaux et de courriers à en-tête des Insulaires.

— Il faudra que j'aille un jour à Solesmes, j'aimerais voir l'abbaye qui ressemble, paraît-il, à une forteresse dressée au-dessus de la Sarthe, j'aimerais voir la modeste bicoque où Reverdy a fini ses jours, si près des moines et de leurs chants extraordinaires, après avoir perdu la foi depuis longtemps. Vous m'accompagnerez ?

C'était la première fois qu'il me proposait ainsi une occupation commune et qui ne fût pas liée à l'activité des Insulaires. De Reverdy, je me souvenais vaguement d'une définition de l'image poétique que j'avais entendue dans l'entourage de Breton et la mouvance d'À l'Étoile scellée, je ne connaissais rien d'autre. Ce curieux assemblage de forteresse vocale et de foi perdue n'était pas sans m'intriguer.

— Ce grand Reverdy, je suis heureux de l'avoir désormais sous ces reliures superbes. Quand on pense que l'autre, dans son anthologie stupide, ose affirmer qu'il n'en restera rien...

J'avais aussitôt compris. Et j'avais deviné aussi où il souhaitait en venir. J'avais feint de ne pas comprendre. J'étais rentré à Paris avec la ferme intention d'y rester le moins longtemps possible et d'aller travailler une partie de l'hiver à Venise. Un cycle s'était achevé au printemps, je rêvais de me mettre à la sculpture, je m'y étais un peu essayé en Bretagne et les premières tentatives, grossières, inabouties, m'avaient encouragé à poursuivre.

— Vous avez travaillé ?

D'ordinaire la question m'agaçait, comme si un artiste n'avait pas droit à la friche, au jardin secret, à l'engourdissement de ses facultés créatrices. On n'existait dans le regard de certains que lorsqu'on créait, comme si on était une machine à produire, continûment. Je sentais Rémi Viargues nerveux, ombrageux, et je n'avais pas envie d'être désagréable, inutilement, pour des vétilles. Je n'avais aucune envie non plus de rendre des comptes, de dire ce que j'avais fait et qu'il brûlait de savoir. J'avais dû me confier un peu trop, un soir que j'avais bu au Vieux Paris, et l'ancien professeur engrangeait tout dans sa mémoire infaillible. Viargues pouvait être homme à tenir des fiches sur les gens de son entourage, il n'en avait même pas besoin. Il retenait tout. J'étais de plus en plus hanté par l'idée de ne pas laisser de trace, la perspective qu'on pût fouiller dans mon passé, dire qui j'avais été, qui j'avais fréquenté, me révulsait. Dans les catalogues et les notices d'Yvette Horace, je demandais toujours comme unique mention : « Vit et travaille en Bretagne et à Paris. » Sans indication de date, de courant, d'école. Et sans doute est-ce parce que j'étais si mystérieux, si discret que j'avais parfois l'impression d'être environné de vautours qui voulaient s'approprier mon passé et mon présent, ce ridicule petit résidu biographique.

— Vous l'avez revu cet été ? laissa-t-il échapper, l'air de rien, le regard perdu du côté des toits.

— Je ne vois jamais grand monde l'été... Je travaille un peu et je marche...

— Vous m'avez compris. Le président...

— Parce qu'il était en Bretagne ?

— Vous devriez le savoir mieux que moi. Il vous est arrivé de le voir, je crois...

— De loin en loin. Une fois à Beg-Meil, il y a très longtemps, l'année dernière à Fouesnant...

— Il doit tout savoir sur vous... Ses indics, ses flics... On dit le ministre de l'Intérieur de la race des Fouché...

J'étais un peu surpris qu'il fût à ce point curieux de savoir si j'avais revu le président ou non. Je m'avisai soudain que nous ne nous étions peut-être plus parlé depuis le printemps.

— Vous savez comment s'est déroulé le vernissage de l'exposition 72/72 ? J'avais donné un portrait imaginaire de Gabrielle Russier, ce qui n'a pas été forcément bien perçu au château. Lorsque la police a chargé pour disperser les manifestants, un certain nombre d'artistes ont immédiatement retiré leurs œuvres. Avec quelques autres, je suis resté, mais nous avons retourné nos toiles...

— Quelle claque ! Mais j'ignorais tout de cette affaire. Peu de chances en effet que vous le revoyiez. Il est d'un autoritarisme et d'une susceptibilité incroyables. J'ai pu le mesurer cent fois. C'était fort bien joué...

Je n'avais pas besoin de ses compliments, et j'aurais dû m'épargner aussi toute cette histoire. Nous avions répondu à une provocation par une plaisanterie de potache, il n'y avait rien de glorieux à cela, et cette impolitesse, ce pied de nez ne me ressemblaient pas et ne ressemblaient pas à la relation que j'avais eue, un temps, avec Pompidou. Peut-être aurais-je dû lui écrire pour m'expliquer. Rémi Viargues avait raison, c'était une claque en effet, une porte claquée, une provocation de morveux, dans une cohorte de morveux et de mauvais artistes. Aucun signe n'était venu de Kernaeret en effet — le président y était, je l'avais lu dans la presse — et j'en avais un peu souffert.

— Il comprendra ainsi qu'on ne peut exercer son autorité sur tout, s'il peut encore comprendre... Il reste des réfractaires...

Je voyais déjà ce que donnerait, sans doute exagérée, cette histoire sous la plume de Rémi Viargues. Une page était tournée. J'allais partir pour Venise. Je m'apprêtais à prendre congé.

— Vous m'avez peut-être trouvé sombre en arrivant tout à l'heure, dit soudain Rémi Viargues. Rien de grave dans mon entourage proche, il est si clairsemé... Vous avez sans doute appris la mort de Montherlant, son suicide romain chez lui, quai Voltaire, le jour de l'équinoxe. Je l'avais un peu connu, je l'avais surtout beaucoup lu et fait lire à mes élèves. J'irai cette nuit encore marcher sous ses fenêtres...

On était loin soudain des mascarades du

Grand Palais. Montherlant n'avait jamais compté au nombre de mes admirations, mais cette mort voulue, chez lui, un jour symboliquement choisi, cette sortie stoïcienne me glaçait. J'avais surtout compris comment Rémi Viargues, si blessé, si amer parfois, finirait tôt ou tard. Il était difficile d'être plus clair.

2 octobre 1972

Dans l'atelier vénitien retrouvé, déblayé, j'ai commencé, dans un alliage de nervosité et d'excitation, de nouvelles choses. Les insomnies m'ont repris. Levé de bonne heure, je déambule le long de la lagune, je m'arrête parfois sur un débarcadère aux marches verdies par les algues, je rêvasse en regardant la lumière monter derrière San Giorgio. Je marche des heures par les ruelles, j'aime déboucher sur les Fondamente Nove, face au cimetière avec ses grands ifs dressés, enfin je m'imagine que ce sont des ifs comme dans la tradition funéraire des pays de l'Ouest et du Nord. Le passage des vaporettos fait claquer l'eau contre le quai, cette face septentrionale, un peu vide, un peu triste avec ses boutiques de cercueils et de couronnes, ses petits ateliers d'ébénistes qui fabriquent encore les boîtes funèbres qui passeront en barque de l'autre côté, est sans doute avec les Zattere un des endroits de Venise qui m'émeut le plus. Il y a cette grande église vaste et vide aussi, avec ses marbres verts, ses hauts parements qui me fascinent. Les veinures, les plis, le mouvement dans la pierre, je reste des heures à tout observer, convaincu que cela féconde mon travail.

4 octobre

Il y a encore une vie à Venise, autre que celle des hordes de touristes, des cris d'écoliers, des cloches, des rires et des commérages de matrones, tout ce bruissement aussi de l'eau remuée, des oiseaux, cette vie que j'ai l'impression de quitter lorsque, le burin à la main, j'attaque le marbre. Des pâtes, du poulpe, un peu de vin blanc, il ne me faut pas grand-chose, j'ai trouvé une petite gargote sur les Fondamente Nove, à quelques pas de l'atelier. Les ifs, les barques noires et calfatées, le souvenir de la lumière du matin, le goulot des venelles labyrinthiques sous le linge qui pend, ces draps immenses, d'une texture grossière, tendus entre les façades, un rien m'attire, rarement ma disponibilité n'aura été aussi grande, comme si tout repartait soudain.

6 octobre

Ce vieil homme charmant qui me prête l'atelier, grand lecteur, grand connaisseur de la

France, de sa peinture et de son histoire, me presse d'aller à Torcello. Pas pour la grande mosaïque du Jugement dernier, pour la beauté de l'île, ses canaux envasés, cette impression d'abandon, de sauvagerie qui reprend le dessus. Il s'est introduit dans mon atelier, il a vu les gisants de Carrare, les esquisses aussi des corps allongés, dans l'esprit peut-être du Christ de Saint-Médard, mais ici ce sont des sculptures, des ébauches crayonnées, des inconnus, des anonymes, pas le crucifié du vendredi saint. À Paris, j'aurais vécu pareille visite comme une effraction. Ici, rien ne me pèse, le vieillard s'est contenté de sourire, en ajoutant qu'il se demandait si tout cela était bien de moi. Il a poursuivi : « N'oubliez pas Torcello... Dans cette lagune, c'est la source de tout... »

L'histoire de l'écrivain suicidé du quai Voltaire m'est revenue à plusieurs reprises tandis que je sculptais mes gisants sous leur suaire. Avant de quitter Paris, j'ai acheté ce numéro de *Match* où on le voit poser chez lui, caché derrière un masque, assis aussi devant un petit guéridon face à la Seine et au Louvre, à l'endroit même où il s'est tué en se tirant une balle de revolver dans la bouche. J'ai regardé ces photos avec curiosité, saisi par la complexité et le mystère d'un homme que je liais un peu vite aux collèges catholiques, à la tauromachie et au répertoire du Français. Il devenait aveugle. Il n'aura pas vu la laideur qui arrive.

Dans ce même numéro, j'ai lu l'histoire incroyable d'un ex-conseiller d'Albin Chalandon, l'ancien ministre de l'Équipement, un certain Aranda, aventurier, justicier illuminé, qui fait trembler le régime en diffusant au compte-gouttes les photocopies qu'il détient de documents compromettants. Sensation de nausée. Je n'ai pas voulu en savoir plus.

8 octobre

Yvette Horace s'est annoncée. Elle déteste que ses artistes lui échappent: la Bretagne, un bref séjour à Paris sans la voir, l'Italie ensuite, c'était trop. Elle m'a donné rendez-vous au bar, vieillot, du Danieli. Elle espérait visiter tout de suite l'atelier, voir ce que je prépare.

Elle a découvert les gisants de Carrare, et les crayonnés, cette étrange morgue que j'ai composée entre la basilique Santi Giovanni e Paolo et le canal, en écoutant monter des *calli* les rumeurs, les cris, cette insouciance vénitienne qui me plaît tant. Elle a voulu aussitôt l'ensemble, pour un hôpital désaffecté de Marseille où elle souhaite s'établir très prochainement. Elle est toujours aussi survoltée, elle bouillonne de projets et d'idées. Les gisants de Carrare et les crayonnés passeront l'hiver ici, rien n'est encore achevé, je compte étoffer la série avec des cadavres plus petits, de femmes ou d'enfants. « Tu me donnes ton accord ? » Elle ne me lâchera plus. Elle veut m'emmener à Torcello, me traiter dans le meilleur restaurant. Mon indolence, ma lenteur l'énervent. « Tu me bluffes toujours. Tu n'arrêtes jamais ! Marseille, qui aura aussi une annexe dans l'arrière-pays, commencera avec toi. L'été 73, c'est parfait. » La bourrasque m'emporte. Je ne verrai pas Torcello dans l'errance et la grâce que me souhaite mon vieux mécène vénitien.

Il s'était assis, lourdement comme il le faisait à Paris, il avait tout inspecté, tout scruté de ce regard vorace, infaillible, qui ne perdait rien. On entendait le léger clapotis du canal contre les murailles de l'atelier, le passage d'une barque, le froissement des vagues, le bruit des hampes des gondoliers qui heurtaient les marches d'un embarcadère. Les fenêtres très hautes laissaient passer une lumière indirecte, filtrée, qui tombait sur les gisants de marbre.

— C'est Yvette Horace qui m'a dit que vous étiez ici, le concierge du quai des Célestins ne savait pas du tout où vous vous cachiez... Il vous croit en Bretagne...

L'idée d'être injoignable enfin ne me déplaisait pas. C'était sans compter sur la vigilance d'Yvette Horace qui ne me laisserait jamais souffler. Elle pariait sur moi, elle me savait dans le jeu, dans celui de ce régime, elle devait imaginer des coups, des stratégies qui me dépassaient.

— Je vous quitte artiste frondeur à Paris au

printemps, je vous retrouve marbrier à Venise à l'automne...

Le ministre n'avait rien perdu de son humour, même si entre-temps il avait changé de portefeuille. Matignon lui était passé sous le nez. Il avait quitté l'hôtel de Rochechouart et on lui avait confié l'Aménagement du territoire.

— Il paraît que j'étais trop proche de Chaban, que je suis indolent, que je n'ai pas suffisamment fait ma cour. J'ai tout entendu...

Il n'avait pas à se justifier. Se vengeait-il en visitant les palaces vénitiens, Bellagio, et les aristocrates milanaises ? Quelque chose s'était cassé, il marchait parmi mes gisants, détaché, nonchalant. Sans doute avait-il secrètement espéré une promotion, ils étaient tous pareils, ils voulaient grimper dans la hiérarchie de l'État, ils attendaient un maroquin prestigieux, un titre de ministre d'État, un cabinet étoffé, de l'influence.

— Vous avez vu Chaban et Giscard, ils n'ont qu'un modèle : Kennedy. Ils vont importer les pratiques et le modèle américains dans la prochaine campagne qu'ils ont déjà lancée. Ils ont tous fait le même pari : l'élection aura lieu avant 1976 et Pompidou, il le dit assez, ne sera pas candidat. S'il dure jusque-là...

J'écoutais le ministre comme je l'avais fait à Paris, avec un brin de désinvolture et de distance. Au printemps, lorsqu'il était venu poser pour la dernière fois, il espérait secrètement le poste de Premier ministre. Il espérait tout en marquant publiquement sa méfiance et sa sagesse. Qu'il s'agisse de campagne ou de cour, il avait échoué, d'autres s'étaient mis en travers de sa route en soufflant à l'oreille du président qu'il n'avait pas l'autorité, la fermeté de caractère, qu'il était comme Chaban-Delmas, dilettante, désinvolte, qu'il ne consacrait pas assez de temps à l'étude des dossiers. Le monarque ombrageux lui avait préféré un serviteur fidèle, un bon petit soldat, Messmer, le ministre des Départements et Territoires d'outre-mer que personne n'avait vu venir. D'une certaine manière, sa déception, et la déconfiture de quelques autres, m'amusait.

— Vous êtes un peu en disgrâce... dit-il soudain.

— Disgrâce, je ne comprends pas, répliquai-je sèchement.

Il avait dû saisir sa maladresse.

— Je ne suis pas comme vous, cher monsieur. Moi, je ne demande rien, je n'attends rien. Aucun poste, aucun titre, aucune prébende de la République. J'ai travaillé pour le président, il m'a payé, les choses étaient claires. Son projet pour Paris, la tentative de récupération des artistes, les provocations du gouvernement ne me convenaient pas, je l'ai dit. Le choix de ma toile pour le Grand Palais n'était pas neutre, mon geste ensuite, avec d'autres, ne l'était pas plus. Point final. Disgrâce je ne sais pas, distance assurément...

J'étais à deux doigts de le mettre à la porte. Il ne pouvait pas saisir à quel point, depuis que j'étais arrivé à Venise, je me sentais loin de tout cela. J'avais ajouté à la colonie des gisants de nouveaux marbres verts, très beaux, veinés de blanc, plus petits, comme des Moïse emmaillotés, des nourrissons pétrifiés dans les eaux du Nil, qui mettaient dans cet ensemble morbide une note à la fois lumineuse et inquiétante. Mon visiteur arpentait l'atelier, taciturne, comme gêné. Je n'avais aucune vocation de Don Quichotte ou de chevalier blanc. Je suivais ma route. Mon nom avait certainement été classé dans la liste des artistes du refus — à la grande satisfaction d'Yvette Horace et de ses critiques préférés — mais cela, pour moi, ne correspondait à rien. Et d'ailleurs j'étais plus dépendant du soutien d'Yvette Horace que des commandes de l'État. C'est à elle, et elle seule, que je devais de survivre. Il ne me déplaisait pas de le redire, avec panache, librement, parce que la faveur et la disgrâce m'étaient radicalement étrangères.

Il ne partait plus. La lumière, le clapotis du canal, les marbres dispersés sur le pavage de tomettes rouges semblaient l'hypnotiser. Si cet ensemble devait être montré, à Marseille ou ailleurs, jamais il n'aurait la justesse qu'il avait là, dans cette salle immense, délabrée, qui faisait songer à un dortoir de monastère. Ce que je n'avais jamais fait auparavant, je photographierais les sculptures pour garder une image de cette disposition, de cet éclairage qu'on ne retrouverait nulle part ailleurs.

— Si l'occasion s'en présente, vous pourrez

dire que vous m'avez vu ici... Je ne suis pas un clandestin, ni un proscrit... Je ne voudrais simplement pas que cela vous gêne ou vous compromette...

Il riait. Le nuage était passé. Sans doute tairait-il cette visite d'atelier un peu particulière, loin des Célestins et des séances de pose à l'écharpe bleu Klein.

— Oui, si l'occasion s'en présente, saluez pour moi le président. Mon admiration et ma fidélité sont intactes. Je n'ai eu avec lui que des relations justes, dans un compagnonnage d'amateurs, quand il venait dans mon atelier, en Bretagne aussi, ou le jour où il m'a montré le salon-paysage d'Agam... Ce que je n'aime pas, ce sont ceux qui se réclament de lui et le trahissent, toute cette clique de parasites et de véreux... Il ne viendra certainement jamais ici et je sais qu'il trouverait ce travail trop classique. Je pense à lui et je le plains...

Un jour ou l'autre, je n'en doutais pas, nous nous retrouverions.

Dans ce qui aurait pu être une chapelle, avec les fenêtres hautes, étroites, en forme de meurtrières, l'atelier du quartier de la basilique Santi Giovanni e Paolo tenait de la forteresse, assez lumineux le matin, clair aussi en fin d'après-midi pour peu que le soleil vienne mourir sur la terrasse. Plusieurs fois j'avais modifié l'ordonnancement des sculptures, alignées, en cercle, méthodiquement rangées comme dans une morgue, un peu en désordre, abandonnées avant le cataclysme ou la crue. Des heures, le burin à la main, travaillant le creusement des plis ou polissant l'arrondi d'une tête, j'avais épousé ces ultimes sentinelles de la lagune, couché à même le pavage de tomettes, invisible, les vêtements souillés de poussière, les yeux cachés derrière d'épaisses lunettes, comme dans un scaphandre, un caisson, un vaisseau immergé.

Sur le sol de l'atelier, les gisants formaient une cartographie étrange, celle d'une autre lagune, avec des îlots de marbre, des suaires plissés, pas un visage. Tous ceux qui avaient vu l'ensemble — le ministre, Yvette Horace, le mécène — voulaient des explications, une clé ; la colonie des gisants déroutait, il fallait des mots, des phrases, un discours. Il m'était arrivé d'entendre certains soirs, dans les dîners arrosés au-dessus de la galerie de la place de Furstemberg, des cuistres qui voulaient à tout prix élucider, faire entrer les œuvres dans des carcans conceptuels qui flattaient leurs inventeurs et n'avaient que peu de lien avec les travaux qu'ils étaient censés décrire. *Ultimes sentinelles de la lagune* serait montré, comme cela, sans texte, sans prosopopée pédante, dans la nudité de ses lignes et le mystère de ces corps couchés.

C'était le résultat de semaines denses, enchantées, loin de tout, de moments passés à arpenter, à travailler, comme au temps des années bretonnes dans la liberté du large et du vent. Ici, la liberté avait pris la forme d'errances sans fin dans le réseau des ruelles, tôt le matin, la nuit, de stations dans les églises à observer les statues, les galbes, la transparence d'un vêtement, le basculement d'un corps, les gorges, les chevelures. Les sentinelles allongées avaient un sens dans l'atelier qui, par sa configuration, son étage perché, n'était pas sans rappeler la petite *scuola* des Carpaccio, elles étaient plus inquiétantes encore entourées d'eau, de quais de marbre verdi, d'îles aux canaux envasés, de barques goudronnées qui emportaient les morts.

J'avais pensé un temps peindre un décor mural, pas les ifs de San Michele, mais des glaives noirs, serrés, une palissade nocturne, et je m'étais dit que ce serait trop : rien ne valait l'austérité d'un mur de brique, comme dans les cloîtres parfois, au hasard d'une chapelle de la basilique Santi Giovanni e Paolo ou de la nef des Frari, cette nudité rouge soudain avec les briques apparentes, les jointures, le fantasme d'une porte murée, d'un arrière-monde qui se cache derrière la muraille.

Yvette Horace avait parlé de cet ancien hôpital de Marseille où elle voulait exposer *Ultimes sentinelles de la lagune*. Sans doute, le lieu qu'elle imaginait ultra contemporain, avec une charpente d'acier brossé, serait idéal pour installer un ensemble qui, selon moi, n'avait de place qu'à Venise. C'était aussi l'avis d'Angelo, mon vieux mécène, qui avait dû profiter d'une de mes escapades à Torcello ou à la Giudecca pour faire entrer dans l'atelier un ou deux galeristes de ses relations. Un soir, alors que nous partagions nos pâtes à l'encre de seiche arrosées d'un vin rouge profond d'Ombrie, je l'avais trouvé extrêmement disert et précis sur la vocation et l'affectation de ces œuvres.

— Je suis chauvin, je le sais, disait-il, mais vos sculptures doivent rester ici. Il faut les déposer dans la galerie d'un palais qui donne sur le Grand Canal, ou dans le jardin d'une maison tout près de l'eau comme chez Peggy Guggenheim... Bien sûr, on peut les mettre partout dans le monde, mais c'est ici qu'elles trouvent leur résonance, près des églises, des effigies de saints, de tout ce qui vous a inspiré...

Le rouge d'Ombrie aidant, une idée m'était venue, mais je voulais la garder secrète. L'attention un peu capricieuse, j'écoutais Angelo parler du Tintoret, des marbres incurvés de la basilique Saint-Marc, de sa crypte aquatique qu'il rêvait de me montrer. Son français magnifique, très pur, avait une saveur, une mélodie italiennes que j'entendais toujours avec plaisir. C'était une ligne, des noms, une petite musique qui m'emportaient. Angelo devinait que je ne l'écoutais plus. Tant de fois, cet automne, il m'avait recueilli, pantelant, couvert de sueur et de poussière blanche, un peu inquiet de la tournure que prenait l'ensemble, de mon désir de l'élargir, de continuer.

— Ils sont gazés, ces morts, ou bien ils ont été trouvés sur des trottoirs, dans l'anonymat de ces villes, comment dit-on, tentaculaires ? dit-il soudain.

— On vous laissera le soin d'écrire la notice...

— Non, surtout pas, ne vous moquez pas de moi, je vous en supplie. J'en suis bien incapable. Une œuvre, pour moi, c'est une rencontre, une émotion, rien d'autre... Je suis comme vous, je déteste les discours, comment dites-vous ? Les bavasseries ?

Bavasseries ou bavardages, il avait raison. Ce dernier dîner, dans cette trattoria où il m'avait tant de fois reçu, avait quelque chose d'émouvant. Je me connaissais, ce séjour avait été si fort que je ne serais pas pressé de revenir à Venise, Angelo n'était plus de toute première jeunesse.

— C'est beau, votre idée de palace ou de jardin, près de l'eau, dans la lumière de la lagune, avais-je fini par murmurer, comme pour exprimer un peu maladroitement ma gratitude.

— Oui, c'est la seule idée qui vaille, mais elle risque de prendre du temps et vous êtes quelqu'un d'impatient... Vous me tiendrez au courant, j'irai voir, je suis lié à l'histoire de ces sentinelles...

Depuis quelques minutes, excité par le rouge capiteux d'Ombrie, je voyais distinctement le lieu où installer mes gisants de Carrare. Pas à Marseille, n'en déplaise à Yvette Horace, pas à Venise, n'en déplaise au vieil Angelo, sur une terrasse perchée au cœur d'une ville tentaculaire, très au-dessus des toits, dans la grisaille, les brouillards, les éclaircies, les luminosités changeantes, derrière une vitre pour que les marbres soient préservés des acides et des particules malignes, au sommet d'une cartographie qui ne serait plus fluide et mythique, mais minérale, stratifiée, les sculptures comme en suspension dans l'atmosphère, dans la vibratilité du jour.

— C'est fou ce que vous aimez faire des mystères... avait laissé tomber Angelo, sans doute un peu déçu de ce que je ne veuille pas en dire plus. J'aimerais vous demander une faveur, j'aimerais retourner avec vous cette nuit dans l'atelier, on allumera des bougies... C'est à Paris que vous voulez rapatrier ces merveilles, vous aimez l'Irlande, la Bretagne, l'Italie et je vous crois sincère, mais c'est fou ce que vous êtes parisien... Hors de Paris, pour vous point de salut!

J'étais repassé au Vieux Paris après avoir marché du côté de Beaubourg et des Halles: ce n'étaient que palissades, baraques de chantier, excavations et grues.

— Un revenant! avait dit Rémi Viargues, distant, plongé dans la lecture d'un dossier.

Il s'était efforcé ensuite d'être plus aimable, mais je sentais bien que mon absence l'avait agacé. Les démarches, les combats des Insulaires avaient dû l'occuper tout ce temps-là, je rentrais de Venise très déconnecté et j'avais la certitude que ce retour serait vite une erreur. L'atelier du quartier de la basilique Santi Giovanni e Paolo était une splendeur, il suffisait comme l'avait recommandé le vieil Angelo de déplacer les gisants de Carrare pour que je retrouve de l'espace et l'envie d'attaquer des projets nouveaux. À Paris, au Vieux Paris plus encore, j'avais l'impression de mettre mes pas dans des ornières; quai des Célestins, la boîte aux lettres débordait, j'avais tout déposé sur l'établi de l'atelier sans rien ouvrir. Avec sa gouaille et sa curiosité de vieille fouine, Mme Berthe voulait savoir où j'avais disparu si longtemps. Lorsqu'elle avait su que j'étais à Venise, elle s'était mise à crier dans le bistrot :

— Vous entendez ça, les amis ! Venise ! Il y en a des veinards... Moi je ne bouge jamais, je suis ici comme une vieille bique attachée !

La comparaison avait eu le don d'amuser. Rémi Viargues voulait me parler, il regardait autour de lui et se méfiait de la présence d'oreilles indiscrètes. Peut-être souhaitait-il savoir ce que j'étais devenu pendant ces longues semaines, plus vraisemblablement il devait vouloir me parler de Montherlant, de ses angoisses ou des actions des Insulaires. À peine étais-je sorti qu'il me suivait dans la rue. Craignant l'irruption de mauvaises nouvelles, je m'étais mis à parler de Venise, de la poésie simple de ce petit quartier où j'avais travaillé avec tant de plaisir, dans un univers intact, préservé par les ans, les fientes et les gales des pigeons, entouré d'églises, de canaux, de passages tortueux fendant des îlots d'immeubles décrépits, tout ce que j'aimais.

— J'étais si bien ! avais-je murmuré.
— Il fallait y rester, alors !

Rémi Viargues était cinglant comme lorsque quelque chose l'assombrissait, une nouvelle initiative de la Préfecture, la poussée de tours hideuses et trop hautes, l'extinction d'une étoile dans le ciel de ses admirations littéraires. Nous allions sans but. Il me proposa de monter chez lui. Il est vrai que nous ne pouvions nous arrêter dans aucun bistrot du quartier : toute station dans un établissement autre que le sien risquait d'être perçue par Mme Berthe comme une trahison. Lorsque nous fûmes là-haut, sur les splendides tapis soyeux de son antre, il put enfin parler librement :

— J'ai manqué aux règles que je m'étais fixées, je suis retourné chez l'ennemi, j'ai déjeuné à l'Élysée...

C'était en effet une révélation importante ! Les verrous, les garrots idéologiques et moraux que s'imposait cet homme qui aurait dû être si distant, si serein, me surprenaient toujours. Rémi Viargues s'était juré de ne plus revoir son camarade, il m'avait semblé que leurs déjeuners s'espaçaient, Pompidou supportant de plus en plus mal les critiques de cette troupe de nostalgiques qui lui reprochaient tour à tour son futur centre du plateau Beaubourg, la Défense, l'accélération des travaux, la destruction de quartiers charmants et boisés, l'adaptation de la capitale à la bagnole.

— Il nous a reçus dans ces salons bizarres, très narquois au début, il nous regardait nous mouvoir sur ses chauffeuses très basses comme des hommes préhistoriques. Tout en séduction à l'apéritif, madré, prenant des nouvelles des uns et des autres, très banquier aussi, si bien que je me redisais ce mot célèbre : « Il y a du lingot dans cet homme-là... »

Rémi Viargues n'avait pas besoin de m'en dire plus : c'était à peu près ce qu'il m'avait été donné de voir lorsque j'avais été reçu au début de l'année. J'imaginais bien Pompidou heureux de son coup, montrant l'antichambre cinétique, l'arc-en-ciel mystérieux, les chemisages et les galbes de Paulin, les parois coulissantes et la bibliothèque de transacryl à ces professeurs, ces universitaires, ces retraités frileux qui vivaient parmi leurs pelisses et les poils de leurs chats, dans des mansardes, des cellules de lettrés, des appartements jansénistes ou fonctionnels, parce que, pour eux, l'essentiel n'était pas là.

— Il ne manque que la fontaine au poisson dans la roseraie, comme dans la villa Arpel ! C'est du Tati, on pourra d'ailleurs, le jour venu, transporter l'appartement témoin dans le futur paquebot de Beaubourg !

Le président avait dû s'amuser des airs, des moues, des réprobations sournoises des uns et des autres. S'il en avait encore la force... Très vite — et c'est ce que voulait me confier Rémi Viargues en toute discrétion —, à la foudre et aux rires sonores était venue se substituer une forme de mélancolie, le président plus corpulent que jamais s'était renfrogné, tassé sur sa chaise, ne finissant aucun de ces plats traditionnels qu'il dévorait naguère. Il avait les yeux rougis, une légère couperose violaçait son visage. Il n'avait presque rien bu, rien mangé, au moment du café, il s'était levé difficilement, comme victime d'une ankylose ou d'un lumbago, et il s'était effondré dans un fauteuil près de la cheminée.

Il avait ensuite repris le dessus, parlant d'avocats qu'il devait recevoir le soir même pour une pénible affaire et d'un nouvel entretien qu'il comptait donner à un grand journal sur l'art et la métamorphose urbaine.

— C'était très étrange, jamais nous ne l'avions vu comme cela, continuait Rémi Viargues, jamais, il est toujours sur le qui-vive, aux aguets, prêt à mordre, à tacler l'adversaire. C'est comme si la foi l'avait déserté. La foi ou le goût de vivre... À plusieurs reprises, au cours du déjeuner, il m'a semblé qu'il débitait des couplets usés, mécaniques, sans conviction... J'avais pensé lui parler de la mort de Montherlant, je m'en suis gardé : au moment du cigare, qu'il fumait sans plaisir, je le regardais, l'œil vitreux, chercher la bonne position adossé au mur souple, il n'était plus avec nous, tant il est évident qu'il souffrait...

J'étais sans voix, peu surpris de ce que j'entendais, surpris, en revanche, de l'accélération des signes du déclin. Il y avait longtemps que le baron G. m'avait parlé de la détérioration de la santé du président, comme un nuage, un pressentiment funeste, à l'image de cette brume qui enveloppait l'île Saint-Louis le soir où j'étais allé marcher, remué par ce que je venais d'apprendre. Rien ne se voyait encore ainsi en février, quand il m'avait reçu dans les appartements rénovés.

— Il a considérablement grossi, ses chevilles

étaient enflées, je ne sais plus lequel d'entre nous l'a remarqué...

Ils étaient venus pour une joute, les sujets critiques, les questions litigieuses ne manquaient pas, ils aimaient tous ce numéro bien rodé, le ton patelin du président, les têtes renfrognées de ceux que cette époque mécontentait, les rires, les coups de griffe, une forme de cordialité ancienne qui gommait les aspérités et les clivages. Même Rémi Viargues, après quelques bouderies, revenait. Pompidou ne l'avait pas relevé, heureux de les voir tous, de faire avec eux au début le tour du propriétaire, absent ensuite, hanté par l'idée de ne rien montrer malgré la fatigue et la douleur qu'il ne parvenait plus à dissimuler.

— Nous étions bouleversés, si surpris... Peinés comme chaque fois que se manifeste la grande faucheuse, parce que je ne l'imagine pas aller très loin, avec ce fardeau en plus... À moins que ce ne soit qu'un mauvais passage. C'était déjà le discours des plus pompidolâtres d'entre nous. Un de nos camarades touché, ce n'est pas le premier, hélas, à nos âges, mais c'est chaque fois un choc...

Il était gêné d'en avoir trop dit. Déjà il nuançait. Ce n'était qu'une impression, très négative, il en était presque à me servir la fable des rhumes et des grippes à répétition que l'information contrôlée nous distillerait pendant des mois. Il voulait descendre. Il voulait que nous marchions jusqu'au chantier de Beaubourg.

— Vous me trouverez certainement bien sombre, mais je suis sorti de ce « laboratoire des années futures » avec une conviction : le président ne verra pas l'achèvement de son grand paquebot...

Pour la première fois, la tristesse embuait le regard de Rémi Viargues.

J'avais appris la nouvelle à la radio : les mutins, les assassins de Clairvaux avaient été guillotinés dans une cour de la prison de la Santé, un matin froid de cette fin novembre 1972. L'exécution avait été annoncée avec une relative distance, d'une voix monocorde, et le speaker avait bien insisté : les deux condamnés avaient été mis à mort après que leur eut été signifié le refus de la grâce présidentielle. La révélation radiophonique de cette double exécution m'avait plongé dans un état étrange, pas à cause des personnalités des condamnés qui, dans l'infirmerie de Clairvaux, avaient assassiné une jeune femme, mère de famille, et un gardien, non, à cause plutôt de tout ce qui l'entourait d'archaïque et de mystérieux : le refus de la grâce par Pompidou, la guillotine terrible avec sa lunette et son couperet, la cour brumeuse et glacée au petit matin, la mort légalement infligée. Je ne sais d'où me venaient ces peurs violentes, cette fascination aussi de l'univers carcéral, de ses rites jusqu'au plus barbare. Cela était-il lié à des lectures, certainement, la mort de Julien Sorel, les textes de Camus, des articles que j'avais parcourus il y avait longtemps et dont l'horreur ressurgissait avec une précision étonnante ?

Les crimes de sang me dégoûtaient, je n'avais aucune sympathie pour les meurtriers, que je ne voyais pas comme des archanges s'insurgeant contre l'injustice et l'absurdité du monde, le passé des criminels, les tentatives de justification de leur acte, tout cela me laissait insensible. Ce qui me saisissait au contraire, c'était le drame qui se nouait entre le moment où, dans la solitude d'un palais, un homme à qui avait été conférée cette puissance exorbitante disait non, et celui où, dans la cour d'une prison, loin de tous les regards, cachée derrière un vélum noir, l'effroyable machine s'apprêtait à faire son œuvre.

Buffet, Bontems, je ne savais rien d'eux, la radio avait suffisamment répété leurs noms pour qu'ils ne me quittent plus, je n'avais, je le redis, pas la moindre sympathie pour ces épouvantables assassins, mais je ne pouvais pas oublier qu'ils étaient des hommes, qu'ils avaient la vie en eux, précieuse, inaliénable, et qu'à ce titre aucune instance ne pouvait décider de la leur ôter, quelle qu'ait été la sauvagerie de leurs actes. C'était un rituel atroce qui accompagnait la mise à mort d'un condamné, il me semblait me souvenir que dans le langage de la justice et des prisons on parlait de « messe rouge », entre l'instant où les gardiens, déchaussés pour ne pas troubler la quiétude des autres prisonniers, surgissaient à l'improviste dans la cellule, s'emparaient du condamné encore ensommeillé, le présentaient au procureur et à ses avocats, et celui où l'on entamait l'inexorable descente dans la cour anuitée. La « messe rouge » se poursuivait avec la taille des cheveux et du col de la chemise, l'intervention éventuelle d'un prêtre et l'ultime grâce terrestre : une rasade d'alcool fort ou une cigarette.

La presse, que j'avais achetée, détaillait les derniers instants. Tout s'était joué autour de cinq heures, à Paris, ce 28 novembre, dans la froidure lugubre de la Santé. Il y avait dans les récits une complaisance morbide, un goût du sang versé qui me donnaient la nausée. Cette affaire ne me concernait pas, la mort de la jeune infirmière égorgée m'avait ému lorsque je l'avais découverte, je n'avais rien suivi du procès ensuite, les noms des meurtriers s'étaient même éloignés de moi. C'était le rituel qui m'emplissait de terreur et de dégoût, sa liturgie impeccable, parodie profane et cruelle des plus beaux sacrifices, mélange d'obscurantisme, de pulsions anciennes, de vengeance, de forces ténébreuses qu'il fallait réprouver. C'étaient aussi les images, l'imaginaire sanglant que j'associais à cette exécution, qui me hantaient plus que toute autre chose et ne me quittaient pas, ne me quitteraient plus de sitôt, au point de venir troubler mes nuits sous la forme de cauchemars atroces.

Je m'étais mis à crayonner quelques vues totalement inventées de cette « messe rouge » dans le froid matin de novembre. Je croyais entendre les portes claquer dans les longs couloirs sonores, puis les pas feutrés, étouffés par des tapis, du convoi qui descendait les marches, jusqu'au puits d'une petite cour, sous un vélum, près d'arbres rabougris et sans feuilles. Je n'admettais pas l'existence d'un pareil rituel, d'une telle forme de cruauté institutionnalisée à l'heure de la vitesse, du plastique et du béton, de l'utopie et de la modernité radieuse. C'était le Paris de Montfaucon, des gibets et des mandragores, de la Concorde et de la Terreur, de la chaux vive jetée sur les corps tronçonnés, qui n'allait pas avec l'idéal de beauté, de croissance, de foi en l'homme et en ce qu'il portait, de jouissance et d'extase matérielle. Depuis mars 1969, aucune exécution capitale n'avait plus eu lieu en France, au point que certains avaient hâtivement pensé que la peine de mort était en sommeil et son abolition tacite. Elle revenait, en un matin glacial de novembre, avec sa « messe rouge », sa sciure et son sang. Elle revenait parce qu'un homme avait décidé, en conscience, que dans ce cas précis, pour ces deux assassins, elle s'imposait. Je connaissais un peu cet homme. Je me demandais dans quel état, dans quel trouble, il en était arrivé là. Jamais évidemment, si je le revoyais, je ne lui en parlerais. On ne rendait pas compte d'une telle décision — une décision presque jupitérienne, régalienne, venue du fond des âges — devant un mortel. Dans le livre qu'on apporterait un jour, elle demeurerait comme une tache. Je ne l'admettais pas. Elle ne regardait que celui qui l'avait prise, sa conscience, sa part de mystère et de nuit, le gouffre qui se profilait.

2 décembre 1972

Visite impromptue du ministre. Il passait comme cela, ayant appris que j'étais rentré. Il voulait un petit paysage, un tableau qui lui rappellerait la côte nord du Finistère où il m'avait rencontré la première fois. Je n'ai pas pu m'empêcher de lui parler de l'exécution de la Santé et du geste, à mes yeux, inexplicable de Pompidou.

— Oh, s'il n'y avait que cela, a-t-il glissé, l'air énigmatique. Nos relations sont épouvantablement tendues ces temps-ci. Je ne sais pas qui lui a mis dans la tête que je lui avais manqué au moment de l'affaire Markovic, que je n'avais pas joué auprès du Général le rôle qui aurait dû être le mien. Il est curieusement rancunier, agressif, susceptible. On ne sait plus comment lui parler. Triste État...

Quelques heures plus tard, Vieux Paris.

Rémi Viargues, à qui je parle de cette exécution qui m'obsède, reste silencieux avant de dire :

— C'était donc cela... Je vous ai raconté que l'après-midi de notre déjeuner de normaliens, il s'apprêtait à recevoir des avocats. Ce devait être ceux de Buffet et Bontems. Il se débattait, il était dans un état de tension rare, je comprends mieux son attitude. Quel déchirement ce devait être pour lui, l'humaniste, le croyant revenu, je crois, à une pratique régulière ! Mais cela n'explique pas complètement tout, sa lourdeur, sa fatigue...

Il n'y avait dans la bouche de Rémi Viargues aucune condamnation. J'imaginais assez bien les arguments et les griefs du vieux lecteur de Camus qu'il avait été. Rien de tel. Lui aussi, à sa manière, il était totalement revenu. Ou sans voix devant la tragédie qui s'annonçait.

3 décembre

Dans le silence des Célestins, sans visite, beaucoup dessiné. Quelques images des derniers temps : la prison brumeuse, les montants de la guillotine, les gisants de Carrare, une étrange forme, une météorite qu'on aurait pu déposer dans le salon d'Agam ou le paquebot de Beaubourg. L'écharpe bleu Klein était toujours là : l'envie m'a pris soudain de la mettre au feu ou de la jeter à la Seine. Il ne reviendra évidemment jamais plus ici. Toute cette histoire me semble lointaine. Et le monarque malade et impénétrable, l'homme de la grâce refusée, me fait peur...

J'ai longé la bordure boueuse des Halles, l'entrée des Enfers, avant de me réfugier à Saint-Eustache. Je voulais revoir la procession colorée et grimaçante de Mason, les derniers jardiniers de Paris, les derniers veilleurs de l'enclave naturelle partant pour Rungis, une nuit de février 1969, avec leurs fleurs, leurs fruits, leurs légumes, comme les rats invisibles. Ce n'est peut-être pas ce que je préfère de lui, mais il a osé et les Oratoriens de Saint-Eustache, qui aiment tant ce quartier, lui ont donné une chapelle. Aurai-je droit à la mienne un jour? Je verrais volontiers, répandues sur le pavage de la grande nef, les ultimes sentinelles de la lagune. C'est peut-être là leur place, plus que sur les improbables terrasses du paquebot tout proche. Avec une création de Jean Guillou, une musique terrible, fluide et sombre, un requiem de bois et d'abysses soulevés. S'il faut sans doute hélas élever un jour un mémorial au milieu des Halles disparues, ce ne sera jamais la vocation que je souhaite à Saint-Eustache. Elle est le vaisseau de l'unique et vrai mémorial. Malgré le bruit des vrilles géantes, des foreuses qui creusent le sol sous ses fondations. Dans le quartier, la menace de l'effondrement de l'église est tout sauf une fable. J'ai eu froid soudain et la contemplation de la procession polychrome de Mason a ravivé ma mélancolie. J'aurais rêvé de voir apparaître, dansant, aérien, le seul qui fût capable d'écrire et de jouer le requiem de ce quartier, de ce Paris, de cette époque erratique... Il doit composer, voyager. Jean Guillou n'a jamais aimé les attaches, les entraves. Il est trop libre, trop vivant. Peut-être est-il à Berlin, qu'il a quitté à regret. Faut-il l'imiter ? Regagner Venise, fuir ce cratère boueux, ces vrilles souterraines, cette ville gangrenée par les injures successives, l'injustice, l'attentat à la beauté, la mort qui s'annonce.

C'est Rémi Viargues qui avait dû me passer cet article du *Monde*, il remontait au mois d'octobre, alors que j'étais à Venise. Le président s'était entretenu d'art et d'architecture avec des journalistes, vigoureusement, sans céder sur rien. Jamais, à lire ces propos, on n'aurait pu deviner les difficultés personnelles qu'il traversait. L'homme privé ne s'exprimait pas ici — il ne le ferait du reste jamais en public — mais on entendait la voix intacte, déterminée, du président bâtisseur. Non, il ne renonçait pas à son ambition de faire de la France une vraie puissance économique et de Paris un grand centre d'affaires. Cette vitalité serait montrée au monde par le biais d'un quartier, la Défense, où se regrouperaient les sièges des grandes entreprises, elle serait affirmée à travers l'érection de tours jamais trop hautes, une forêt de tours que l'on verrait de la terrasse des Tuileries ou des Champs-Élysées, coiffant l'Arc de triomphe, noires, vertigineuses, en nombre, pour bien marquer la volonté de puissance. L'histoire de Paris se poursuivrait ainsi, dans sa ligne mythique qui devenait l'axe même de l'expansion, au-delà de l'Arc de Napoléon, aux limites de la banlieue et des villes annexes, et ce dont rêvait le président géomètre, c'était d'une perspective débouchant sur un élément qui la fermerait, une œuvre sculpturale très haute et très étroite, un immense jet d'eau qui marquerait le terme et se verrait du Carrousel à travers la voûte de l'Arc, sans la boucher ni la barrer et en laissant une large ouverture sur le ciel. Du béton, de l'acier, des nuages et de l'eau, la Défense pompidolienne serait l'épiphanie de toute sa rêverie urbaine, de sa reconfiguration de la capitale selon les lois de la modernité, de la finance et d'une foi dans le progrès insolemment affichées, et le président ne manquait jamais une occasion de redire qu'il voulait, comme il l'avait fait à l'Élysée, tisser des passerelles entre l'ancien et le nouveau ; les Tuileries et le Carrousel seraient l'observatoire idéal d'où admirer les flèches du San Miniato parisien, les arches dressées de la puissance économique, sans masquer l'axe mythique de Paris, les lointains, le ciel, la féerie d'un gigantesque jet d'eau.

De Gaulle n'avait rien changé à Paris, il laissait une constitution réécrite, un État refondé ; Pompidou, lui, même s'il ne le disait jamais clairement, voulait imprimer sa marque, celle d'un architecte que le béton, les ponts, les autoroutes n'effrayaient pas, qui reconnaissait même une certaine beauté à ces accomplissements nouveaux, et ne reculait jamais, malgré l'immobilisme, les déplorations — il ne disait pas les criailleries — des tenants, si conservateurs, du bon goût français.

L'entretien n'apportait rien de neuf, il maintenait le cap, il réaffirmait la détermination, fondée sur des convictions anciennes, d'un président moderne soucieux d'arrimer Paris à l'ère future, avec une vie artistique rayonnante et fluide, des lieux dévolus à cette fin, le centre du plateau Beaubourg en étant la meilleure preuve, le pari le plus risqué aussi, puisqu'il portait le rêve d'un paquebot ouvert, à la fois musée et creuset de création, intégré dans un quartier rendu à l'art et à la culture. La confiance était le maître mot de Pompidou qui ne mésestimait pas les difficultés, les inerties, les cris d'orfraie des vieilles gardes — celles qui avaient accompagné les outrances douteuses et la cacophonie de l'exposition du Grand Palais —, mais il redisait son espérance, sur le mode d'un credo esthétique, lui qui venu du cœur hercynien et rural de la France, nourri ensuite de littérature gréco-latine et classique, avait fait très jeune le pari de la modernité, d'un art jamais fixé, toujours en devenir et en quête, à l'affût du lendemain.

On entendait sa voix, on retrouvait surtout sa patte, sa plume, dans cet entretien testament qui avait dû être lu et relu parce que s'y concentrait toute la réflexion du président en matière d'urbanisme et d'art. Il n'y avait ni remords ni repentir. L'esthète résolu parlait, en toute sincérité, confiant qu'il n'avait jamais voulu asservir l'art à l'État, imposer une esthétique majoritaire, bien conscient qu'il était que ses goûts allaient à contre-courant de ceux de son électorat. C'était le prince des modernes qui m'avait séduit et me touchait encore, rigoureux, calculateur, éblouissant aussi, imprévisible. Il se livrait ainsi, en cet automne de 1972, dans la lumière dorée de l'Élysée, entre son bureau aux fauteuils Régence et le salon de méditation cinétique du rez-de-chaussée, en cet automne si rempli de menaces, comme l'amateur éclairé qu'il avait toujours voulu être, celui qui jetait à la rivière les rancœurs des vieilles gardes, tendu vers l'avenir et l'infini, les œuvres à naître, la quête permanente de la nouveauté, la recherche crispée de l'inconnu, une sculpture géante au milieu des tours dans l'axe sacré de Paris, une colonne d'eau, la fuite des nuages, l'illimité du ciel.

La lecture de l'entretien m'avait troublé. Je croyais entendre le Pompidou assuré, prophétique d'autrefois, le bâtisseur, l'architecte qui jouait avec les formes et les perspectives, les abstractions, les entités. Il y avait l'Art, la Modernité, l'Inconnu, et il y avait trop peu l'Homme à mon goût. Il y avait aussi cette porte qu'il imaginait au bout de la grande perspective de Paris, loin des enfers qu'il avait commencé à creuser aux Halles, sa lisière de tours et de sépulcres de la finance levée dans l'axe même de l'Arc de triomphe et qu'il fallait achever, sans cacher le ciel, le moutonnement des nuages, cette profondeur marine qu'ont les lointains de Paris les jours de pluie, achever, mais avec quoi ? Un jet d'eau démesuré, un immense portrait cinétique, une fontaine qu'on commanderait à Agam ? Il froissait, il heurtait, peu importait. Il continuerait. C'était le sens de cet entretien, lancé à la figure des chattemites, des mijaurées, des tièdes, des conservateurs obtus dont la fréquentation l'épuisait. Il s'était mis à tout chambouler, à tout bousculer, il n'allait pas s'arrêter en route. Les lignes pures de sa rêverie de géomètre, il devait les deviner dans les lamelles changeantes du salon polychrome d'Agam. Les tours de la Défense se dresseraient comme des lames géantes, leurs couleurs varieraient à la limite de la ville, sous l'averse, l'orage, l'arc-en-ciel qui surgirait des ravins blessés, des îlots des quartiers anciens, des jardins ouvriers et des cimetières qui avaient basculé dans l'abîme. Toute une population avait fui, irrémédiablement blessée. Mais à la Défense il n'y aurait plus de terre, de feuilles, de larmes, de survivances archaïques et insulaires, il y aurait de l'acier, du verre, du béton, de l'eau métamorphosée en lance verticale, des architectures mobiles, les nuages reflétés dans le miroir des tours. Il y aurait des abstractions et des formes, des vertiges, des mirages, comme dans l'antichambre cinétique de l'Élysée...

Le malaise ne se dissipant pas, j'étais sorti, j'avais marché jusqu'à l'atelier des Célestins, en faisant quelques haltes... J'avais évité Le Vieux Paris, mais le petit café du boulevard Henri-IV — le Henri-IV je crois — était ouvert, je m'y étais attablé, le regard perdu, et je m'étais mis à parler avec un jeune homme qui buvait un café près de moi, un jeune homme sobre, sportif, un garde républicain peut-être. J'avais voulu lui offrir un verre, il avait fini par accepter, tout en continuant à me regarder avec méfiance. Était-il cavalier, montait-il la garde sur les marches des palais nationaux, casqué de cuivre, avec le cimier de crin, traversait-il Paris à cheval? Blond, les joues légèrement rosées, avec cette espèce de candeur enfantine, il devait être de souche paysanne, et son origine et sa formation lui avaient appris à se méfier du premier venu. J'avais fini par apprendre qu'il était affecté à l'Élysée et qu'il servait au vestibule et à l'accueil des invités.

Mon rire l'avait surpris. Je ne me souvenais pas de l'avoir rencontré, les dernières fois j'étais arrivé par le jardin, je n'étais pas ministre, je n'étais pas un invité officiel. Ces dernières années, j'étais venu livrer des tableaux, entre chien et loup, à l'heure où tombent les masques. Ce garde blond, avec son physique de paysan normand, aurait sa place dans le cycle des porteurs de reliques... Mais pour cela, il fallait l'amadouer.

Je proposai un nouveau verre, et laissai tomber l'air de rien:

— Je connais très bien le président. Il a posé pour moi plusieurs fois...

Cette audace, cette indiscrétion aussi étaient chez moi très inhabituelles, mais le modèle était beau et je me disais que reprendre ce cycle serait une heureuse manière de renouer avec les portraits.

— Vous connaissez le président Pompidou?

— Depuis très longtemps... Il m'a acheté un tableau dans les années 1950. Personne ne savait qui il était. Je l'ai rencontré bien plus tard, chez les Bolloré en Bretagne, dans un village de bord de mer, Beg-Meil... Il était Premier ministre à cette époque.

Il me considérait avec admiration et ébahissement. Je n'avais pas l'air d'être un voyou ou un fou. Les preuves de cette histoire, d'ailleurs, je les tenais, et très près de là, s'il avait un peu de temps. Il en avait. Je ne m'étais pas trompé : il venait du pays de Caux. Il se prénommait Pierre.

Je ne lui demanderais pas de monter ce soir-là sur l'estrade des porteurs de crânes. D'autres idées me venaient, entre les images du Christ couché de Saint-Médard et mes sentinelles vénitiennes. Il n'était pas farouche, un peu brusque toutefois dans son élocution, ses manières. J'étais bien décidé à ne rien lui demander cette première fois : ni de poser ni de me livrer les secrets de l'Élysée. Il était un peu tard et notre arrivée risquait de réveiller les chiens dont s'occupait si bien Alfred. Je n'étais pas certain que l'éclairage de l'atelier fût de qualité, peu importait. C'est en compagnie de ce Pierre que le hasard avait mis sur ma route que je voulais, enfin, retourner le tableau qui était depuis si longtemps adossé au mur. Le garde verrait ainsi que je ne mentais pas. Et je verrais aussi ce que j'avais peint et n'avais plus voulu revoir.

L'éclairage, défectueux, était pitoyable. Il traînait quelques bougies que j'allumai. J'avais conservé un souvenir magique de mon errance avec le vieil Angelo entre les marbres étendus sous leur suaire dans l'atelier de Venise. Ici, l'encombrement des lieux ne permettrait pas de telles évolutions et il n'y avait qu'un tableau à découvrir. Je fis pivoter la toile. Ce n'était pas un des portraits à l'écharpe, c'était un des portraits de mémoire, le dernier, le plus douloureux parmi ceux que j'avais peints à l'automne de 1971 après le dîner estival de Kernaeret. Le fond bleu — où je voulais un mixte d'ardoise et d'hortensias — était inachevé, mais le président apparaissait au milieu du vide, tragique, presque défiguré. C'était cette expression d'absence, de certitude aussi que tout va bientôt finir, que j'avais voulu rendre, parce que l'émotion du bleu de Kernaeret avait été un coup de poignard.

— Mais il est plus malade qu'en vrai... murmura Pierre. C'est terrible...

Le jeune garde regardait avec effroi ce portrait où je n'avais rien mis des déformations physiques, simplement le cri d'un regard, un visage perdu, comme tétanisé, malgré le hâle d'été, par la douleur qui montait.

— C'était un beau soir d'août, en Bretagne... Il y a eu d'autres moments lumineux, ici...

Il me restait bien quelques études des *Portraits à l'écharpe IKB*. Je ne voulais pas terminer sur une note funèbre. Ces études avaient quelque chose d'imposant, d'officiel, mais le président, insouciant, presque artiste avec son écharpe, y manifestait un peu de la légèreté, de l'ivresse des débuts. Pierre devait rentrer : son service l'appelait. Il était naïf, touchant dans l'expression de ses sentiments parce que alors sa raideur, sa réserve militaire fondaient. Il était d'accord pour revenir, même s'il ne connaissait rien encore des conditions de la pose.

— Tôt demain matin, je prendrai aussi mon service, lui dis-je comme nous nous séparions sur le quai. Je vais finir cette toile, le bleu du fond surtout... Je le revois enfin...

À l'hôtel de Roquelaure, je crois, boulevard Saint-Germain, le baron G. donnait une petite réception à laquelle il m'avait convié. Il y avait là ses conseillers, quelques dignitaires et élus de l'UDR, des députés, des sénateurs. Le ministre voulait-il m'arracher à ma solitude? En me présentant, il plaisantait:

— Nous avons beaucoup de chance, notre ami est toujours par monts et par vaux. Sur la côte nord du Finistère, à Venise, parfois quand même dans son atelier, près de la bibliothèque de l'Arsenal...

Ces propos tombaient parfois dans l'indifférence, il arrivait aussi qu'ils retinssent l'attention, pour le meilleur ou le pire: dans ces milieux, le peintre demeurait le mauvais génie, le démiurge un peu fou, le contestataire, l'alcoolique mondain, l'alcoolique tout court. Une femme élégante, avertie, m'avait soufflé:

— J'ai vu les portraits du ministre. Vous ne l'avez pas raté, mais ils sont remarquables...

Un aristocrate breton — il se vantait d'avoir bien connu de Gaulle — m'avait entrepris en me demandant ce que je pensais de l'art abstrait... Dans les châteaux de l'Ouest, l'urinoir de Duchamp et les provocations des surréalistes demeuraient des épouvantails. J'avais esquivé en répondant que je peignais surtout des marines et des paysages imaginaires. Mon bourgeron était fermé jusqu'au col, je ne portais pas de cravate, ce qui me signalait comme un dangereux marginal. Ma réponse avait eu l'heur de plaire à l'aristocrate qui, une fois que l'on s'était habitué à sa diction apprêtée et vieillotte, était assez agréable à écouter.

— Je ne vous demande pas alors ce que vous pensez de tout ce que Pompidou a mis à l'Élysée... Une antichambre psychédélique, des salons design... Tout cela est d'une laideur incroyable mais *Le Figaro* s'est pâmé. Où va-t-on? Le snobisme, l'envie d'être dans le vent n'ont pas de limites. Le successeur ne sera pas élu que toutes ces horreurs seront rangées dans les caves des Gobelins ou du château de Pierrefonds. Quel gâchis!

Le baron G., voyant que je bavardais avec l'aristocrate, s'était approché, l'œil plein de malice:
— C'est un monument que le vicomte Jacques! Châtelain, vigneron, vendéen, fou de Barbey d'Aurevilly et de Léon Bloy. Il a rejoint Londres, il n'avait pas vingt ans. Aventurier, un

peu tête brûlée, un vrai gaulliste... Il connaît beaucoup de monde, et beaucoup de choses sur les dessous de la République... On le croit dans ses vignes, il est plus souvent au Luxembourg ou dans les bons restaurants autour de l'Odéon...

Le vicomte opinait en souriant. Il ne m'était pas antipathique, malgré ses opinions réactionnaires bien marquées, surtout en matière d'art et d'évolution des mœurs. Il m'avait attiré vers une fenêtre : le jardin descendait en pente douce, comme une prairie enclavée au beau milieu du VIIe arrondissement, entre le boulevard des hôtels proustiens et la rue du Bac.

— C'est presque aussi mal entretenu qu'un château vendéen, ces ministères, avait-il chuchoté. Regardez l'état des lambris et des croisées, tout part en botte. La faute à qui ? À ces petits conseillers, ces petits technocrates insipides que rien n'intéresse, sinon leur carrière ! On va dans le mur. Ils n'ont jamais été aussi puissants que depuis l'arrivée du Général aux affaires et c'est un comble. Ça, on le doit à Debré. Je ne cesse de le dire à notre ami Olivier qui se contente de sourire. Ce qu'il est velléitaire...

Les petits conseillers, il y en avait quelques-uns, l'air affairé, toujours aux aguets, capables de vous saluer, polis et pleins de déférence, tout en regardant si n'apparaissait pas derrière vous quelqu'un de plus important. Il fallait l'indifférence débonnaire du ministre pour supporter tout cela. J'aimais vraiment sa hauteur, son humour, la distance amusée que lui inspirait le spectacle du monde et celui de la vie politique en particulier.

La femme distinguée qui m'avait parlé au début était revenue vers moi. Elle voulait savoir si je préparais une exposition. Manifestement le ministre lui avait parlé des marbres vénitiens, des nus thanatiques, de beaucoup de choses encore qui traînaient dans mon atelier.

— Vous serez certainement exposé au Centre Beaubourg lorsqu'il ouvrira... Je ne le clame pas trop fort, même ici, mais c'est une excellente idée. Un grand, un vrai musée d'art contemporain enfin. Vos portraits du président y auront leur place. On me dit qu'ils sont saisissants...

Je n'étais pas assez mondain pour lui dire qu'elle était trop aimable. Comment était-elle si bien informée? Elle ne s'était pas présentée, imaginant sans doute que je la connaissais, à moins qu'elle préférât rester anonyme.

— Être exposé chez Yvette Horace, ce n'est pas rien. Je passe dans sa galerie de temps en temps, mais Dieu que cette femme est lunatique... Elle n'aime que les grands bourgeois de gauche... Elle prend tout le reste pour des ignares ou des culs-terreux. Elle a tort!

J'avais tourné les talons, agacé de ce changement de ton, de cette flèche empoisonnée qui touchait l'une de mes icônes. Je n'étais pas dupe des partis pris d'Yvette Horace, mais elle m'avait toujours défendu, et je le lui rendais bien. Dans la bibliothèque voisine, autour de cigares et d'alcools sortis de la cave personnelle du ministre, le vicomte Jacques s'entretenait avec un petit homme ventru, tiré à quatre épingles, portant chemise blanche et nœud papillon, et qui se trouvait être un observateur important de la vie politique, chroniqueur à *Match* et à RTL. Le vicomte, très aimable, m'avait invité à les rejoindre. Ils parlaient bas, tassés l'un contre l'autre, tout près du feu. Le journaliste se montra surpris de mon arrivée mais, dès qu'il eut appris que j'étais peintre, il continua sa conversation comme si de rien n'était. À l'entendre, la situation ne pouvait que s'aggraver dans le courant de 1973 : de toute évidence, on nous mentait, les choses étaient bien plus graves qu'on ne le disait. Qui pouvait encore croire que le président avait pris froid dans un wagon mal chauffé en descendant cet hiver dans le Lot ou qu'il était rentré d'un voyage en Afrique noire avec des amibes ? Selon lui, un système de rétention de l'information était en train de se mettre en place autour de Pompidou, auquel l'URSS n'aurait rien à envier ; il désignait même des conseillers, très proches de lui spatialement à l'Élysée, qui orchestraient la défensive.

— S'il veut avoir une chance dans la bataille, notre hôte doit se lancer et vite ! Les autres sont déjà partis, ils fourbissent leurs armes, ils polissent leur image. Regardez Giscard, Chaban, l'un de l'intérieur du régime, l'autre banni, ils sont en pleine forme, ils font du sport, on les voit sur les terrains de foot, les courts de tennis, ils sont obsédés par Kennedy, le mythe de la jeunesse, de l'homme d'État fringant qui viendra après les étoiles, les totems, les monarques... Pompidou, qui croit vraiment en la modernité, est déjà dépassé par cette modernité clinquante, américaine, qui capitalise tous les acquis de Mai 68. Le problème est que Pompidou n'entend rien. Un de ses ministres, médecin de formation, a voulu récemment — il me l'a lui-même dit — lui glisser un conseil amical à propos de sa santé à la fin d'un Conseil des ministres. La réponse est tombée comme la foudre : « Surtout pas ! » Il s'amuse des cancers qui le rongeraient... Les rivaux sont déjà dans les starting-blocks, sans oublier Edgar Faure qui aura sans doute envie de faire un tour de piste...

Je m'étais absenté dans une rêverie un peu sombre, les flammes dansaient dans l'âtre, les invités se pressaient toujours dans les salons, il m'avait semblé reconnaître le conseiller de l'Élysée, Arnaud Roy, qui avait manifesté d'un signe son envie de me parler. Soucieux de remettre du liant dans l'échange, le vicomte Jacques avait imprudemment glissé que je connaissais Pompidou, qu'il m'était arrivé de le voir.

— Oui, il passait à l'atelier... avais-je dit de la façon la plus neutre qui soit.

Le journaliste avait aussitôt réagi :

— Il a toujours visité des artistes, sans publicité, parce que lui et sa femme aiment vraiment cela... Vous le voyez toujours ?

La conversation allait virer à l'interrogatoire.

Oui, je l'avais vu, je l'avais connu dans les années 1950. Je récitais ma leçon. Le journaliste avait déjà sorti sa carte de visite. Il voulait débarquer bientôt dans mon atelier. Je l'orienterais du côté de chez Yvette Horace. Je me sentais fatigué, nauséeux.

En sortant, je croisai Arnaud Roy dans le vestibule :

— Je suis heureux de vous voir. Je crois que le président aimerait avoir de vos nouvelles. Appelez dès demain Madeleine Négrel. Toute cette affaire du Grand Palais est si loin...

Je n'avais pas appelé. Une hésitation, une réticence, une gêne, plus que de la paresse en tout cas, la peur de le découvrir changé, la peur surtout d'avoir peu de chose à lui dire. Nous n'avions jamais été intimes. Notre rencontre avait été fortuite, nos rendez-vous épisodiques, toujours motivés par les poses, la peinture, les histoires de tableaux. Bounoure, le journaliste que j'avais croisé à l'hôtel de Roquelaure, m'avait retrouvé par l'entremise d'Yvette Horace qui avait dû lui montrer les portraits qu'elle avait encore à la galerie. Je lui avais donné rendez-vous au Henri-IV, près de l'atelier. L'homme n'était pas désagréable, rien ne lui échappait, c'était une vraie fouine et il devait tenir des carnets où il consignait tout ce qu'il entendait — des bombes à faire trembler la République. Il m'avait raconté qu'il avait bien connu René Brouillet, ce camarade de la rue d'Ulm grâce à qui Pompidou était entré au cabinet du général de Gaulle, ce qui expliquait qu'il ait rencontré Pompidou dès la Libération. Il se souvenait même de l'avoir emmené, la première fois, déjeuner dans un restaurant des Champs-Élysées, bruissant d'uniformes alliés. Il ne l'avait jamais perdu de vue depuis. Menait-il une enquête ? Préparait-il déjà un livre ? Il m'avait redonné sa carte de visite et j'avais bien compris ce que cela voulait dire : si vous revoyez le président, prévenez-moi. Je ne l'aurais pas classé dans la catégorie des charognards. Il faisait son métier. La moindre indiscrétion pouvait se transformer en mine. Les conseillers, avais-je cru comprendre, jouaient le rôle d'édredons et tenaient les journalistes à distance, même ceux qui avaient eu leurs entrées.

— Pompidou parlera directement au pays si son état s'aggrave. Il aime beaucoup un jeune journaliste d'I.n.f.2, Jean-Marie Cavada... C'est peut-être à lui, incidemment, au coin du feu, qu'il dira devant les Français qu'il compte réduire le mandat présidentiel à cinq ans et s'appliquer cette réduction...

D'I.n.f.2, je connaissais le générique psychédélique, les cônes multicolores qui envahissaient l'écran, le ton un peu mordant, un peu survolté des présentateurs qui voulaient rompre avec le modèle du journal télévisé de papa. En apparence, le style n'était pas celui de l'ORTF pesant et de la voix de la France. La couleur, le modernisme, le soupçon de liberté avaient séduit le président. Tout cela n'était qu'une question d'habillage. L'histoire s'accélérait, sa marche devenait incontrôlable et les vieux compagnons de route, comme Bounoure, n'y comprenaient plus rien.

J'avais surtout revu Pierre, le garde républicain. Il venait le soir après son service. Un reste de pudeur paysanne le ligotait encore, mais il s'était laissé peindre sans réserve, dès qu'il s'était senti en confiance. Il avait la musculature d'un pêcheur qui avait passé son enfance à vider les étangs du pays de Caux de leurs carpes et de leurs anguilles, d'un agriculteur aussi qui avait beaucoup travaillé dans la ferme de ses parents. Il venait de la région de Cuverville, tout près de la propriété de Gide. Il était trop jeune pour l'avoir connu. Dans nos séances du soir, je lui avais d'abord demandé de tenir le crâne, de jouer avec lui — j'aimais quand ces anges blonds fixaient les orbites et les cavités béantes de la relique — avant de l'inviter à s'allonger comme les gisants de Carrare. J'aimais sa chevelure rase, ses pectoraux bien dessinés, sa toison très blonde, celle d'un ondin qui s'était débattu dans la vase des pièces d'eau autour de Cuverville. C'était le plus vrai, le plus touchant de toute la série des porteurs de crânes. J'arrêterais avec lui : les anges, les ondins, les éphèbes, ce n'était peut-être pas d'ailleurs du goût d'Yvette Horace.

Tout en le peignant, je lui demandais de me parler de Pompidou. Il ne le voyait pas beaucoup au début, m'avait-il confié, seulement pour les réceptions officielles dans les salons du rez-de-chaussée ou le Conseil des ministres : autrement le président était cloîtré à l'étage ou dans la partie privée à laquelle les gardes républicains n'avaient pas accès. De son état, il ne voulait ou ne pouvait rien dire, sinon qu'il apercevait un homme poussif, sombre, un peu ronchon, dont les apparitions intimidaient le personnel.

— Il est entré par surprise l'autre jour dans le salon Murat, avait-il raconté. Avec les huissiers, nous préparions la grande table du Conseil des ministres. Vous savez, tout doit être au cordeau : les cavaliers avec les noms, les sous-mains, la pendule. J'avais enlevé mes chaussures et j'étais perché sur la table couverte de la nappe pour bien placer la pendule. Il est arrivé par le Salon des aides de camp, il se promenait dans le palais. « C'est bien, les garçons, a-t-il dit avant de s'asseoir, épuisé, dans un fauteuil. Je n'ai qu'à me féliciter de votre travail. » Il regardait le décor autour de lui, les miroirs sur les portes en face, les colonnes dorées. « C'est fou comme ce salon est sinistre. Comment puis-je supporter toute cette laideur ? Vous conduisez, je suppose. Vous aimez cela ? » La question était pour moi. J'ai dit avec respect : « Oui, monsieur le président de la République. » Il m'a demandé mon nom. « Eh bien, Arnoult, au printemps, nous prendrons la Porsche et je vous demanderai de m'emmener à Orvilliers, vite, très vite, en nous moquant des limitations. Les nationales à platanes, du côté de Rambouillet, vous verrez, c'est fabuleux pour la vitesse... » Il est reparti. J'attends toujours...

J'avais posé le pinceau, incrédule, fasciné par cette histoire incroyable : le président de la bagnole et de la vitesse emmené dans sa Porsche par le garde blond, sur les routes bordées de platanes de l'ouest de Paris, le président à tombeau ouvert comme Nimier, Huguenin, les écrivains morts de leur passion pour la voiture, comme Sagan aussi et toute sa petite coterie de Saint-Tropez et du Quercy, fuyant, à travers les emblavures et les prairies de la Beauce et du Vexin, la laideur de l'Élysée, la tristesse du pouvoir, cette noirceur, cette douleur qui le ravageait.

— Tu le feras vraiment s'il te le demande ?
— Évidemment. Je m'exécuterai.

La réponse de Pierre me ravissait. Il était prêt, avec sa candeur adolescente, son sens aussi du devoir et de l'obéissance militaire, à devenir pleinement l'ange de la mort du roman des années Pompidou. Il n'en avait pas conscience, parce que les platanes, la vitesse, les routes de l'Ouest, la Porsche lancée à toute berzingue n'avaient pas pour lui la valeur et la résonance qu'ils avaient dans la mythologie du président. J'étais fou, de terreur et de joie. Déjà d'autres idées, d'autres images me venaient.

— C'est difficile en ce moment, m'avait-il dit en m'accueillant, je suis rentré cet automne de Cajarc avec un point de pleurésie, ont suivi des bronchites, je ne me remets pas. Enfin, je ne vais pas vous lasser avec mon état de santé. Je suis loin d'avoir tous les cancers que les journalistes, les folliculaires et autres vendeurs de papier me prêtent. Vous avez entendu parler de cela aussi ?

Il était tassé derrière les flambeaux de Biennais posés de part et d'autre de son bureau, plus petit que d'habitude, le visage gonflé, le cou surtout.

— Je sais, dit le président en remarquant sans doute que je le scrutais, j'ai pris du volume, du poids, je mène une vie de sédentaire, je cède trop aux plaisirs de la table et cela se porte sur le cou, comme pour mon père et mon grand-père. Pour les portraits, Kerros, on attendra, à moins que vous n'insistiez...

— J'ai toujours cette envie, monsieur le

président, soyez rassuré... J'en ai fait quelques-uns, de mémoire, après mon passage un été à Kernaeret... Le bleu des hortensias a remplacé celui de l'écharpe...

— On vous réinvitera, alors! Si on retourne un jour à Kernaeret...

Il était muet soudain, tout semblait l'accabler, tout lui semblait lointain, inaccessible.

— J'en ai assez de ces gens qui me serrent la main pour me tâter le pouls, Kerros, je vous en supplie, ne vous y mettez pas!

Il avait bien saisi ma surprise et ma gêne, j'étais extrêmement mal à l'aise, je m'étais mis à parler de Beaubourg, des travaux de terrassement qui avançaient.

— Vous êtes gentil quand vous dites que cela avance. Je les trouve particulièrement lents. Ils ont toujours peur de trouver le soubassement d'un cloître, une énième strate des catacombes, un fragment du mur des Innocents, une vertèbre de dinosaure, que sais-je! J'ai donné des instructions secrètes: quoi qu'on découvre, il faut foncer. Je ne veux pas de fouilles qui viendraient ralentir le projet. Je n'ai pas le temps... Si les Affaires culturelles et les Monuments historiques s'en mêlent, ce sera épouvantable. Or je suis certain que le sol est truffé de vestiges...

Il était venu s'asseoir près de moi, d'un pas lent, mal assuré, et il remplissait presque le fauteuil de cuir où je l'avais déjà vu installé. La lumière du bureau n'était pas belle, le faisceau des lampes de Biennais lui donnait un teint verdâtre ; jamais comme en cet instant je n'avais mesuré l'inconfort désuet de cette pièce d'apparat où rien ne se prêtait au repos, à quelques minutes que l'on pourrait prendre, bien assis, pour contempler la perspective du parc ou *Le grand pont* d'Hubert Robert.

— C'est fou comme ce bureau est laid ! Vous ne voulez pas qu'on descende ? Je l'ai dit à Philippe de Gaulle l'autre jour : « Je me demande comment votre père a pu supporter dix ans un bureau aussi sinistre. » J'ai invité Paulin, Agam à m'imaginer un cadre plus agréable. Je ne vois rien venir. Agam, il court le monde, il n'arrive déjà pas à finir ce qu'il a commencé...

L'ascenseur était là, caché dans une étroite coursive.

— On va descendre chez Agam, on sera mieux...

Il marchait d'un pas plus sûr, plus nerveux, comme si la perspective d'être dans son salon polychrome l'eût soudain ragaillardi.

— Vous allez faire comme moi, Kerros, vous vous allongerez sur la moquette, vous regarderez les plaques bleues du plafond, elles sont transparentes... Vous n'imaginez pas comme je suis bien ici, même s'il manque encore le tapis, deux pans de mur, dont le dernier, tout en violet, qui symbolisera la nuit, le mobile du centre, et les petits coussins invisibles qui devraient flotter et remonter dans l'espace... Il faut sans cesse presser l'artiste. On me dit qu'il est très occupé, je ne demande qu'à le croire, mais je ne suis pas éternel, et surtout pas ici... Je vais mettre un peu de musique et fermer les panneaux de verre coulissants...

Un sentiment étrange m'avait envahi, celui d'être là comme un voyeur, dans une antichambre qui n'était pas seulement spectaculaire mais se voulait aussi le réceptacle intime d'une méditation, d'une contemplation au gré des variations lumineuses. Je regrettais encore d'avoir dit et pensé que la nouvelle ville voulue par Pompidou, que les œuvres d'art qu'il y rêvait, excluaient l'homme. Tout en apparence, dans l'organisation de cet espace cubique et mouvant, chassait le spectateur condamné à rester au seuil, de l'autre côté des parois de transacryl. Tout paraissait si beau, si juste, si parfait que des corps, des pas semblaient être comme une injure, une scorie, dans une antichambre où tout changeait, tout bougeait jusqu'au vertige. Un jour peut-être des visiteurs défileraient devant cette chambre d'images géométriques et de lamelles vivantes en la regardant comme le témoignage d'une époque, une œuvre devant laquelle on passe, sans l'investir, sans l'habiter. Celui qui l'avait commandée se l'était appropriée, elle était devenue son lieu, le creuset de ses songeries et de ses glissements cinétiques, c'est là qu'il continuait à imaginer la croissance de la capitale, la poussée des citadelles d'acier et de verre, le creusement, entre les sédiments de Paris, des fondations de son futur paquebot, avec ses coursives et ses tubulures.

Il s'était relevé. Il voulait prendre un whisky dans le salon des tableaux voisins, près des Kupka et du Delaunay, près de la petite œuvre d'ardoise aussi que j'avais confiée. Le canapé de daim marron de Paulin lui offrait un confort que n'auraient jamais les fauteuils Régence du Salon doré.

— Soyez discret, Kerros, sur cette petite promenade, cette petite incursion que nous nous sommes permise dans l'espace Agam. Ne faites pas comme Bounoure que j'ai invité l'autre jour, il s'est répandu ensuite dans tout Paris.

Il savait bien pouvoir compter sur mon absolue discrétion. Le passage par ce qu'il avait appelé l'espace Agam l'avait rasséréné, il était moins sombre, moins soucieux qu'à l'étage, il était même en veine de confidence, la voix soudain claire et forte :

— La vie est un jeu. Il faut savoir perdre. Et profiter du sursis que nous laisse le temps pour travailler encore, pour faire mieux, pour faire plus, pour jouir de la beauté des choses. Nous autres Occidentaux, nous ne savons pas mourir... La mort n'est pas naturelle chez nous. Elle n'entre pas dans l'ordre du monde. Elle est une anomalie. Un horrible drame. Ah ! j'aimerais, comme les vieux sages de certains pays, pouvoir, quand l'heure viendra, me retirer dans la montagne pour y mourir seul, loin de la curiosité, du chagrin, de la pitié... C'est un peu de cette distance, de cette sérénité que je descends chercher dans l'antichambre d'Agam... Quand le train de l'État, et tout le reste, m'en laisse le temps... Je dois vieillir, Kerros. Il me semble que tout va de plus en plus vite...

Ce que j'avais entendu au sortir de la séquence méditative dans l'antichambre d'Agam m'avait longtemps remué. J'étais condamné au secret. Impensable d'appeler Bounoure, le journaliste de *Match*, et de tout lui raconter. Les hasards d'une promenade m'avaient conduit derrière la cité Bergère, dans le IXe arrondissement, et j'avais croisé Marien, l'antiquaire ami de Rémi Viargues, l'un des piliers des Insulaires. Il était là sur le trottoir, en train de lever le rideau de fer de sa boutique. Il voulait à tout prix me montrer son capharnaüm. C'était, en effet, un amoncellement d'objets de toutes sortes, religieux surtout, des baldaquins, des cathèdres, des restes d'autels, des tabernacles, des antependium. À l'Hôtel Drouot, en écumant aussi les presbytères de Paris et des environs, l'antiquaire avait récupéré tout ce dont les curés soucieux d'appliquer à la lettre les outrances du Concile ne voulaient plus. La boutique était assez fascinante avec ses candélabres, ses ostensoirs perchés sur des sellettes, ses toiles aussi, inégales, de véritables croûtes sulpiciennes, d'autres plus réussies, avec des clairs-obscurs, des rayons lumineux censés sans doute symboliser l'irruption de la grâce, il y avait encore des encensoirs et leurs navettes, des custodes, des ciboires.

La richesse des objets liturgiques et des décors religieux m'avait attiré un temps, j'étais capable de nommer ces diverses pièces, ce que beaucoup de mes contemporains auraient sans doute fait avec difficulté, et j'avançais dans cette caverne d'Ali Baba avec la crainte de bousculer une statue ou une crédence tant il y avait de beautés.

— On se croirait en URSS, avait dit Marien, en banlieue surtout, dans certaines paroisses parisiennes aussi, il faut tout dégager de ce qui rappelle les époques anciennes, le faste, la messe en latin, le passé luxueux de l'Église. Je ne devrais pas le clamer, mais j'ai acheté beaucoup de ces merveilles pour trois fois rien. Je suis entré à Sainte-Jeanne-de-Chantal par hasard l'autre jour, je n'y ai vu que des choses affreuses : des bancs, un autel conciliaire triste comme un cube de béton, un crucifix tordu à vous faire perdre la foi... Ceux qui restent dans cette Église ont beaucoup de mérite et je ne vous parle pas des chants...

En découvrant les trésors de sa boutique, je comprenais mieux la démarche de Marien et ce qui l'avait conduit jusqu'au Vieux Paris et jusqu'aux Insulaires. Il avait enseigné, avouerait-il bientôt, dans un établissement catholique sans doute, il était homme à ne pas donner de dates, à brouiller les pistes plutôt ; il n'était pas impossible qu'il eût été séminariste ou même prêtre dans une première vie, il en avait l'onction, les manières, cette façon de laisser parler l'interlocuteur en l'écoutant avec un sourire bienveillant, ce ton un peu mielleux aussi parfois qui ne devait pas lui venir de sa pratique commerciale...

— Dans dix ans, il ne restera rien de l'Église que nous avons aimée. Et je ne vous parle pas des vêtements liturgiques, des monuments. Allez en banlieue : vous verrez des silos et des hangars, des repaires de syndicalistes obsédés par la lutte des classes. Du béton, un ameublement épouvantable, du bois de caisse... Les curés vendent les chapes, les chasubles, les étoles, les parements d'autel : j'en ai là une armoire pleine. Ils préfèrent les aubes taillées comme des sacs, les tissus pauvres, des motifs affreux et des couleurs criardes...

Il était intarissable dès qu'il s'agissait d'évoquer l'action nuisible de Jean XXIII et de son successeur, l'hamlétique et transparent Paul VI.

— Vous savez, poursuivait-il, le cardinal Roncalli n'aurait jamais dû être élu à l'automne de 1958. Il y a eu une obscure manœuvre pour porter ce curé de campagne progressiste. Un courant de l'Église ne reconnaît pas le pape depuis cette période et estime que la chaire de Pierre est restée vacante. Ce sont les sédévacantistes. Il y a des moments où je me sens de plus en plus proche d'eux...

Jamais, aux Insulaires, Marien, plutôt discret d'ailleurs, n'avait évoqué ces questions parce qu'il sentait très bien la dominante athée et anticléricale du groupe. Et ce n'était pas la vocation de notre association, qui se concentrait surtout sur la défiguration de Paris. J'avais perdu depuis longtemps le chemin des églises mais j'écoutais avec intérêt l'antiquaire, tout en regardant derrière lui un immense Christ, de Michel Ciry peut-être, qui sortait du tombeau, l'oriflamme de la résurrection à la main. Qu'on porte atteinte à une tradition ne me désolait guère ; en revanche, ce que j'entendais et qui était consternant, c'était que la hiérarchie catholique et ses ministres eussent perdu le sens de la beauté. Marien parlait de messes désastreuses, avec des guitares, des dessins d'enfants, des animations niaises, des chants si pauvres qu'ils ne passaient pas les lèvres des plus musiciens, des plus fervents parmi les fidèles, de tous ceux qui restaient attachés à une exigence musicale mise au service de la foi.

J'avais suivi tout cela de trop loin, mais je devinais, comme pour les évolutions du paysage de Paris, une brutalité dogmatique, l'arrogance des modernes, l'envie de contraindre et de pulvériser les blocages, le désir absurde de faire table rase de tout ce qui avait constitué la beauté, la richesse d'un legs transmis au travers des générations.

— L'Église a aussi ses insulaires, ses réfractaires, ses poches de résistance, et ce n'est pas bon pour son unité. Écoutez le pape et les évêques, ils s'en foutent. Et ils prennent l'exemple du Christ qui allait toujours de l'avant. Sans doute, mais pas forcément au milieu d'un champ de décombres...

Mon regard s'était porté sur un sujet en porcelaine, un Christ aux outrages, attaché à une colonne, une statuette sobre, expressive, avec de l'intensité — les balafres, les griffures étaient bien visibles — et une forme de résignation majestueuse aussi qui m'attirait. En écoutant l'antiquaire, j'avais admiré cette statue et je m'étais dit qu'elle aurait sa place rue Tiquetonne ou dans mon capharnaüm du quai des Célestins. Dès que j'eus manifesté le désir de l'acheter, Marien voulut me la donner, au nom de notre amitié, des combats menés ensemble. J'achèterais cette statuette, en porcelaine de Paris, au prix où elle était marquée, mais ce n'était pas du goût de l'antiquaire qui voulait me consentir un rabais important. De quoi pouvait-il bien vivre ? Les insulaires d'une Église souterraine et résistante venaient-ils s'approvisionner chez lui pour décorer les sanctuaires de la tradition où continuait à brûler la vraie flamme ? C'était vraiment un personnage curieux, ce Marien, et ma sauvagerie, ma méfiance native m'avaient privé de le connaître plus tôt. On était loin de l'antichambre polychrome de l'Élysée et de ce que je venais d'y vivre. Et encore... Je regardais Marien emballer avec soin cette figure de supplicié, le Christ livré aux crachats, aux lanières du fouet et aux insultes. Je ne regrettais pas cette halte, cette marche imprévue au-delà des Grands Boulevards qui marquaient toujours pour moi la ligne d'une frontière invisible.

25 mai 1973

J'ai demandé à Pierre de revenir, je voulais ajouter quelques toiles à la série des porteurs de crânes. Je ne me lasse pas de sa beauté. J'aime cette manière qu'il a de tout laisser très vite au seuil de l'atelier, baskets, jean, chaussettes noires, pour monter sur l'estrade qu'il connaît par cœur. Il a parfois peur d'une arrivée à l'improviste dans l'atelier. Personne ne peut venir. Mes proches savent que je boucle une exposition pour Yvette Horace. On a retenu le titre très neutre de « travaux récents ». Une première sélection a même été faite. Yvette voulait quelques nus, des paysages très gris aussi d'une ville comme dévastée, quelques « portraits de mémoire » que j'ai peints assez récemment — elle, Rémi Viargues, Pierre, Marien l'antiquaire, le baron G. — auxquels elle pense consacrer une salle assez intime, au fond de la galerie.

27 mai

Yvette Horace est passée de nouveau, comme une tornade. Elle voudrait photographier quelques pièces pour un catalogue. Je lui ai montré, enfin, le dernier, le plus douloureux des portraits de Pompidou, le schiste tombal autour de lui, la gangue d'une Bretagne maléfique. Elle était émue manifestement, divisée. La femme d'affaires qui domine en elle la poussait à exposer cette toile au plus vite, convaincue qu'elle trouverait un acquéreur. La femme du monde se méfiait des réactions, du scandale. « C'est trop *Le roi se meurt*... a-t-elle fini par trancher. Les critiques ne verront plus que cela. On va nous accuser de tous les vices, de toutes les inélégances. Cette toile doit rester ici, mais quelle force... »

Son passage dans l'atelier me laisse toujours vide, nauséeux, tant je crains ce regard, ce jugement si sûr et à l'emporte-pièce. Je suis allé boire quelques bières belges au Henri-IV, espérant une visite de Pierre. S'il vient, je l'emmènerai ensuite quai des Célestins pour une nouvelle séance. Sinon, je reprendrai les « portraits de mémoire », avec l'envie de prolonger le cycle Kernaeret par une suite Agam.

1ᵉʳ juin

Passage aussi du ministre, curieux, inquiet (?) de savoir s'il figurera dans l'exposition. Il a haussé les épaules comme je lui demandais explicitement l'autorisation, en invoquant la liberté de l'artiste. « Pompidou est en Islande, à Reykjavik, pour s'y entretenir avec Nixon. S'il y apparaît comme au dernier Conseil des ministres, je crains le pire. Il était bouffi, déformé par la cortisone. Je suis assis à sa gauche. Il luttait pour ne pas s'endormir. C'était presque insoutenable. Et on dit qu'il sera à l'automne sur la muraille de Chine. Je suis très perplexe. Que faire ? Il ne veut rien entendre. »

2 juin

Les toiles partent, bientôt l'atelier sera vide, enfin presque. Il reste dans la soupente du petit grenier des travaux inachevés, oubliés, douloureux, impudiques. Peint dans la nuit une figure de plus en plus méconnaissable, sur un fond haché, multicolore, avec des volutes de cigarette ou de fumée. Intitulé cette toile *Le bruit de la mort* en référence aux *Derniers vers* de Musset trouvés dans l'*Anthologie de la poésie française* d'un certain Georges Pompidou :

> *L'heure de ma mort, depuis dix-huit mois,*
> *De tous les côtés sonne à mes oreilles.*
> *Depuis dix-huit mois d'ennuis et de veilles,*
> *Partout je la sens, partout je la vois.*

Appelé Yvette Horace pour qu'elle voie ce tableau, convaincu qu'il y avait là enfin quelque chose de juste, d'insupportable aussi. Elle a vite tranché : « Impossible de montrer cela. Puisque, sans me le demander, je sais que tu y tiens, on mettra deux portraits, les plus neutres, avec simplement l'expression un peu empâtée, un peu suffisante de l'âge, des séries Kernaeret et Agam. Et peut-être un encore à l'écharpe IKB, s'il m'en reste. Maintenant, repose-toi. »

J'ai envie de m'en aller comme souvent avant une présentation de mes travaux. Il y a trop longtemps que je n'ai plus rien exposé. J'aurais bien des idées sur la manière de présenter les œuvres, je ne dis rien, Yvette Horace n'en fait qu'à sa tête. Saura-t-on trouver une unité, un ton dans ces toiles discontinues ? C'est l'affaire des critiques et des acheteurs. Marché dans Paris, sur les quais, au bout de l'île Saint-Louis, à ce point que j'aime tant parce qu'on y a l'impression que le paysage fluvial s'ouvre. Au Henri-IV, personne, pas de visage connu. J'imagine Pierre au volant de la Porsche roulant à toute vitesse sur la nationale bordée de platanes... Sa présence, sa gentillesse me manquent soudain. Le cycle des poses est achevé. Il ne viendra peut-être plus. L'être de fuite roule à tombeau ouvert sur la route dangereuse...

L'incroyant que je suis aurait allumé sans fin des brassées de cierges à l'église Saint-Germain-des-Prés tant il craignait les vernissages. Comme toujours il y aurait des mondains, des critiques, des curieux, et ce que j'avais peint dans le silence et la nuit, dans une suite discontinue, titubante, apparaîtrait réuni suivant le fil qu'Yvette Horace entendait donner à ces œuvres éparses. J'étais passé en coup de vent: j'avais aperçu les cartes mouillées du Finistère, quelques gisants de Carrare, une galerie de portraits, des anges thanatiques, le vaisseau de Saint-Eustache fissuré, l'orgue de Jean Guillou dans les bois, et dans l'ultime salle, tout au fond, un des premiers *Portraits à l'écharpe IKB* et le Pompidou seul et tragique des hortensias de Kernaeret. C'était le reliquaire de toutes ces années, le miroir d'un monde secoué, avec mes hantises, mes grâces, mes peurs. Sobrement nommés « Insulaires », ils étaient tous là, Rémi Viargues, Marien, Laurent, Gilles, Mme Berthe, quelques anonymes aussi du passage du Grand-Cerf qui pleuraient la disparition de leur Paris.

Ces cérémonies avaient aussi un côté convenu, une dimension temps retrouvé qui me troublait profondément.

— C'est presque « On liquide et on s'en va... », avait dit de manière un peu tonitruante le vicomte Jacques, naguère rencontré chez le ministre de l'Aménagement du territoire. Notre ami le baron est magnifique, bougon et cranté à souhait. Mais comme vos vues des Halles et de Saint-Eustache, et vos portraits des Insulaires, sont émouvants, cette vieille femme, ce lettré racé, ces jeunes Saint-Just au regard cerclé d'acier. Et je n'oublie pas Georges, les deux portraits l'un près de l'autre, les ravages du temps, et encore je crois que vous vous êtes retenu...

Il ne m'avait rien dit des porteurs de crânes... Ils étaient pourtant dans la galerie, comme Rémi Viargues aussi, Marien, Mme Berthe, claudicante et méconnaissable parce qu'arrachée au cocon du Vieux Paris. Il y avait ceux qu'inquiétaient les gisants de Carrare ou mes esquisses d'après le Christ de Champaigne, ceux aussi que les références politiques — la dévastation d'un quartier, le prince régnant, la cohorte glacée des Insulaires — agaçaient.

— C'est beau, mais vous donnez l'impression de picorer dans l'époque... m'avait glissé un vieil homme sûr de lui, qui devait être académicien ou conservateur, ou tout simplement collectionneur.

D'un signe, Yvette Horace m'avait invité à le ménager.

— C'est un peu notre histoire que vous racontez aussi, vous avez un univers...

Je m'étais contenté d'acquiescer sagement. Il n'y aurait ni heurts ni explosions. J'avais fui quelques engeances que j'avais déjà croisées dans la galerie, connaissant leur rejet d'une peinture figurative et ancrée ; certes, il n'y avait pas que cela, mais c'était ce qu'elles retiendraient. C'était un beau soir de juin, Yvette Horace ne se montrait pas avare sur les breuvages à la différence de certains de ses confrères du quartier, le champagne et le vin blanc coulaient à flots, je restais sur le seuil, discrètement, parce que je ne voulais rien expliquer, rien imposer. Chacun partirait avec ses images, ses souvenirs, ces toiles offraient des aperçus, des suggestions qui auraient un retentissement, des ramifications, je ne voulais rien d'autre. La clientèle libérale et éclairée de la galerie était là, elle ne s'était pas montrée offusquée du passage du ministre de l'Aménagement du territoire qui était manifestement apprécié de ces dames et de ces messieurs... Le baron G. avait tout regardé avec attention, il connaissait aussi le vieil Angelo qui m'avait prêté l'atelier vénitien ou avait feint de le reconnaître.

— C'est juste, m'avait-il confié en partant, parce que vous avez su vous arrêter... Ce n'est pas donné à tous... Pour tout ce que vous traitez, la dénonciation d'un certain modernisme, les peurs de la population, la dimension politique, votre geste est sûr...

— J'espère que ce n'est pas fade...

Il avait éclaté de rire en me tapotant le bras.

— Fade? Il faudra que vous me donniez votre définition de la fadeur. Je crois même que ce sera déjà beaucoup pour certains, un sacré coup de massue...

Et il s'était éclipsé: son chauffeur l'attendait tout près des anciens ateliers de Delacroix.

Avais-je fait la part trop belle aux Insulaires et aux témoins de l'ancien Paris? Avais-je clairement signifié au prince des modernes et à sa cour dans quel camp je me situais? Peu m'importait. C'était un cheminement de préférences et de liberté dont on pouvait suivre les traces au hasard des salles. Pompidou, placé dans la dernière d'entre elles, n'était pas la cible de l'exposition comme le ferait plus tard remarquer à tort un critique fielleux. C'était Yvette Horace qui avait décidé de le mettre là parce qu'il n'avait pas sa place au début, qu'il n'était pas le sujet de l'exposition et que rien dans ma démarche ne le désignait comme l'instigateur ou le coupable. Viendrait-il, d'ailleurs, et ce soir peut-être? Le bruit en avait couru, nourri par une bande de jeunes gens, autour de Laurent et de Gilles, qui prétendaient tout savoir. C'était méconnaître les habitudes du président qui, dans ses belles années, avait toujours visité les galeries seul, à l'heure du déjeuner, certainement pas les soirs de vernissage. La rumeur s'était répandue à la vitesse de l'éclair et elle amusait follement cette petite bande qui guettait chaque entrée dans la première salle. En retrait comme il l'était rarement, Rémi Viargues observait les allées et venues, les manigances des acheteurs, les réactions des uns et des autres. L'univers de la peinture n'était pas son monde, il se méfiait de la mondanité, des signes de richesse, de cette poudre que l'on jette pour afficher, avec une efficace discrétion, son appartenance à une autre caste. Il ne le dirait pas ce soir-là, mais il était heureux de voir sur les murs, à travers un regard, tout ce qui nous avait réunis ces dernières années malgré nos clivages et nos divergences. J'avais été un Insulaire à ma manière, intermittent, sur la rive, moins engagé que la plupart, mais je ne les avais pas trahis. J'espérais n'avoir trahi personne, simplement ce que je souhaitais laisser, c'était le sentiment d'un regard juste, donc aussi dur et peut-être même cruel, sans le fard et le miel des concessions.

— Un type est venu me voir, m'avait soufflé Rémi Viargues, en me disant que tout vise ici Pompidou qui est le vrai coupable. Quelle bande d'imbéciles ! Ils n'ont rien compris...

L'assistance se clairsemait. Une belle lumière éclairait la première salle, cette lumière des soirs de juin qui sent la poussière chaude, l'asphalte fondu et le parfum des fleurs rouges des marronniers. Quelques Insulaires, quelques anges aussi étaient toujours à bavarder, un verre à la main. Il fallait bien les connaître pour les identifier sur les murs tant j'avais appliqué sur les visages et sur les corps une sorte de grisaille légèrement bleutée qui mêlait les modèles à la texture de la toile dont on devinait parfois encore la trame. Cela m'amusait et m'émouvait de les voir là, sortis du cadre, sortis surtout de l'atmosphère lugubre et froide de l'arrière-cour des Célestins qui me pesait souvent et demeurait pourtant le seul lieu à Paris où je fusse capable de peindre. Il me fallait un espace, le même depuis dix ans, un désordre, des strates d'histoire personnelle, des corps et des fantômes, des toiles avortées, la présence du fleuve et de l'île Saint-Louis derrière moi, mes chiens, le bistrot du boulevard Henri-IV et l'odeur du crottin des chevaux de la caserne de la Garde républicaine, ce point de vue aussi au bout de l'étrave de l'île où le paysage donnait l'impression de s'ouvrir... Je racontais cela à un inconnu un peu cuistre qui voulait tout savoir de mes « conditions de création » lorsque je vis soudain se défaire le visage de Pierre, le dernier des porteurs de reliques... Une grande femme blonde entrait, inquiète, timide, en tunique blanc cassé. Son officier de sécurité l'accompagnait et c'était lui que Pierre devait connaître. Personne ne nous avait annoncé la venue de Mme Pompidou. Yvette Horace, qui avait un peu bu, pérorait au fond de la galerie. Les salutations faites, Claude Pompidou avait manifesté le désir de se promener seule, élégante, sensible et traquée comme elle m'était apparue à chacune de nos rencontres. Je la suivais à quelques pas. Je l'observais regardant Saint-Eustache fracturée, la boue des Halles, la colonie des Insulaires, les cartes mouillées du Finistère et le visage de Georges au milieu des fleurs de schiste un soir d'été.

— Vous êtes le peintre du bleu, me glisserait-elle, émue, ensuite, s'assurant que personne ne nous écoutait. Pas comme Yves Klein à qui vous avez rendu hommage, le bleu des vagues, des ardoises, des hortensias de Bretagne. C'est le bleu aussi du tableau que nous avons à l'Élysée dans le salon Paulin. C'est très beau... J'espère que mon mari pourra passer. Il voyage beaucoup ces temps-ci. Beaucoup trop. Mais nous nous verrons cet été dans le Finistère...

Au Vieux Paris, quelques jours avant la grande dispersion de l'été, Rémi Viargues avait déposé devant moi ce numéro de *Match* qui titrait : « La santé du président ».

— Dieu sait si ce n'est pas la presse que j'affectionne, mais là un tabou est brisé, l'Élysée ne va pas pouvoir continuer à se claquemurer derrière ses édredons soviétiques...

Le magazine, avec une couverture d'un bleu agressif, était sur la petite table de l'entrée : le président, souriant mais le visage bouffi, avait été photographié avec son épouse, qui lui soufflait quelque chose à l'oreille, à la fenêtre de leur maison d'Orvilliers alors que passait devant eux un défilé de majorettes. Tout en écoutant Rémi Viargues, je feuilletais le numéro. Il y avait un éditorial du fameux Bounoure, que j'avais rencontré à l'hôtel de Roquelaure, ainsi intitulé : « Que cache le cache-nez de Reykjavik ? » Je n'avais pas vu les images de ce sommet islandais, celles de la descente d'avion en particulier, où le président était apparu raide et emmitouflé, très changé surtout depuis ses dernières sorties à l'étranger.

— Vous l'aurez noté, le magazine reste très pudique. À part une ou deux photos où l'on voit Pompidou tel qu'il est aujourd'hui, ce ne sont que des images anciennes...

Je les connaissais : c'étaient à quelque chose près celles du reportage de Desgraupes qui m'avaient inspiré pour les portraits sur fond de causses et de gorges du Lot.

— On nous ment ! avait lancé Mme Berthe qui avait parfois le don, très agaçant, de s'immiscer dans les conversations. Pour la santé de Pompidou comme pour les chantiers... Et même s'il disparaît, vous verrez, les travaux de Beaubourg et du reste continueront...

Elle en revenait à ses obsessions. Rémi Viargues me fit comprendre qu'il souhaitait sortir.

— Il est trop tôt et même indécent de tirer des plans sur la comète, mais une chose est sûre : le successeur reverra les grandes options architecturales et urbaines. Giscard, qui est bien parti, a déjà émis des réserves quant à la hauteur des tours de la Défense. La voie express, si pompidolienne, sera reconsidérée et le Centre Beaubourg aura du plomb dans l'aile. C'est dommage parce que j'aime ce projet, sa structure métallique qui rappelle tant de choses dans ce quartier. Pompidou, il faut le reconnaître, a laissé le concours aller jusqu'à son terme et il a respecté les décisions du jury. On ne m'enlèvera pas de l'esprit qu'il aurait préféré un bâtiment plus monumental, une tour peut-être...

Il ne pouvait pas s'empêcher de mordre. Une seule fois, je l'avais vu ému lorsqu'il m'avait raconté le dîner d'automne dans les salons de Paulin. Chez lui, les idées, le combat intellectuel reprenaient vite le dessus. Il avait la compassion passagère. Des actes avaient été posés, ils ne regardaient que la postérité et le jugement de l'Histoire, rien jamais ne les effacerait.

— Ce qui a été ouvert là est sans précédent. Ce n'est pas Félix Gaillard qui aurait entrepris cela ! C'est ce régime, cette République bétonneuse et immobilière. Et quoi qu'il arrive, ceux des Insulaires qui estiment que les risques sont éteints ont tort. Les projets des Halles me donnent le frisson, comme ceux de cette horrible tour où l'on voudrait mettre les bureaux et les studios de l'ORTF sur le front de Seine. Dans le témoignage d'un ministre que rapporte *Match* à propos de la santé du président, il est dit qu'actuellement un clapet fonctionne mal... C'est d'une rare poésie ! Eh bien, croyez-moi, les clapets de la République du béton et de ses camelots de l'immobilier marchent, eux, très bien !

Il m'avait confié le magazine et je l'avais regardé partir. Je n'avais jamais aimé les séparations estivales. Depuis l'exposition de la place de Furstemberg, je ressentais une forme de vide.

Un temps s'achevait et cela m'était infiniment douloureux.

Je ne comprenais pas les raisons qui poussaient le conseiller de l'Élysée, Arnaud Roy, à venir me voir. Je les imaginais, lui et ceux qui l'entouraient, douchés depuis leur expérience du Grand Palais, et ils l'étaient vraiment. Le jeune homme, que je recevais rue Tiquetonne, était agité, fébrile, il voulait savoir comment fonctionnaient les galeries, comment se portait le marché de l'art. Ce n'était pas à moi qu'il fallait poser ces questions. Avait-il appris qu'un garde républicain avait posé pour la série des porteurs de reliques? Voulait-il l'imiter? Voulait-il un portrait? Je sentais cet homme d'habitude si réservé, si contenu, en proie à une vive tourmente intérieure. J'avais quelques idées sur la question. Serait-il fidèle jusqu'au bout, dans ce lent crépuscule qui descendait sur le palais? J'étais prêt à crever l'abcès.

— Le président est très malade? dis-je gravement.

— C'est ce qu'on lit partout. C'est ce qui se colporte dans les dîners en ville. Non. Un passage à vide, une période de surmenage. Il va quitter Paris plus d'un mois et tout sera oublié en septembre...

— Je l'espère aussi...

Il était là pour me servir la vérité officielle. Il s'y cramponnait même, comme à son poste qu'il sentait vacillant. J'admirais la maîtrise subite, la manière qu'il avait eue de se ressaisir alors qu'il n'était qu'un tourbillon d'angoisses. Je n'étais pas un charognard, j'étais prêt à la compassion et à la réserve. Je n'aimais simplement pas la dissimulation, l'information verrouillée, le mensonge qui envahit l'État. Arnaud Roy serait un bon petit soldat, un efficace et loyal serviteur du mensonge.

L'invitation était venue alors que je ne l'attendais plus. Entre Cajarc et le fort de Brégançon, le président se reposerait quelques jours début août à Fouesnant. Il serait heureux de me voir, il passerait même à mon atelier sur la côte s'il en avait le temps. Il y avait eu un premier contrordre, un second, puis on m'avait indiqué que je serais reçu une fin d'après-midi au manoir de Kernaeret. C'était le même rituel que deux ans auparavant, le même cadre, une voiture était venue me prendre, un chauffeur sombre, muet, qui ne me lâcherait pas la moindre information. Il n'avait pas eu à cogner à la porte-fenêtre : dès qu'il avait entendu la voiture, le président était apparu sur le petit perron de granit, en chemise Lacoste jaune et en mocassins blancs. Il était bronzé, reposé : dans la bibliothèque où nous nous étions assis, j'apercevais des livres, des dossiers aussi, la presse et quelques paquets de cigarettes. C'était comme à ma dernière visite, et à le voir ainsi, malgré le poids évident, le cou qui avait énormément forci, le bas du visage aussi, on aurait presque pu croire que la maladie était surmontée.

— J'ai vraiment regretté de ne pas avoir vu votre exposition. Ma femme était très heureuse d'y être passée. Elle m'a parlé d'un portrait avec en fond le bleu des hortensias d'ici. Il faudra qu'on aille les admirer tout à l'heure, ils sont toujours là mais je les trouve moins éclatants cette année...

Il m'avait proposé une cigarette. Il fumait donc toujours. Il voulait savoir ce que je préparais. De l'exposition de la place de Furstemberg qu'il n'avait pourtant pas vue, il savait à peu près tout :

— On m'a parlé de marbres de Carrare, je crois. Vous sculptez maintenant ?

J'avais commencé à lui parler de Venise, de l'atelier proche de la basilique Santi Giovanni e Paolo. Il n'était plus là.

— Oui, je vois, pas très loin de cette petite *scuola* où ma femme et moi, nous allions admirer les tableaux de Carpaccio. C'était la belle vie, la vie libre. J'étais chez Rothschild. On voyageait. Remarquez, je voyage encore aujourd'hui mais je n'ai de temps pour rien. Il ne vous aura pas échappé que beaucoup guignent déjà ma succession. 1976 approche ! Ils ne manquent pas d'ambition. Il faut être fou pour penser un instant à briguer la magistrature suprême par seule ambition. S'ils savaient ce que c'est lourd d'être le premier vingt-quatre heures sur vingt-quatre, ils n'auraient plus qu'une idée : faire leurs valises, brûler leurs dossiers et prendre le premier train pour aller planter des choux au fin fond de quelque Auvergne... ou de quelque Bretagne !

Il riait de son bon mot. Il s'était levé et il arpentait, pesamment, la pièce comme le professeur qu'il avait été un temps, dictant un texte, commentant un sonnet de Baudelaire.

— Le littéraire que je suis se sera toujours entouré de peintres, on me l'a suffisamment reproché. On m'a dit que dans votre exposition vous avez su capter le ton, l'esprit de cette époque. Rassurez-vous, ce n'est pas que je songe à la postérité, je m'en fiche. Je rêvais d'une époque heureuse d'enrichissement et de croissance. Les premiers nuages arrivent et nous ne sommes pas au bout de nos peines. Hélas... On m'a rapporté que vous aviez peint aussi les changements dans Paris, les craintes... Il faudra vraiment que vous me montriez tout cela à la rentrée...

Il s'était arrêté devant la fenêtre, et je l'avais là, à contre-jour, comme une masse trapue, solide, plus voûtée qu'auparavant ; on devinait devant lui la ligne bien verte de la pelouse et les massifs d'hortensias.

— J'ai traversé des moments difficiles cet hiver, ce printemps, mais ça va mieux. Je dirais même que ça repart. L'air des Causses, le vent breton, le soleil de Brégançon bientôt... Je compte bien finir ce mandat. De là à penser que j'en briguerai un autre... J'aurai soixante-cinq ans à la fin de mon septennat, j'aimerais vivre enfin, revoir Venise, Rome, la villa Bonaparte, visiter les galeries, les ateliers. Les décisions, les nominations, c'est épouvantable, une vraie torture... On n'est jamais sûr de faire le bon choix, ce que je vous disais, être le premier, toujours seul, sans rempart...

Machinalement il avait pris la carafe de whisky qui se trouvait sur un guéridon près de la fenêtre et il remplissait les verres.

— Je ne vais pas vous lasser avec ces tracas. Un artiste en a aussi. Il faut toujours être bon, neuf, il faut sans cesse étonner. Il y a de grands répétitifs, il y a des fulgurants aussi qui brûlent tout derrière eux. Comme Rimbaud en poésie...

Il s'était assis de nouveau, l'air intense, presque gêné.

— J'aimerais vous demander une faveur, Kerros. S'il devait y avoir, de la manière la plus discrète qui soit, une marque de moi dans le grand centre du plateau Beaubourg, j'aimerais bien que ce soit vous qui la laissiez... On ne va pas reprendre les poses. Je n'en ai ni l'envie ni la forme physique... Ma femme m'a parlé d'un portrait où j'étais dans la jeunesse du pouvoir. Vous verrez. Rien ne presse, mais retenez ma requête. C'est ma volonté. Vous savez, tout peut aller très vite...

Il s'était levé, signalant ainsi la fin de l'entretien. La tristesse me nouait la gorge. En bas des marches de granit, le chauffeur attendait.

— Ah! Vous ne pouvez pas quitter ces lieux sans aller saluer les hortensias! Le bleu est moins beau ou je me trompe, je crois qu'ils ont pris la pluie... On a commencé avec le bleu Klein, on a maintenant le bleu Kernaeret... Il faudra penser à cette couleur pour la palette des tuyaux de... — comment disait cet imbécile l'autre jour? — de ma « ferraille badigeonnée » ! Vous y veillerez, Kerros. Merci d'être venu jusqu'à moi. Rentrez bien et portez-vous bien!

J'avais baissé la vitre pour le saluer. Déjà il me tournait le dos. Il n'avait plus à jouer le président. C'était une silhouette lourde, épuisée, qui remontait péniblement les marches couvertes de lichen gris du petit perron de Kernaeret.

Officiellement tout allait bien, le monarque tenait les rênes, certes il était sujet à des refroidissements, on parlerait bientôt de grippe aux rechutes multiples... C'était ce qu'assenait le service d'information de l'Élysée.

Rémi Viargues était passé me voir, d'humeur maussade, sa rage combative semblait assourdie.

— Indépendamment de la tragédie silencieuse qui se joue à l'Élysée, avait-il dit, la guerre du Kippour, la flambée des prix du pétrole ont révélé notre dépendance. C'est tout un monde, c'est toute une utopie aussi qui sont en train de s'effondrer... On feint de ne pas le voir... Mais cela ne nous dispense pas de continuer le combat. Il y aura toujours de l'argent pour défigurer, pour faire encore plus laid, la brèche est ouverte... Ce serait dommage que le grand paquebot de Beaubourg ne voie pas le jour et plus triste encore que Pompidou ne puisse pas admirer son œuvre achevée...

Je lui avais raconté ma rencontre de l'été, le

président épaissi, aux gestes plus lents et plus gourds, mais à l'agilité intellectuelle et à la lucidité intactes.

— Je n'ai pas été invité cet automne, avait laissé tomber Rémi Viargues. Il doit penser qu'il a mieux à faire qu'à perdre son temps avec ses vieux camarades aux idées rétrogrades et étroites. Et l'actualité internationale lui aura donné peu de répit. C'est terrible cette histoire lorsqu'on y songe, cette civilisation futuriste, délestée, ces villes de folie où l'individu n'était plus qu'un atome, toute cette utopie désincarnée qui se dessinait, et voici que l'homme revient, l'homme obscur, inchangé, belliqueux, périssable, avec les guerres, la maladie, l'érosion des forces comme aux temps barbares des conflits sans fin et des épidémies...

Je lui avais caché que le président souhaitait qu'on me consulte sur les possibles coloris de la façade du Centre Beaubourg. J'étais évidemment un parmi d'autres. C'était son conseiller Arnaud Roy qui m'avait demandé de venir. La maquette du futur centre était disposée au dernier étage du palais, sous les combles, dans des salles désuètes, peu utilisées, qui constituaient, m'avait dit Arnaud Roy, les anciens appartements du roi de Rome. Elle ressemblait à une pièce montée avec des indications de couleurs sur les différents éléments de l'ossature. On hésitait pour les tubulures entre l'argent — c'était la proposition de Vasarely — et une couleur rouille, semblable à la patine de la tour Eiffel, qu'on aurait associée à un bleu Matisse. Pour ma part, j'avais recommandé un gris pâle, quelque chose qui s'harmoniserait avec la ligne des toits et se fondrait bien dans la grisaille mouillée de Paris, quelques touches de bleu aussi, discret, tirant sur l'ardoise, tout sauf agressif.

— Le président comprendra, avais-je glissé.

— Le président... avait murmuré le conseiller, visiblement troublé, avant de se reprendre.

Échouée sur cette vieille table des appartements du roi de Rome — une table à gibier, je crois —, la maquette du centre le faisait ressembler à un jouet improbable, un vaisseau futuriste, désossé, avec ses échantillons de couleurs : ainsi présenté, le « vivant édifice » tant souhaité par le président avait même triste allure.

Nous avions repris un escalier qui n'était pas le bel escalier Murat central. La sortie était toute proche de la porte des appartements privés.

— Agam travaille ? avais-je dit innocemment.

— Ne m'en parlez pas, avait répondu Arnaud Roy. Le pan de gauche de l'antichambre devrait être livré dans quelques jours. Avec Henri Domerg, j'ai parfois l'impression qu'on va au clash. Le président n'a jamais été aussi impatient. Il nous presse de bombarder Agam de télégrammes. Ça ne change rien, l'artiste va à son rythme, il veut que les choses soient parfaitement faites. Et il manque encore le troisième mur, le tapis et la sculpture... Quelle aventure ! En tout cas, merci de votre visite et de vos conseils...

J'avais compris que ce jour-là je ne verrais pas le président. Était-il derrière cette porte matelassée, dans son sas de méditation, attendant l'installation du premier mur de la sonate visuelle qui, dans mon souvenir, devait représenter la naissance du jour ? Était-il là-haut dans son bureau, ou à Orvilliers, quai de Béthune ou ailleurs, enfermé peut-être dans une chambre silencieuse ? C'était la première fois que je venais à l'Élysée sans le voir et la déception, pour ne pas dire plus, devait se lire sur mon visage. Un pressentiment me disait que la rencontre d'août à Kernaeret serait la dernière. Arnaud Roy dut le deviner.

— Dès qu'il sera moins occupé, le président vous fera signe. Je crois d'ailleurs qu'il faut que vous lui fassiez d'autres propositions, pour un autre sujet...

Malgré les tensions internationales, la maladie, l'épuisement, les soins, les variations de l'humeur et du caractère, le président ne lâchait rien, il se souciait encore des teintes du futur paquebot et de ce qu'on y mettrait. Je n'avais pas oublié la requête de Kernaeret, mais lui donner une forme, un visage, était au-dessus de mes forces. Cette fois, je ne pouvais plus me dérober.

Une autre fois, dans l'hiver, on m'a fait revenir. C'était peu après un voyage du président en province, à Poitiers je crois. Au cours de cette visite, Pompidou était apparu à bout de forces, les paupières tombantes, le visage gonflé, sur le point de s'effondrer. Cette après-midi de février qu'éclairait un pâle soleil, il semblait mieux, toujours aussi bouffi, aussi embarrassé dans sa démarche et ses gestes, mais d'une lucidité totale. Il pensait encore au Centre Beaubourg, aux couleurs de la façade, il était hanté par le gris des natures mortes de Braque. Un rien l'irritait.

— Les architectes font comme si j'étais un président éternel. On tergiverse, on diffère... Je ne cesse de les presser. Ils détestent cela. Ah, Paris...

Il s'était levé, je lui devinais les chevilles enflées.

— Et les Insulaires ? Ils pleurent toujours la destruction des pavillons de Baltard ? C'était sans doute une erreur, je n'ai pas réagi assez vite.

Son œil s'était allumé, moqueur, un brin condescendant. Pompidou savait donc tout de mes fréquentations, de mes agissements parmi les nostalgiques du Vieux Paris. Je n'avais pas à me justifier.

— Vous verrez, le centre du plateau Beaubourg rachètera tout, j'en suis sûr. Il cicatrisera la blessure...

Il s'était tourné vers le parc, ignorant presque ma présence. J'étais soulagé de ne plus voir son visage abîmé, défiguré par la cortisone, son visage boursouflé et changé, si éloigné de celui des *Portraits à l'écharpe bleu Klein*. Quatre années et quelques mois avaient passé depuis l'été de 1969 où je lui avais écrit et c'était comme l'éternité.

— Vous n'oubliez pas ce que je vous ai demandé en Bretagne, ce petit souvenir ?

Sa voix soudain s'était faite plus autoritaire, ou du moins résonne-t-elle ainsi dans mon souvenir.

— Vous voyez comment je suis devenu ! Je presse tout le monde. Même vous ! Je suis impatient, agressif, irritable...

Il s'était laissé tomber dans le fauteuil de son bureau que je voyais pour la première fois garni d'un énorme coussin. C'était dire à quel point il devait souffrir. Il était trop fatigué pour que nous descendions dans les salons modernes. Des boudins de feutre avaient été placés devant les fenêtres, sans doute pour prévenir l'invasion des courants d'air. Il restait le grand mur de miroirs qui lui renvoyait sans cesse son image. Il eût été bien mieux si cette horrible paroi où se mirait sa déchéance avait disparu sous les tentures laineuses de Paulin.

Il avait appelé l'huissier, n'ayant sans doute plus la force de se relever. Les dents serrées, d'une voix difficilement audible, il murmura :

— Oui, je suis conscient des changements que la maladie a opérés en moi. Oui, je suis impatient et irritable... Comment ne pas le devenir quand la moindre main ne se tend vers vous que pour mesurer votre température ou prendre votre pouls, quand le moindre regard est interrogation. Je ne peux quand même pas, comme avant, m'intéresser passionnément à la vie des autres, alors que je suis peut-être en train de perdre la mienne...

Je redescendais le grand escalier Murat, triste, les larmes aux yeux. Je savais que je ne le reverrais plus. Le souvenir de cette descente funèbre ne m'a jamais quitté. Il me restait à peindre. L'énigme d'une destinée m'était soudain livrée, des gorges crayeuses du Lot au sol bousculé de Paris, du béton conquérant, des toiles sans sujet où ne demeuraient que la couleur et le vide, des décompositions cinétiques aux voix des moines de Solesmes qui chanteraient bientôt la messe de requiem dans la nef blanche de Saint-Louis-en-l'Île. Que resterait-il de tout cela ? Comment regarderait-on ces années ? Peu m'importait. Ç'avait été une aventure étrange. Nous nous étions vus de loin en loin et, je l'avoue aujourd'hui, j'avais admiré cet homme, sa force, son audace, son cheminement aussi qui, du plastique triomphant, des citadelles de béton et des cloisons de transacryl, le mènerait, pour finir, sous la nappe des voix grégoriennes des reclus de la haute forteresse sarthoise. Comme Reverdy dont il avait écrit qu'il ne resterait sans doute rien... L'utopie des villes changées, le progrès absolu, et le drame d'un homme, le lit de douleur, le mal caché, puis, au bout de tout, les funérailles dans la grande tradition bénédictine... J'avais été un témoin indirect et privilégié de cette époque. C'étaient les années Pompidou, les années insouciantes. Nos années insulaires. Parce que nous avions tous été des insulaires, nous les tenants du vieux Paris dans nos attachements archaïques, lui le prince des modernes, autiste, résolu, méditatif et malade, à jamais claquemuré dans l'arche cinétique d'Agam.

Le Faou, Morlaix, avril-août 2012.

Portrait à l'écharpe bleu Klein   11
Les hortensias de Kernaeret   113
Le salon d'Agam   207

DU MÊME AUTEUR

Aux Éditions Gallimard

LA RUMEUR DU SOLEIL, *roman*, 1989 (« Folio », n° *2662*).

LE DONJON DE LONVEIGH, *roman*, 1991 (« Folio », n° *5870*).

LE PASSAGE DE L'AULNE, *roman*, 1993 (« Folio », n° *2859*).

LIVRES DES GUERRIERS D'OR, *roman*, 1995 (« Folio », n° *4182*).

LE SONGE ROYAL, Louis II de Bavière, 1996.

L'INVENTEUR DE ROYAUMES. Pour célébrer Malraux, 1996.

LES SEPT NOMS DU PEINTRE. Vies imaginaires d'Erich Sebastian Berg, *roman*, 1997. Prix Médicis 1997 (« Folio », n° *3473*).

DOUZE ANNÉES DANS L'ENFANCE DU MONDE, *récit*, 1999.

STÈLES À DE GAULLE, *essai*, 2000.

LE ROI DORT, *roman*, 2001.

LES MARÉES DU FAOU, *roman*, 2003 (« Folio », n° *4057*).

APRÈS L'ÉQUINOXE, *roman*, 2005.

STÈLES À DE GAULLE, *essai*, 2000.

LA CONSOLATION, *roman*, 2006.

FLEURS DE TEMPÊTE, *récit*, 2008 (« Folio », n° *5443*).

LE BATEAU BRUME, *roman*, 2010 (« Folio », n° *5223*).

STÈLES À DE GAULLE suivi de JE REGARDE PASSER LES CHIMÈRES, *essai*, 2010 (« Folio », n° *5057*).

L'INTIMITÉ DE LA RIVIÈRE, *récit*, 2011.

LE PONT DES ANGES, *roman*, 2012 (« Folio », n° *5675*).

LES ANNÉES INSULAIRES, *roman*, 2013 (« Folio », n° *6226*).

PARIS INTÉRIEUR, *récit*, 2015.

LE PAPE DES SURPRISES, *essai*, 2015.

GÉOGRAPHIES DE LA MÉMOIRE, *récit*, 2016.

Aux Éditions Artus

LA MAIN À PLUME, *essai*, 1987.

IMMORTELS, MERLIN ET VIVIANE, *récit*, 1991.

UN DONJON ET L'OCÉAN, *album*, 1995.
L'ARCHANGE ET LE DRAGON, *album*, 1996.
L'ORÉE DES FLOTS, *récit*, 1997.
DES BRETAGNES TRÈS INTÉRIEURES, *album*, 2000.

Aux Éditions du Mercure de France

L'INVENTAIRE DU VITRAIL, *roman*, 1983.
LES PORTES DE L'APOCALYPSE, *roman*, 1984.
LE DIEU NOIR, *roman*, 1987 (« Folio », *n° 2195*).
LES PROXIMITÉS ÉTERNELLES, *récits*, 2000.
LE DÉJEUNER DES BORDS DE LOIRE, *récit*, 2002 (« Folio », *n° 4512*).
LE DERNIER VEILLEUR DE BRETAGNE, *récit*, 2009.
LE CHEMIN DES LIVRES, *récit*, 2013.

Chez d'autres éditeurs

JULIEN GRACQ, FRAGMENTS D'UN VISAGE SCRIPTURAL, *essai*, La Table Ronde, 1991.
CHATEAUBRIAND À COMBOURG, *essai*, Éditions Christian Pirot, 1997.
BROCÉLIANDE, *album*, Éditions Ouest-France, 1995.
ÎLES, *album*, Éditions Terre de Brume, 1999.
PARIS, *récit*, Éditions Cristel, 2001.
JÉSUS, *biographie*, Éditions Pygmalion, 2002.
SUR LES TRACES DE JÉSUS, *documentaire*, Gallimard Jeunesse, 2002.
LE DÉPAYSEMENT, *récit*, Berg International, 2002.
LOUEDIN, *album*, La Bibliothèque des Arts, 2002.
CHATEAUBRIAND ET LA BRETAGNE, *essai*, Éditions Blanc Silex, 2002.
DÉAMBULATIONS, volume I, *essai*, Éditions Pygmalion, 2004.
DÉAMBULATIONS, volume II, *essai*, Éditions Pygmalion, 2006.
RICHARD TEXIER, THEORIA SACRA : PEINTURES, Le Temps qu'il fait, 2009.

GUÉNOLÉ OU LE SILENCE DE L'AULNE, *essai*, Éditions Dialogues, 2012.

À ARGOL, IL N'Y A PAS DE CHÂTEAU, *essai*, Éditions Pierre-Guillaume de Roux, 2014.

SAINT PHILIPPE NÉRI, UN LUDION MYSTIQUE, *récit*, Éditions Dialogues, 2014.

MA PRESQU'ÎLE, en collaboration avec Matthieu Dorval, Éditions Dialogues, 2015.

L'ESCALIER DES BRUMES, en collaboration avec Philippe Kerarvran, Éditions Dialogues, 2016.

COLLECTION FOLIO

Dernières parutions

6022. François
de La Rochefoucauld *Maximes*
6023. Collectif *Pieds nus sur la terre sacrée*
6024. Saâdi *Le Jardin des Fruits*
6025. Ambroise Paré *Des monstres et prodiges*
6026. Antoine Bello *Roman américain*
6027. Italo Calvino *Marcovaldo* (à paraître)
6028. Erri De Luca *Le tort du soldat*
6029. Slobodan Despot *Le miel*
6030. Arthur Dreyfus *Histoire de ma sexualité*
6031. Claude Gutman *La loi du retour*
6032. Milan Kundera *La fête de l'insignifiance*
6033. J.M.G. Le Clezio *Tempête* (à paraître)
6034. Philippe Labro *« On a tiré sur le Président »*
6035. Jean-Noël Pancrazi *Indétectable*
6036. Frédéric Roux *La classe et les vertus*
6037. Jean-Jacques Schuhl *Obsessions*
6038. Didier Daeninckx –
Tignous *Corvée de bois*
6039. Reza Aslan *Le Zélote*
6040. Jane Austen *Emma*
6041. Diderot *Articles de l'Encyclopédie*
6042. Collectif *Joyeux Noël*
6043. Tignous *Tas de riches*
6044. Tignous *Tas de pauvres*
6045. Posy Simmonds *Literary Life*
6046. William Burroughs *Le festin nu*
6047. Jacques Prévert *Cinéma* (à paraître)
6048. Michèle Audin *Une vie brève*
6049. Aurélien Bellanger *L'aménagement du territoire*

6050.	Ingrid Betancourt	*La ligne bleue*
6051.	Paule Constant	*C'est fort la France !*
6052.	Elena Ferrante	*L'amie prodigieuse*
6053.	Éric Fottorino	*Chevrotine*
6054.	Christine Jordis	*Une vie pour l'impossible*
6055.	Karl Ove Knausgaard	*Un homme amoureux, Mon combat II*
6056.	Mathias Menegoz	*Karpathia*
6057.	Maria Pourchet	*Rome en un jour*
6058.	Pascal Quignard	*Mourir de penser*
6059.	Éric Reinhardt	*L'amour et les forêts*
6060.	Jean-Marie Rouart	*Ne pars pas avant moi*
6061.	Boualem Sansal	*Gouverner au nom d'Allah* (à paraître)
6062.	Leïla Slimani	*Dans le jardin de l'ogre*
6063.	Henry James	*Carnets*
6064.	Voltaire	*L'Affaire Sirven*
6065.	Voltaire	*La Princesse de Babylone*
6066.	William Shakespeare	*Roméo et Juliette*
6067.	William Shakespeare	*Macbeth*
6068.	William Shakespeare	*Hamlet*
6069.	William Shakespeare	*Le Roi Lear*
6070.	Alain Borer	*De quel amour blessée* (à paraître)
6071.	Daniel Cordier	*Les feux de Saint-Elme*
6072.	Catherine Cusset	*Une éducation catholique*
6073.	Eugène Ébodé	*La Rose dans le bus jaune*
6074.	Fabienne Jacob	*Mon âge*
6075.	Hedwige Jeanmart	*Blanès*
6076.	Marie-Hélène Lafon	*Joseph*
6077.	Patrick Modiano	*Pour que tu ne te perdes pas dans le quartier*
6078.	Olivia Rosenthal	*Mécanismes de survie en milieu hostile*
6079.	Robert Seethaler	*Le tabac Tresniek*
6080.	Taiye Selasi	*Le ravissement des innocents*

6081.	Joy Sorman	*La peau de l'ours*
6082.	Claude Gutman	*Un aller-retour*
6083.	Anonyme	*Saga de Hávardr de l'Ísafjördr*
6084.	René Barjavel	*Les enfants de l'ombre*
6085.	Tonino Benacquista	*L'aboyeur*
6086.	Karen Blixen	*Histoire du petit mousse*
6087.	Truman Capote	*La guitare de diamants*
6088.	Collectif	*L'art d'aimer*
6089.	Jean-Philippe Jaworski	*Comment Blandin fut perdu*
6090.	D.A.F. de Sade	*L'Heureuse Feinte*
6091.	Voltaire	*Le taureau blanc*
6092.	Charles Baudelaire	*Fusées – Mon cœur mis à nu*
6093.	Régis Debray et Didier Lescri	*La laïcité au quotidien. Guide pratique*
6094.	Salim Bachi	*Le consul* (à paraître)
6095.	Julian Barnes	*Par la fenêtre*
6096.	Sophie Chauveau	*Manet, le secret*
6097.	Frédéric Ciriez	*Mélo*
6098.	Philippe Djian	*Chéri-Chéri*
6099.	Marc Dugain	*Quinquennat*
6100.	Cédric Gras	*L'hiver aux trousses. Voyage en Russie d'Extrême-Orient*
6101.	Célia Houdart	*Gil*
6102.	Paulo Lins	*Depuis que la samba est samba*
6103.	Francesca Melandri	*Plus haut que la mer*
6104.	Claire Messud	*La Femme d'En Haut*
6105.	Sylvain Tesson	*Berezina*
6106.	Walter Scott	*Ivanhoé*
6107.	Épictète	*De l'attitude à prendre envers les tyrans*
6108.	Jean de La Bruyère	*De l'homme*
6109.	Lie-tseu	*Sur le destin*
6110.	Sénèque	*De la constance du sage*
6111.	Mary Wollstonecraft	*Défense des droits des femmes*

6112.	Chimamanda Ngozi Adichie	*Americanah*
6113.	Chimamanda Ngozi Adichie	*L'hibiscus pourpre*
6114.	Alessandro Baricco	*Trois fois dès l'aube*
6115.	Jérôme Garcin	*Le voyant*
6116.	Charles Haquet et Bernard Lalanne	*Procès du grille-pain et autres objets qui nous tapent sur les nerfs*
6117.	Marie-Laure Hubert Nasser	*La carapace de la tortue*
6118.	Kazuo Ishiguro	*Le géant enfoui*
6119.	Jacques Lusseyran	*Et la lumière fut*
6120.	Jacques Lusseyran	*Le monde commence aujourd'hui*
6121.	Gilles Martin-Chauffier	*La femme qui dit non*
6122.	Charles Pépin	*La joie*
6123.	Jean Rolin	*Les événements*
6124.	Patti Smith	*Glaneurs de rêves*
6125.	Jules Michelet	*La Sorcière*
6126.	Thérèse d'Avila	*Le Château intérieur*
6127.	Nathalie Azoulai	*Les manifestations*
6128.	Rick Bass	*Toute la terre qui nous possède*
6129.	William Fiennes	*Les oies des neiges*
6130.	Dan O'Brien	*Wild Idea*
6131.	François Suchel	*Sous les ailes de l'hippocampe. Canton-Paris à vélo*
6132.	Christelle Dabos	*Les fiancés de l'hiver. La Passe-miroir, Livre 1*
6133.	Annie Ernaux	*Regarde les lumières mon amour*
6134.	Isabelle Autissier et Erik Orsenna	*Passer par le Nord. La nouvelle route maritime*
6135.	David Foenkinos	*Charlotte*

6136.	Yasmina Reza	*Une désolation*
6137.	Yasmina Reza	*Le dieu du carnage*
6138.	Yasmina Reza	*Nulle part*
6139.	Larry Tremblay	*L'orangeraie*
6140.	Honoré de Balzac	*Eugénie Grandet*
6141.	Dôgen	*La Voie du zen. Corps et esprit*
6142.	Confucius	*Les Entretiens*
6143.	Omar Khayyâm	*Vivre te soit bonheur ! Cent un quatrains de libre pensée*
6144.	Marc Aurèle	*Pensées. Livres VII-XII*
6145.	Blaise Pascal	*L'homme est un roseau pensant. Pensées (liasses I-XV)*
6146.	Emmanuelle Bayamack-Tam	*Je viens*
6147.	Alma Brami	*J'aurais dû apporter des fleurs*
6148.	William Burroughs	*Junky* (à paraître)
6149.	Marcel Conche	*Épicure en Corrèze*
6150.	Hubert Haddad	*Théorie de la vilaine petite fille*
6151.	Paula Jacques	*Au moins il ne pleut pas*
6152.	László Krasznahorkai	*La mélancolie de la résistance*
6153.	Étienne de Montety	*La route du salut*
6154.	Christopher Moore	*Sacré Bleu*
6155.	Pierre Péju	*Enfance obscure*
6156.	Grégoire Polet	*Barcelona !*
6157.	Herman Raucher	*Un été 42*
6158.	Zeruya Shalev	*Ce qui reste de nos vies*
6159.	Collectif	*Les mots pour le dire. Jeux littéraires*
6160.	Théophile Gautier	*La Mille et Deuxième Nuit*
6161.	Roald Dahl	*À moi la vengeance S.A.R.L.*
6162.	Scholastique Mukasonga	*La vache du roi Musinga*
6163.	Mark Twain	*À quoi rêvent les garçons*
6164.	Anonyme	*Les Quinze Joies du mariage*
6165.	Elena Ferrante	*Les jours de mon abandon*

Composition Cmb Graphic/PCA
Impression Maury Imprimeur
45330 Malesherbes
le 08 novembre 2016.
Dépôt légal : novembre 2016.
Numéro d'imprimeur : 213583.

ISBN 978-2-07-019763-7. / Imprimé en France.

304959